本书受

国家民委创新团队项目"中华文学遗产与中华民族共同体内涵建设"（民委发〔2020〕76号成果）

西北民族大学"双一流"和特色发展引导专项资金资助项目"中国语言文学"（项目编号：10018701）

西北民族大学科研创新团队"我国多民族文学诗学研究"（项目编号：10014601）

共同资助。

新世纪中国长篇小说的地方书写

李小红 著

中国社会科学出版社

图书在版编目(CIP)数据

新世纪中国长篇小说的地方书写/李小红著. —北京：中国社会科学出版社，2023.3
ISBN 978-7-5227-1229-1

Ⅰ.①新… Ⅱ.①李… Ⅲ.①长篇小说—小说研究—中国—当代 Ⅳ.①I207.425

中国国家版本馆 CIP 数据核字(2023)第 022005 号

出 版 人	赵剑英
责任编辑	王小溪
责任校对	师敏革
责任印制	戴 宽

出 版	中国社会科学出版社
社 址	北京鼓楼西大街甲 158 号
邮 编	100720
网 址	http://www.csspw.cn
发 行 部	010-84083685
门 市 部	010-84029450
经 销	新华书店及其他书店

印 刷	北京君升印刷有限公司
装 订	廊坊市广阳区广增装订厂
版 次	2023 年 3 月第 1 版
印 次	2023 年 3 月第 1 次印刷

开 本	710×1000 1/16
印 张	16
插 页	2
字 数	229 千字
定 价	89.00 元

凡购买中国社会科学出版社图书，如有质量问题请与本社营销中心联系调换
电话：010-84083683
版权所有 侵权必究

文学与地方精神的相遇与耦合

20世纪90年代，经济全球化的浪潮迅疾席卷社会各个领域，文化全球化随之也成为令人瞩目的现象。但是，对于文化全球化的理解和应对，呈现出多种取向。一种观点认为文化全球化是指一种共同的或单一文化的形成，可称之为文化同质化；另一种观点则认为文化全球化是同质化与异质化同时进行的过程。从文化全球化的实际进程来看，文化全球化的过程自始至终都未能全部转入全球文化同一化的轨道，相反，在全球化的同时，民族国家相应地呈现出抵制与抗拒的姿态，这就使文化全球化成为一个全球化与本土化并行不悖的过程，在此，文化的统一性和多样性是双向互动的。在这样一种大的历史背景中考察新世纪中国文学的走向，就会发现在新的历史时段中，文学重新发现了"地方"的价值，并试图在对地方气质和精神的勘查和挖掘中，找到文化全球化时代中本土化的地方路径。

《新世纪中国长篇小说的地方书写》是李小红的第二本专著，她的第一本著作以她的博士学位论文为基础写作而成，主要研究新世纪西部长篇小说。这部著作可以说是她在长篇小说研究领域继续深耕的结果，作者对文化全球化背景中中国文学的发展有着敏锐而恰切的判断，选择从地方书写的角度探析新世纪长篇小说的质素和样貌。尽管这一分析和研判多为个人所见，但大致可以窥视到新世纪长篇小说发展的整体面貌。

对于文学与时空关系的研究，中国历来有"一代有一代之文学"

的说法。刘勰用"文变染乎世情，兴废系于时序"说明了文学与时间的关系。然而，文学的发展不仅与时间相关，也与具体的地域空间有着非常复杂的关系。一方面，文学话语的生成总是与特定的时空环境相联系，离开了具体的时间、空间，文学就成了无本之木、无源之水。另一方面，文学对于空间，不仅是被动的反映，也有着形塑的作用。因此，特定的文学话语，只有在特定的时空中才会产生，文学总是一定时间、空间的再现和表现。在中国古代文论中，关于文学与时空的关系，有不少充满真知灼见的论述。比如《隋书·文学传序》说："江左宫商发越，贵于清绮，河朔词义贞刚，重乎气质。气质则理胜其词，清绮则文过其意，理深者便于时用，文华者宜于咏歌。此南北词人得失之大较也。"刘师培的《南北文学不同论》中也有"北方之地，上厚水深，民生其间，多尚实际；南方之地，水势浩洋，民生其际，多尚虚无"之论述。梁启超在其所著《中国地理大势论》中的论述则更为详细："燕赵多慷慨悲歌之士，吴楚多放诞纤丽之文，自古然矣。自唐以前，于诗于文于赋，皆南北各为家数。长城饮马，河梁携手，北人之气概也；江南草长，洞庭始波，南人之情怀也。"

在国外，20世纪70年代，受人文地理学的影响，人文社会学科掀起了空间与地方研究的热潮。文学地理学的诞生，就是在文学与地理之间架起了跨学科的桥梁，文学与地理的融合，并不仅仅是以文学的方式呈现人类学意义上的"地方性知识"，而是在文学再现过程中记述和延续地方的文化记忆，保护并传承文化的多样性。可见，文学作品不只是简单地对地理景观进行描写，也提供了认识世界、理解世界，进而理解人类的不同方法，通过地理环境和地理知识的揭示和呈现，展示人类生活的丰富多彩和价值多元。21世纪以来，"地方"理论被引进国内文学研究领域，出现了许多论著。"地方依恋""地方认同""地方感""地方空间"等一时成为文学研究的热点词汇。

本书写作的理论基点"地方"正诞生于这样的学术背景中——"我们用'地方'作为新世纪长篇小说的研究切入点，考察新世纪长篇小说如何观照和书写地方，以及作家们究竟何以如此观照和书写地方，使之成为他们的意图空间；同时地方又是怎样参与着作家作品的构型。借助对这些问题的思考，我们能深入探掘小说建构不同'地方空间'的内在意蕴与创作旨归，从而把这种特定空间与特定区域的文学体验呈现出来，这对建构完整的文化中国与文学中国的版图具有启示意义，同时也为新世纪文学提供了一个认识和寻找自己多维精神血脉的机会，丰富了我们对新世纪小说立体综合式的认识。"正是在这样比较高的视点的定位中，本书作者才能张弛有度地在"城市之像""乡村镜像"以及"边地形象"等三个方面展开分析，力图画出新世纪长篇小说地方书写的"存在之象"。

从一个理论的制高点上分析新世纪的长篇小说，与只局限于具体的文本分析而言，其学术视域显然有着泾渭分明的区别。从这个方面而言，作者对于长篇小说的研究，首先是在一个宏观的学理层面上展开的，不仅关注它在新世纪的发展，还将它的发展放置在全球化时代文学发展的场域中进行比照，继而再进入微观具体层面的分析，这样就可以比较精准地把握新世纪长篇小说整体的发展趋向及其文学价值。例如作者对于新世纪长篇小说城市书写的分析，先是从小说与城市的关系分析入手，涉及古代、近代小说对城市的表现，得出如下结论："小说与城市有着千丝万缕的联系，城市文化的发展促进小说创作的发生。反之，小说对城市地标的生动描绘，对城市市民生活的鲜活展现，又在一定程度上促进了城市文化的繁荣。通过小说家之笔，中国古代的长安、汴京、大都、洛阳无不以富有生命力的形象出现在读者面前。近代以后，在鸦片战争的枪炮声中，中国的国门被迫打开，通商口岸的开放，让外国的各种新事物、新思想如同潮水一般涌向中国，中国延续千百年的以农业生产为基础、以农村为主体的社会格局被打破，出现了以上海、北京、广州为代表的新型城市。虽然这些城市的名称古已有之，但城市的格局、功能以及体量早已发生了巨大的变化。因此，在近代兴起的城市小说如《官场现形记》《海上花列传》《二十年目睹之怪现状》中，无论是书写的内容还是形式，都发生了区别于古代小说的变化，由此也彰显出近代小说城市书写的独特意义。"继而，在简要梳理20世纪长篇小说城市书写的基础上，得出了新世纪以来长篇小说表现出的崭新特质。诸如从时空双重维度拓展的城市书写；小说书写的主角发生变化，传统市民形象之外，塑造了以知识分子、打工者群体以及城市新人类为代表的人物群像；城市书写在叙事结构、叙事角度、叙事语言上表现出以空间为主体，第三人称与第一人称的交互使用以及语言上的诗性追求等。这些结论的得出，无疑是非常新颖且有一定学术价值的。

　　同样，在进入具体小说文本的分析时，不仅需要作者有丰厚的知识储备，有基于人文价值立场的理论作为支撑，更重要的是，应该拥有丰富的想象力与共情能力，能够与作家产生情感乃至生命的共鸣，这样的评论才能真正打动人心。在这一点上，全书有着非常不俗的表现。比如作者在评价迟子建的《烟火漫卷》和贾平凹的《暂坐》时，就有非常独到的看法："人性肯定是复杂多变的，所以我们生存的世界才显现出这般千姿百态的面貌。然而，在喧嚣浮躁的世界中，人的身上迸发出的美与善的光辉同样让人不能忽视。在《烟火漫卷》和《暂坐》中，两位作家在小说的字里行间，表现出他们高超的对人性的洞察力，他们对小说中城市凡俗人生的不同灵魂深度解码，写出人性的灿烂与温暖。""小说中色彩缤纷的烟火与刘建国悲凉的心境形成鲜明的对照，这也与后记中作家自己看到的烟花形成呼应，要经过多少人生的苦难，才能体悟到生命如烟花绚烂。迟子建追溯父辈的足迹，也体察失去爱人刻骨铭心的痛苦，最后在《烟火漫卷》中，她以一场烟火告慰小说中的芸芸众生，也与自己的痛苦达成和解。"这些看似简约的论述，其实裹挟着作者基于自己切实的阅读体验之上的一种人文价值的判断，这种作者与作品深层次沟通、主体性极强的阅读感受渗透在本书的字里行间，常常让人觉得它并不是一本以学理见长的学术著作，而是评论者在诉说自己的一种生命体验、阅读体验的学术随笔。

本书令我最感兴趣的一个话题，是作者对新世纪长篇小说文学价值的评判。在长篇小说创作呈"井喷"之势的新世纪文坛，在浩如烟海的作品中寻找合适的材料，又将其与恰当的理论相结合从而形成有价值的学术论点，这并不是一件容易的事。需要作者在大量的阅读中发现，在发现中思考，在不断地知识能量的转化中，获取新的看法和见解。显然，本书最后一章的写作，就是基于这样一种学术研究的理路。因此，作者能将"地景书写""地方文化""地方语言"与"地方认同""地方依恋""地方审美"相勾连去评判新世纪长篇小说的文学价值，这是非常有新意且客观的评判。当然，关于新世纪中国长篇小说的地方书写这样一个话题，这本著作的探讨还仅仅是开始，地方知识书写的文学价值还需要有更深入的思考和阐解。从文学的具体生成来说，所有的文学都带有一定的地方性，无论它反映的是都市还是乡村，这自然与创作主体的个性气质及所受时代、环境影响等不可逾越的主客观因素有着直接的联系，同时这也正是民族文学或地域文学研究能够实现的现实基础。因此，深入审视地方气质与地方精神在不同阶段的艺术表征及内在含蕴，归纳、抉示其特有的艺术精神和审美特征，不仅能把握其文学的审美走向及演进规律，也有助于揭示中国文学的未来发展前景和总体文化特征。

在第一本书出版不到三年的时间中，李小红又撰写了自己的第二本学术专著，这对于一个承担着繁重教学工作且琐事缠身的教师而言，实属不易。然而，文学的根本和内核是什么呢，我认为，就是作家将他对生命感受与体验，将他从人生中获取的关于人的知识以文字的方式传达给读者。读者从作家构筑的想象力丰富的艺术世界中，获得向善向美的力量，获得战胜人生困厄的勇气和决心。从这个层面来讲，从李小红基于对新世纪长篇小说的阅读、观照而写作的评价中，可能也会获得这样的力量和感动。

  全球化时代，我们每个人似乎都不能置身事外，但作为人文社会科学研究工作者，对这一世界性浪潮应当有自己的判断和理解。学术研究之路，始终是在发现问题并解决问题的过程中行进的，只要她能在自己选择的研究路向上持之以恒地走下去，想必她会有更多更大的收获。

彭岚嘉

2022 年 4 月

目 录

第一章 导论 …………………………………………（1）
  第一节 何谓地方 ………………………………………（1）
  第二节 文学地方书写的研究状况及意义 ………………（10）
  第三节 20世纪中国小说中的地方书写 …………………（20）
  第四节 本书的着眼点与研究内容 ………………………（29）

第二章 历史变迁与城市之像 ……………………（36）
  第一节 新世纪长篇小说城市书写范式的嬗变 …………（36）
  第二节 器物书写与城市追忆 ……………………………（51）
  第三节 俗世即景与市井传奇 ……………………………（67）
  第四节 山河之影与故人之像 ……………………………（85）

第三章 现代转型与乡村镜像 ……………………（97）
  第一节 乡村现代转型中的文学书写 ……………………（97）
  第二节 乡村镜像的"传统"书写 ………………………（117）
  第三节 多维文化映照下的中国之村 ……………………（129）
  第四节 绘制当代新乡村的心灵版图 ……………………（141）

第四章 个体记忆与边地形象 ……………………（156）
  第一节 新世纪长篇小说中的边地形象及其美学 ………（156）
  第二节 边地诗性世界的追寻与想象 ……………………（170）

1

第三节　边地生命的哲性思考与表达 ………………（181）
　　第四节　边地现实与文化的"在场性"书写 …………（190）

第五章　新世纪长篇小说地方书写的文学价值 ………（203）
　　第一节　地景书写与地方认同——认识价值 …………（203）
　　第二节　地方文化与地方依恋——情感价值 …………（209）
　　第三节　地方语言与地方审美——美学价值 …………（216）

结语　地方与文学：一个常说常新的话题 ……………（225）

参考文献 ………………………………………………………（229）

后记 ……………………………………………………………（245）

第一章　导论

第一节　何谓地方

作为一种研究范式和方法路径，文学与地方的研究并不是"文学"与"地方"两个词语的简单叠加，而是基于"一种相互理解和阐释的视野之确立"[1]，通过对文学与地方的相互观照，需要厘清如下问题。首先，文学如何看待和理解地方；其次，地方与文学产生怎样奇妙的反应，地方对文学从哪些层面产生影响；再次，地方对文学的影响，在具体的文学中呈现出什么样的特点；最后，文学中的地方书写，有什么样的价值和意义。要厘清这些问题，首先需要对相关概念追根溯源。学术界对于"地方"概念的认知和对其内涵的界定，主要涉及如下几个方面。

一　人类学视野中的"地方性知识"

作为阐释人类学的重要组成部分，吉尔兹（也称克利福德·格尔茨）最早提出地方性知识概念，他将法律和人类学联系起来进行思考，认为二者都是地方性的技艺，"如同驾船、园艺、政治及作诗一般，都是跟所在地方性知识相关联的工作"[2]。他认为：

---

[1] 陶东风：《"文艺与记忆"研究范式及其批评实践——以三个关键词为核心的考察》，《文艺研究》2011年第6期。

[2] ［美］克利福德·吉尔兹：《地方性知识——阐释人类学论文集》，王海龙、张家瑄译，中央编译出版社2000年版，第222页。

> 法律……乃是一种地方性的知识；这种地方性不仅指地方、时间、阶级与各种问题而言，并且指情调而言——事情发生经过自有地方特性并与当地人对事物之想像能力相联系。……无论是否难以捉摸，这种观点有若干较为明确的含义。一点是法律的比较研究不能是将具体的区别减化为抽象的一般这样的工作。另一点它不能是旨在发现不同名义掩饰下的共同现象的工作。第三点则是，不管结论如何，它必然与如何处理区别而不是与如何取消区别相联系。①

在吉尔兹看来，法律作为一种地方性知识，人们对于法律的理解和适用，都应该建立在当地人对事情的理解（当地人的思维方式）的基础上。因此，依据法律处理问题应该兼顾地方性，对于不同地方法律的研究不能将具体的差异归纳抽象为一般事物。法律必须在承认事物独特性、差异性的基础上去理解事物。吉尔兹关于地方性知识的内涵大致包含以下内容。

首先，地方是一个空间概念。吉尔兹认为法律与民族志都是凭借地方知识运作的地方性技艺，它们的运作受到一定的地方限制和地方文化背景的制约，离开地方知识它们就成了无本之木、无源之水。因此，作为空间的地方性是其含义的首要方面。吉尔兹同时还提出："'地方性'显然是个'相对的'词语。在太阳系，地球是地方性的……在银河系，太阳系是地方性的……在宇宙中，银河系是地方性的。"② 所以，地方性总是相对于一定的空间限度，总有一个更广阔的空间与地方性相对。因而地方性是相对的，不是绝对的。

其次，地方性不是统一的，具有多样性的特征，即有各种不同

---

① ［美］克利福德·吉尔兹：《地方性知识——阐释人类学论文集》，王海龙、张家瑄译，中央编译出版社2000年版，第273—274页。
② ［美］克利福德·格尔茨：《烛幽之光：哲学问题的人类学省思》，甘会斌译，上海人民出版社2013年版，第124页。

的地方性。"如果我们非得有个对立不可……这个对立不是'地方性'知识和'普遍性'知识的对立,而是一种地方性知识(比如神经病学)和另一种地方性知识(比如民族志)的对立。"① 而且,根据内容不同,地方性可以分为不同的类型,它们彼此对应但又各不相同,诸如政治的地方性、经济的地方性、文化的地方性,等等。

再次,认为地方知识语境非常重要,所谓地方知识语境,"不仅是在特定的地域意义上说的,它还涉及到在知识的生成与辩护中所形成的特定的情境(context),包括由特定的历史条件所形成的文化与亚文化群体的价值观,由特定的利益关系所决定的立场和视域等"②。正是在这种地方知识语境中,我们才能理解事情发生的当下的具体情况,也就是吉尔兹所谓的,对于一件具体事情的认知,我们应该将它置于当地的文化背景和文化结构中去理解。也就是在具体的地域中,按照当地人的思维方式去认识事件发生的缘由、过程和结果。因此,理解一件事情,必须将其放置在特定的文化语境之中。

最后,认为差异既是地方性的特征,也是其作为方法论的重要维度。吉尔兹非常注重对地方性观念中差异性的强调,这是他对以结构人类学为代表的普遍主义的反拨和颠覆:"地方性知识的确认对于传统的一元化知识观和科学观具有潜在的解构和颠覆作用。"③ 他认为,对地方性知识中蕴含复杂的差异性的认知,有助于避免将事物简单化。这无疑也是对宏大叙事和西方中心主义的批判,因为并非所有意义都蕴含普遍规律和永恒价值,恰恰在差异中事物的意义才能够显现。因此,对地方性差异的强调也提供了一种研究问题的视角,它提醒人们注意差异的存在以及差异的重要性。观察的角度和方式不

---

① [美]克利福德·格尔茨:《烛幽之光:哲学问题的人类学省思》,甘会斌译,上海人民出版社2013年版,第124页。
② 盛晓明:《地方性知识的构造》,《哲学研究》2000年第12期。
③ 叶舒宪:《"地方性知识"》,《读书》2001年第5期。

同，意义显现自然也就不同："矫枉现代化及全球化进程中的弊端，后现代的特征之一就是'地方性'（localize）——求异……吉尔兹正是这一学术思想的有力倡导者。"①

以上是对与本书相关的吉尔兹"地方性知识"概念的简单梳理，可以看出，地方性知识的概念具有丰富性的特征。然而，遗憾的是，地方性知识丰富性的特征往往被研究者忽略，大多数研究者往往从研究的某一角度诸如地方空间、地方特色或者方法论等切入研究，对其他层面往往忽略不计，这就造成了"地方性知识"这一概念的简单化使用。另外，吉尔兹非常强调地方的差异性，而这一含义在研究中往往被忽视。

二 科学实践哲学视野中的"地方性知识"

作为美国著名的科学哲学家，约瑟夫·劳斯认为科学知识是一种地方性知识。他在成名作《知识与权力：走向科学的政治哲学》中指出，自然科学是一种内在于生活的实践建构而非单纯的理论体系，因此，它并不是传统观念所认知的普遍性知识，而是一种地方性知识：

> 从根本上说科学知识是地方性知识，它体现在实践中，这些实践不能为了运用而被彻底抽象为理论或独立于情境的规则。用海德格尔的话说，科学与其说是关于孤立事物的去情境化的认识，毋宁说是必须在上手的工作世界中经过深思熟虑的把握。②

---

① 王海龙：《导读一：对阐释人类学的阐释》，载［美］克利福德·吉尔兹《地方性知识——阐释人类学论文集》，王海龙、张家瑄译，中央编译出版社2000年版，第19页。
② ［美］约瑟夫·劳斯：《知识与权力：走向科学的政治哲学》，盛晓明、邱慧、孟强译，北京大学出版社2004年版，第113页。

第一章 导论

约瑟夫·劳斯的上述观点,主要是针对科学研究活动谈的。他通过具体的科学研究活动指出,科学研究的活动场所——实验室以及进行科研实践活动的人员都带有地方性情境因素:"与人员、技能、设备以及与所关注的特定塑造之间的指涉关系,对这种理解起着关键的作用。"① 同时,他还指出科学研究活动的过程中,的确存在着从原初的实验场所向其他实验场所转移的情况,但他认为,这种转移,也不能消除科研活动的地方性特征,因为"科学知识在实验室之外的拓展就是地方性实践经过'转译'(translation)以适应新的地方性情境。这并不是说科学知识没有普遍性,而是说它所具有的普遍性就是一种成就,这种成就总是根源于专门建构的实验室场所中的地方性之能知"②。由此可以看出,劳斯关于科学知识是地方性知识的认知,主要来自以下几个方面。

其一,作为科学活动场所的实验室,以及从事科学实验的人、技术、设备、观念等都具有地方性的特征,因此,"许许多多的科学知识都涉及到对情境的预先准备,以便规律能够运用,也涉及到学习按照规律所能适用的方式来描述它。这种预先准备和描述往往构成了地方性知识的形式"③。这就说明了科学活动从实践的主体到客体,都具有地方性的特征。

其二,劳斯也谈到了当科学知识拓展到实验室之外的情况。他认为,科学活动由一种地方性情境运用于一种新的地方性情境,这时科学活动就需要不断适应新的地方性情境。这是一个标准化的过程,这一过程往往被认知为科学知识的普遍性,而实际上劳斯认为,这恰恰体现了科学知识的地方性。"科学知识的标准化过

---

① [美]约瑟夫·劳斯:《知识与权力:走向科学的政治哲学》,盛晓明、邱慧、孟强译,北京大学出版社2004年版,第97页。
② [美]约瑟夫·劳斯:《知识与权力:走向科学的政治哲学》,盛晓明、邱慧、孟强译,北京大学出版社2004年版,第123—124页。
③ [美]约瑟夫·劳斯:《知识与权力:走向科学的政治哲学》,盛晓明、邱慧、孟强译,北京大学出版社2004年版,第124页。

程常常表现为'祛地方性'的,但是它是把一种地方性扩展或者加以改造到其他地方而已,是一种地方性征服另一种地方性的过程。科学知识的'祛地方性'过程表面上表现为三种相伴特性:祛语境化（decontextualization）、祛地方化（dislocalized）和非索引性的（nonindexical）。但是这些表现都是表象,都是标准化的异化产物。"[1]

无论是人类学视野中的地方性知识还是科学实践视野中的地方性知识,其提出的背景具有相似性。它们的学术背景都是人类学理论发展史上存在着的"普遍主义和历史特殊主义之间的方法之争";其时代背景都是全球化和现代化成为时代潮流之后,对一切地方性、民族性的荡涤,使得文化变得越来越趋同。很多学者意识到这种"趋同性"的缺陷,由此提出了"地方性"的命题。"第三个兼有学术和广阔文化背景的是,后现代思潮的兴起。而对科学实践哲学的地方性知识概念形成有较为直接影响的学术背景是在这种思潮下SSK的实践研究的兴起。"[2] 因此,"地方性知识"作为一种概念和方法,它的提出无疑有着极大的积极意义:"地方性知识并未给知识的构造与辩护框定界限,相反,它为知识的流通、运用和交叉开启了广阔的空间。知识的地方性同时也意味着开放性。……它始终是未完成的,有待于完成的,或者正在完成中的工作。"[3]

三 文化地理学视野中的"地方"

迈克·克朗的文化地理学注重"从地理的角度研究文化,着重研究文化是怎样影响我们的日常生活空间的"。因此,"在文化地理

---

[1] 吴彤:《两种"地方性知识"——兼评吉尔兹和劳斯的观点》,《自然辩证法研究》2007年第11期。

[2] 吴彤:《两种"地方性知识"——兼评吉尔兹和劳斯的观点》,《自然辩证法研究》2007年第11期。

[3] 盛晓明:《地方性知识的构造》,《哲学研究》2000年第12期。

学中，文化被视为现实生活实际情景中可定位的具体现象"。① 因为文化定义的复杂性，他举出大量的实例，同时"作者深入思考了国家、民族、商业、公司、商店、商品、文学、音乐、电影等在文化中所起的作用，研究了文化的消费和生产，也研究了居住地区是怎样对其居民产生影响和作用的"②。

与人类学对于"地方性知识"的研究不同，迈克·克朗主要通过实证法研究地方。在"地理景观的象征意义"一章中，他首先分析了作为住宅的"家"，认为相对于象征外面世界的建筑物，作为"家"的住宅有着极大的象征意义。他引用了布尔狄的话去说明：

> 与作为社会生活和农业生产的活动空间的男性世界相对照，家，作为女人的天地，是这个家的男人的妻子的领域，对于不属于这个家的任何一个男人来说，这块地方是神圣不可侵犯的。③

这一表述与诞生于中国农耕文化背景中的古典文学有非常类似的地方，在中国古典文学中，家是对于出生和栖居之地的经验性表达，寄寓着熟识、亲近、眷恋及舒适等情感因素。因此，他认为了解一个地区的地理景观的空间格局以及造成这种格局的实践活动，可以知晓本地区或本民族人的宇宙观。他据此认为文化的地理分布不同，其特性也不同。由建筑物衍生至文学领域时，他提出了"文学地理景观"，并以小说为例指出了文学的地理性特征：

---

① ［英］迈克·克朗：《〈文化地理学〉内容简介》，载［英］迈克·克朗《文化地理学》，杨淑华、宋慧敏译，南京大学出版社2003年版，第1页。
② ［英］迈克·克朗：《〈文化地理学〉内容简介》，载［英］迈克·克朗《文化地理学》，杨淑华、宋慧敏译，南京大学出版社2003年版，第1—2页。
③ ［英］迈克·克朗：《文化地理学》，杨淑华、宋慧敏译，南京大学出版社2003年版，第39页。

> 作为一种文学形式，小说具有内在的地理学属性。小说的世界由位置和背景、场所与边界、视野与地平线组成。小说里的角色、叙述者、以及朗读时的听众占据着不同的地理和空间。任何一部小说均可能提供形式不同，甚至相左的地理知识，从对一个地区的感性认识到对某一地区和某一国家的地理知识的系统了解。①

迈克·克朗在论述时，举出 D. H. 劳伦斯的小说中关于诺丁汉矿区生活、托马斯·哈代对西撒克斯人及他们的风俗和语言的描述，认为他的《德伯家的苔丝》是为纪念田园生活的结束所作的挽歌。他认为文学地理学应该"是文学与地理的融合，而不是一面单独的透镜或镜子折射或反映的外部世界。同样，文学作品不只是简单地对地理景观进行深情的描写，也提供了认识世界的不同方法，揭示了一个包含地理意义、地理经历和地理知识的广泛领域"②。笔者正是在他对小说具有地理学属性的论述中受到启发，开始关注新世纪以来长篇小说中的地方特征，但是，迈克·克朗关于"地方"的认知，不是仅局限于地理层面，他更关注地方对人精神的影响。他运用现象学家胡塞尔和海德格尔的思想来阐释这个问题，胡塞尔认为，对于一个事物的认知，"不仅存在于物体本身，也存在于我们对待它的方式中"③。据此，地理学研究中对于地方的认知，认为不仅应该认识某个地方所存在的物质表象，更应该通过物质表象看到人与地方的联系，尤其是形成的地方的特殊精神。

胡塞尔之外，海德格尔的观点也对地理学研究有所影响。海德

---

① [英]迈克·克朗：《文化地理学》，杨淑华、宋慧敏译，南京大学出版社2003年版，第55页。
② [英]迈克·克朗：《文化地理学》，杨淑华、宋慧敏译，南京大学出版社2003年版，第72页。
③ [英]迈克·克朗：《文化地理学》，杨淑华、宋慧敏译，南京大学出版社2003年版，第137页。

第一章 导论

格尔认为:"我们对世界的认识总是打上地方的烙印,这种认识总是以成为我们关心的中心的地方为认识世界的起点和基础。这种方式告诉我们,我们总是通过身边的事物而不是抽象的图式来认识这个世界的。我们研究任何物体也都不能不考虑它们存在的环境,因此,经验是统一的,或者说是整体的、全面的。"① 显然,海德格尔认为对地方的认识首先是具体、形象而非抽象的认知;其次,对地方的认知不能离开地方所处的环境,应该在地方与环境的结合中认识地方。由此可见,人与地方的关系是理解地方的关键所在。因此,对地方独特精神的强调使地理学与文化、文学、人之间的关系更加紧密。

迈克·克朗的地方的概念是其文化地理学思想的核心内容之一,他不仅将地理学与文化紧密联系在一起,还将地方与文学、艺术联系起来,建立了文学与地方的关系,这不仅为本书的研究提供了方法论上的指导,同时也是本书的重点研究内容。

基于对上述观点的梳理,本文研究新世纪中国长篇小说所涉及的地方概念,就有了较为明确的界定。

首先,地方是一种确定的地域空间,诸如本书涉及的"城市""乡村""边地"等概念。此概念是具体而非抽象的,如城市中的上海、北京,边地中的新疆、贵州的黔南地区等。

其次,地方作为一种研究方法或视角,探究文学生发的具体语境、人与地方的关系以及文学中体现出的地方精神。本书将新世纪长篇小说放置在具体的语境中寻找其地方书写的缘由、背景、特征及文学价值,把握作家创作的前因后果。将人与地方的关系作为研究的重点,从创作主体和创作客体两个方面分析小说想象与书写地方中人的思想感情及心理特征。在此基础上,分析一个地方

---

① [英]迈克·克朗:《文化地理学》,杨淑华、宋慧敏译,南京大学出版社2003年版,第140页。

所蕴含的特殊的地方精神——"一个地方那些超出物质的和感官上的特征的东西,并且能够感到对这个地区精神的依恋"①。

再次,文学中蕴含着丰富的地方思想、地方知识以及地方文化。因此,我们在进行文学批评与阐释时,要将其放在特定的地方背景中进行。诸如在分析新世纪以来长篇小说中的城市书写时,我们就需要在城市发展变迁的历史与现实中观照其文学形塑,看到城市地理、城市文化以及居于此间的人的整体的思维特征。正如赵园在《北京:城与人》中所言:"这人与城之间的关系的深刻性在于,当着人试图把那城摄入自己的画幅时,他们正是或多或少地用了那个城所规定的方式摄取的。'城'在他们意识中或无意间进入了、参与了摄取活动,并使这种参与、参与方式进入了作品。"②

最后,文学的地方性是文学与地方的双向互动、双方作用和影响的结果。理查德·利罕认为,城市与文学是一种双向的互动与建构,并且这种双向的建构是不断持续着的。因此,不能割裂文学与地方的互动和关联。一方面,地方作为文学的表现对象,它在文学中是被"建构的";另一方面,作家总是生活于特定的地方,地方通过影响作家进而影响文学作品。

第二节 文学地方书写的研究状况及意义

从地方的角度进入对 20 世纪中国文学研究,是 20 世纪 90 年代以来文学研究中的一个重要现象。1985 年,"寻根文学"兴起,无论是韩少功的《文学的"根"》,还是郑万隆的《我的"根"》以及阿城的《文化制约着人类》等,不约而同地表现出对本土地方文化的重视。随后,文学与地方、地方文化等方面的研究越来越多。何

---

① [英]迈克·克朗:《文化地理学》,杨淑华、宋慧敏译,南京大学出版社 2003 年版,第 138 页。

② 赵园:《北京:城与人》,北京大学出版社 2002 年版,第 23 页。

西来认为,"文学的地域文化研究,是在国人世纪反思的潮流中被提上日程的"①（此处及之后地域文化的概念等同于地方文化）。从文学研究的学科反思开始,到在21世纪"知识界逐渐形成一个可以称之为世纪反思的潮流"②。在这个反思的潮流中,20世纪中国文学的地方研究尤其令人瞩目。许多学者从不同层次、不同方面对地方与文学的关系进行解读,如对20世纪中国文学地方背景的考察,作家受到地方意识影响的表征,对文学中地方空间构建的分析,地方文化类型的考辨,等等,并在此基础上与同时期的文化思潮相联系进行探讨。可以说,关于地方与中国现当代文学关系的研究成果,以及其所体现出来的深度、广度和厚度,是非常引人注目的。

一 地方自然景观的文学形塑

文学中的地方,常常是与特定的地方空间联系在一起。中国幅员辽阔,地方空间极其广阔,每一个作家都在不同的地方形成了自己独特而精彩的文学世界。20世纪的中国文学,作家们都拥有强烈的地方意识,"从鲁迅、沈从文、茅盾、巴金、老舍到新时期'湘军'、'陕军'、'晋军'、'鲁军'……的异峰突起,几乎是地域特征取决了小说的美学特征。就此而言,越是地域的就越能走向世界,似乎已是小说家和批评家们共认的小说美学准则"③。对于作家这种强烈的地方意识在文学作品中的展示,评论家多从以下两个维度展开论述。首先是针对创作主体作家而言,他们都在作品中对自己所表现的地方灌注了强烈的情感体验。其次是对于创作的客体作品而言,作家通过对某一特定地方自然景观的描写,使其成为通过"一

---

① 何西来：《关于文学的地域文化研究的思考——从"二十世纪中国文学与区域文化"想到的》，《中国现代文学研究丛刊》1999年第1期。

② 何西来：《关于文学的地域文化研究的思考——从"二十世纪中国文学与区域文化"想到的》，《中国现代文学研究丛刊》1999年第1期。

③ 丁帆：《20世纪中国地域文化小说简论》，《学术月刊》1997年第9期。

幕幕风俗画、风景画、生活画的镜头，进而集纳成具有独特地域文化的自然景观、人文景观、历史景观，最终描绘出乡土气息与时代氛围交融一体的典型环境"①。不同的创作主体对于不同的地方有着自己不同的体验，但是作家对于自己所要表现的特定的地方却有着极其相似的情感。论及地方对于文学的影响，许多学者不约而同地指出这一点。这一时期，大部分学者侧重从地方文化的角度切入分析。何西来先生认为，"作家从小的地域文化传统的接受与熏陶，他的乡音、乡思、乡情，即是他的故乡故园情绪，都会以各种方式进入作品，影响他的选材，他的作品的情韵"②。严家炎在《二十世纪中国文学与区域文化研究丛书》的《总序》中谈完越文化对鲁迅精神气质的深刻渗透后，同时指出："鲁迅之外，沈从文之于楚文化，老舍之于京都文化，李劼人之于巴蜀文化，赵树理之于三晋文化，穆时英、张爱玲之于上海文化，柳青、陈忠实之于陕秦文化，大致情形莫不如此。"③ 田中阳认为："特定的区域文化同样孕育着小说家，塑造着小说家的主观世界。尤其是区域文化中的群体思维模式和心理因素，影响着小说家的包括直觉或感受方向在内的主观世界，诸如精神气质，情感内涵，表情达意的方式，乃至价值取向和思维方式，等等。因此他本身就成为某种区域文化的载体和体现者，以至于形成了与这种区域文化同质同构的心理定势。"④ 贾剑秋认为，现代作家对故乡的复杂情感与乡土情结是他们进入地方书写的原因之一："乡恋和乡愁生发于中国现代作家难以释弃的乡土情结。他们大多出生在乡土村镇，乡土情结成为他们创作的一种动力。在创作中他们挥洒的乡恋和乡愁既有对生养自己的故土的眷念，又有对自

---

① 孙豹隐：《瑰丽雄浑的历史画卷》，《小说评论》1993年第4期。
② 何西来：《关于文学的地域文化研究的思考——从"二十世纪中国文学与区域文化"想到的》，《中国现代文学研究丛刊》1999年第1期。
③ 严家炎：《总序》，载费振钟《江南士风与江苏文学》，湖南教育出版社1995年版，第4页。
④ 田中阳：《区域文化与当代小说》，湖南师范大学出版社1996年版，第24页。

己身处的现实乡土环境的审视。在情感倾诉时由于作者曾经身处的地域、时代、生活环境的不同,对生活的体验和悟察的程度、角度不同而有不同的情感诉求。"① "为什么我的眼里常含泪水,因为我对这片土地爱得深沉。"② 诗人艾青如此深情地吟唱。文学是性情的产物,中国现当代文学之所以具有恒久的生命力和影响力,"是与它用叙事文学的模式书写了作家们对古老土地的诚挚情怀让每一个生长于这个古老土地上的人深深地感动分不开的"③。

关于文学中地方空间构建的第二个方面,评论者们将目光主要集中在创作客体即作品上。不同地方的自然景观在作家作品中的描写,使得中国现当代文学成为一幅幅异彩纷呈的"风俗画""风情画""风景画"。

评论者注意到文学作品中对某一地方的自然地理环境的描写,这种描写对于作家的艺术风格产生了深远的影响。丁帆认为:"所谓'地域自然',就是自然环境为地域人种的性格特征、文化心理、风俗心理、风俗习惯……的形成所起着的重要决定作用。这种'后天性'的影响,亦成为地域文化小说所关注的最重要的内容之一。"④ 他的观点说明了自然地理环境在小说中地方空间构建的重要作用。同样,田中阳也有类似的观点,他认为,"不同区域的自然环境和气候在当代小说艺术个性的形成中,起着重要的'选择'作用"⑤,这就直接点明具体某一地方的自然地理环境对当代小说的艺术个性存在着深刻的影响。持相同观点的还有贾剑秋、李大健和何西来,贾剑秋认为"以鲜明的地域特色展现了作者故乡的异域风情"⑥ 是构

---

① 贾剑秋:《文化与中国现代小说》,巴蜀书社2003年版,第98页。
② 艾青:《我爱这土地》,载钱谷融主编《中国现当代文学作品选》,华东师范大学出版社2008年版,第298页。
③ 贾剑秋:《文化与中国现代小说》,巴蜀书社2003年版,第101页。
④ 丁帆:《20世纪中国地域文化小说简论》,《学术月刊》1997年第9期。
⑤ 田中阳:《区域文化与当代小说》,湖南师范大学出版社1996年版,第18页。
⑥ 贾剑秋:《文化与中国现代小说》,巴蜀书社2003年版,第97页。

成中国现代乡土小说的地域文化审美特征的重要因素。李大健认为："山川景物，民风民情对文学作品的艺术品位有着客观规定性，对于作家的创作风格的形成是起着主导作用的。"① 何西来认为："地域文化因素作为人物活动的外部环境进入作品，大体包括自然景观和人文景观两部分。在小说中，它们主要起一种情调、氛围的烘托作用，让鉴赏者产生身临其境的感觉，以增强逼真、似真的审美效应。"②

从创作主体作家和创作客体作品出发论及地方，尤其是地方文化对文学的影响，是一个常谈常新的话题。某一地方的自然地理环境对于作家的影响，古人就有论及。刘师培认为："南方之文，亦与北方迥别。大抵北方之地，土厚水深，民生其间，多尚实际；南方之地，水势浩洋，民生其际，多尚虚无。民崇实际，故所著之文，不外记事、析理二端；民尚虚无，故所作之文，或为言志、抒情之体。"③ 当代学者拓宽了这一研究的视野，他们不仅指出了文学的地方空间建构的诸种表征，同时也进一步指出地方对作家所施及的强大影响力。这种影响力不只体现为情感体验，它同时也影响着作家的思维方式、心理结构以及审美情趣。诚如赵园在《北京：城与人》中所言："经由城市文化性格而探索人，经由人——那些久居其中的人们，和那些以特殊方式与城联系，即把城作为审美对象的人们——搜寻城，我更感兴趣于其间的联结，城与人的多种形式的精神联系和多种精神联系的形式。"④

二 地方人文景观的文学书写

地方、地方文化对作家的影响，除了某一地域的自然景观之外，

---

① 李大健：《试论地域文化对作家创作风格的影响》，《湖北民族学院学报》2000年第4期。
② 何西来：《文学鉴赏中的地域文化因素》，《文艺研究》1999年第3期。
③ 刘师培：《南北文学不同论》，载郭绍虞、罗根泽主编《中国近代文论选》（下），人民文学出版社1959年版，第573页。
④ 赵园：《小引》，载《北京：城与人》，北京大学出版社2002年版，第1页。

第一章　导论

还有历史沿革、民族关系、风俗民情、生活状态、语言乡音等重要因素。换言之，较之于自然条件，由历史形成的人文环境的种种因素给予文学的影响更为复杂深刻。中国现当代文学中作家们在对特定地域人文景观的描述中，往往隐含着作家"改造国民性"的深思。学者樊星认为，文学的地域文化研究不止于"究天人之际"，他同时对民族性的研究很感兴趣。[1]

首先，评论者都指出具体地方的风俗民情对于文学的重要意义。学者田中阳从"对文学个性化形成的价值""对小说无限的、永恒的魅力""与文学的认识功能相通"等三个方面全面展开论述，深刻揭示出地方风俗给予文学的影响："对于文学，尤其对于叙事艺术的小说来说，区域文化中的风俗可能是最为重要的了。区域风俗对文学、尤其对小说的内容和形式都有着十分重要的意义。"[2] 严家炎先生在论及20世纪乡土小说流派时认为，"风俗画对于文学，决不是可有可无的。无数艺术实践的经验证明，文学作品写不写风情民俗，或者写得深沉不深沉，其结果大不相同：它区分着作品是丰满还是干瘪，是亲切还是隔膜，是充满生活气息还是显得枯燥生硬。世界上许多生活底子雄厚的大作家和大作品，都是注意写风俗民情的"[3]。

其次，评论者将作品中的风俗分为两种类型："丑陋"和"美好"，指出作家在对这两种风俗的表现中蕴涵着不同的思想感情，体现着不同的审美倾向，但文化审视的视角却都是鲜明的。在表现"陋俗"的作品中，评论者指出："作家在对乡土文化的反思中，将代表乡土固有文化灵魂的民俗作为焦点审视，通过一定的民俗来反映历史文化积累的尘垢，从文化积淀中探查国民性的病根和社会衰朽的病源。"[4] 关于这一点，评论者列举出一系列的作家：从鲁迅、乡

---

[1] 樊星：《当代文学与地域文化》，华中师范大学出版社1997年版，第9页。
[2] 田中阳：《区域文化与当代小说》，湖南师范大学出版社1996年版，第55页。
[3] 严家炎：《中国现代小说流派史》（增订本），长江文艺出版社2009年版，第73页。
[4] 贾剑秋：《文化与中国现代小说》，巴蜀书社2003年版，第103页。

土小说流派的诸位作家、茅盾、巴金、老舍、萧红、赵树理到当代的韩少功、郑义、贾平凹等人。在对个体作家作品的评论中可以看到，经由描绘风土习俗而显示出的文化审视。如对鲁迅作品的评价："他将乡土小说的创作与国民性问题的探索联系在一起，将乡土人物的命运与对中国文化的批判联系在一起；将民俗风情的描绘与文化审视的目的联系在一起。"① 而关于"美好的风俗"，评论家认为："作者笔下的乡土风俗表现得美好、优秀，富有人情，闪烁着文明智慧之光，为异域风情涂抹着斑斓明丽的色彩。"② 除了表现"斑斓明丽的色彩"之外，美好的习俗之中也隐含着作家的地方文化审视。评论者同样从个体作家入手，指出鲁迅、废名、沈从文、孙犁、汪曾祺等人的创作"以淳美乡俗写美好人性"，从而揭示出"一个民族常绿的童心"。③

最后，评论者指出，直接在作品中描绘某一特定地方风土习俗，这表现的仅仅是"风俗的表层"。他们同时还指出了20世纪中国文学对风俗的深层表现，以及由此体现出的更为深刻的地方文化审视。他们认为"风俗的深层是以人的意识形态表现出来的，它是内隐的，看不见，摸不着，存活与人的心理世界中"④。因此，文学作品中人物形象的塑造与风俗有很大的关系。"谁也不会以一种质朴原始的眼光来看世界。他看世界时，总会受到特定的习俗、风俗和思想方式的剪裁编排。"⑤ 评论者通过对阿Q、祥林嫂、闰土等人物形象的分析，认为他们的性格命运与浙东风俗紧密相连，"在异域风情画中展示乡土人物的生活与命运，为小说人物行为性格的形成，提供了广阔深邃而富有个性特点的文化背景"⑥。同时，在这些人物身上，传

---

① 贾剑秋：《文化与中国现代小说》，巴蜀书社2003年版，第109页。
② 贾剑秋：《文化与中国现代小说》，巴蜀书社2003年版，第102页。
③ 田中阳：《区域文化与当代小说》，湖南师范大学出版社1996年版，第65页。
④ 田中阳：《区域文化与当代小说》，湖南师范大学出版社1996年版，第56页。
⑤ [美] 露丝·本尼迪克特：《文化模式》，王炜等译，社会科学文献出版社2009年版，第1—2页。
⑥ 贾剑秋：《文化与中国现代小说》，巴蜀书社2003年版，第110页。

达出鲁迅深刻的文化审视——"将中国文化中的积垢作了剔肤见骨的揭露",为"追溯弱国衰民产生的症结,探索国民精神的改造,造就富有生机的现代文化开辟了路径"。① 当然,从这一角度去评论20世纪中国文学中的地方文化审视,能提到的作家还有很多。贾剑秋在《文化与中国现代小说》一书中,以地方为标准,划分出浙江作家、中原作家、荆楚作家、关东作家、台湾作家、西南作家,对诸位现代作家的文化审视,多以民俗环境中的人物形象分析为切入点。樊星在其专著《当代文学与地域文化》中,论及沈从文、韩少功,均指出其人物形象塑造中楚地的风俗民情的影响,以及由此表现出作家的文化审视来"释放现代观念的热能","重铸和镀亮""民族的自我"。②

三 地方文化与文学精神的关系

文化与文学天然有着密不可分的关系。文化是人类智慧的产物,文学来自人类的社会生活,来自人类的审美创造。所以,文化是文学的"源",文化孕育着文学。同时,文学是文化的重要组成部分,其既是文化的文本影像,又是文化传承的载体。因此,对于地方与文学关系的探讨,许多学者都认为研究某一特定地方的文学,需要将其置于特定的文化场中。"我们试着将地域文化或地域文学看作一个具有生命力的'地域文化场'或'地域文学场'。"③ 此处地域文化的内涵与文学的地方性相通。"场"的概念源自物理学中的电磁学理论——电子的相互作用,可产生磁场或电场,电场或磁场又反过来受到电力或磁力的影响。

中国地方文化鲜明的特征是"和而不同"。"'和而不同'作为对文化现象的概述,就是指各种文化和谐发展,而又各自保存自己

---

① 贾剑秋:《文化与中国现代小说》,巴蜀书社2003年版,第110页。
② 韩少功:《文学的"根"》,《作家》1985年第4期。
③ 王祥:《试论地域、地域文化与文学》,《社会科学辑刊》2004年第4期。

的特色,中华文化是我国各个民族共同创造的,由多个地域文化构成,因此它既有共性,又有个性。"[1] 在共性方面,有评论家指出:"不同的地域文化之所以能够和谐相处,是因为它们之间有相同的文化因子,这就是儒家思想。"[2] 由此,指出20世纪中国文学所具有的共同的精神,那就是作家深沉的忧患意识和深刻的理性精神。而更多的评论者从个性不同的地方文化场出发,发现了其中蕴涵的不同的文学精神。

学者陈继会将20世纪的小说放置在中国这样一个大的文化场中探讨其文化精神:"他是把中国现代小说的创作及其特征置于整个中国现代社会和文化框架中来寻找并阐释其中所包涵的意蕴的。"[3] 在此基础上,他探索出20世纪中国小说的文化精神是"民族灵魂的重建"[4]。学者樊星在《当代文学与地域文化》中将中国的地方文化区分为"北方文化场"和"南方文化场",指出北方厚实的黄土地让作家的笔分外的沉重,因此,在"北方文化场"中孕育出的文学精神是"苦难成全了坚忍"的苦难意识,是"刚烈的自由魂"。在这里,我们看到的是格外沉重的现实生活,是坚忍不拔的抗争意识。而"南方文化场"中的文学精神则表现为一种神秘、奇丽、狂放的浪漫主义精神,在作家的笔下,这种精神化为对青山绿水酣畅淋漓的描写,对原始神秘的民间文化的全景展现,是文学想象力的飞升,在两个大的地方文化场的区分之外,他同时也划分出许多更小的地方文化场,如"齐鲁""秦晋""东北""西北""中原""楚地"

---

[1] 赵连稳:《"和而不同"——中国地域文化的特征——读〈中华地域文化集成〉》,《中国图书评论》2000年第5期。

[2] 赵连稳:《"和而不同"——中国地域文化的特征——读〈中华地域文化集成〉》,《中国图书评论》2000年第5期。

[3] 钱谷融:《初版序》,载陈继会《二十世纪中国小说文化精神》,东方出版社2002年版,第3页。

[4] 钱谷融:《初版序》,载陈继会《二十世纪中国小说文化精神》,东方出版社2002年版,第4页。

"吴越""巴蜀"等,并以"悲怆""悲凉""神奇""雄奇""奇异""绚丽""逍遥""灵气"对不同地方文化场中的文学精神做出了较为精确的阐释。① 而田中阳对于这几大地方文化场中文学精神的论述则更为具体,如他认为三秦地方文化场中的文学精神表现为一种"为文学献身的悲壮精神"和深刻的现实主义精神。而同属北方的齐鲁作家的文学精神就是一种"好汉"精神。南方的吴越之地孕育出的文学精神则是"求异求奇求精",湘楚则表现为"浪漫"。②

随着80年代以来对西部文学的倡导,评论者也越来越注重从西部文化场出发去探寻西部文学的精神。学者李星对西部文学精神产生的西部文化场做出了确切的定义:"我们认为对文学创造具有巨大影响的仍将是由其地理人文生存环境、多民族文化,特别是宗教文化所制约西部人的生命意识、生存意识、人生意识,正是它们构成了综合性的西部精神和西部意识的核心,决定了西部的文化精神特征。"③ 学者余斌认为西部文学之魂表现为忧患意识,在忧患意识之中包含着流亡情结。④ 这里的西部文学之魂实际上就是指一种文学精神。这些学者从西部文化场的角度对西部文学的精神探讨,对西部文学的发展产生了积极而深远的影响。

还有评论者从山与水、城与乡等不同的角度划分出不同的地域文化场,并指出其中蕴涵的不同的文学精神。如赵园在《北京:城与人》中,将北京作为一个独特的地方文化场,指出老舍、邓友梅、刘心武、韩少华、汪曾祺、陈建功等人所受的北京文化的影响:"北京魅力是内在于人生的,内在于居住古城中分有其文化精神的人们的人生的。"⑤ 而北京文化场中诸位作家共同的文学精神则体现为:

---

① 参见樊星《当代文学与地域文化》中的观点,华中师范大学出版社1997年版,目录页。
② 田中阳:《区域文化与当代小说》,湖南师范大学出版社1996年版,第206—269页。
③ 李星:《西部精神与西部文学》,《唐都学刊》2004年第6期。
④ 余斌:《中国西部文学纵观》,青海人民出版社1992年版,第187—223页。
⑤ 赵园:《北京:城与人》,北京大学出版社2002年版,第19页。

文化展示中的理性态度、在似与不似之间的审美追求、介于俗雅的平民趣味等。[①] 当然，从地域文化场的角度去研究 20 世纪中国文学的精神，这些研究还有待进一步深入。但它为地域文化与文学关系的研究提供了一个新的视角，有着非常积极的意义。

总之，从新时期到新世纪，"地方与文学"的研究，从肤浅到深刻，从零星到繁多，到 20 世纪末已呈现前所未有的勃勃生机，而且日趋成熟。笔者相信，随着时间的推进，"地方与文学"研究会取得更大突破，会结出更丰硕的成果。

第三节　20 世纪中国小说中的地方书写

自古以来，文学就与地方结下了不解之缘。中国最早的诗歌总集《诗经》中的"十五国风"就是文学与地方结合的典范之作。从此以后，具有鲜明本土色彩和地域文化的创作成为中国文苑里一枝绚丽的奇葩，浸润着巫风楚雨的楚辞、风格迥异的南北朝乐府民歌都是典型的事例。而且，中国古代文学流派众多，以地域、地方命名的甚多，诸如宋代的江西派，明代的吴派、浙派、闽中派、岭南派、竟陵派、公安派，清代的桐城派、阳湖派、常州派、吴江派、临川派，等等。以地方命名流派可以说明如下问题：其一，中国古代的文人很早就开始从地方、地域的角度研究文学了；其二，每个流派内部必然存在某种联系，而这个联系很可能就是一个地方赋予文学独有的色彩。我们经常说，"文学是人学"，这个命题有多个层面的含义，就文学创作而言，主要表现为：一是文学反映社会人的生活，即文学以社会人为创作对象；二是文学的创作主体是社会人。无论是作为创作对象的人，还是作为创作主体的人，一个社会人，几乎从一生下来就要受特定地方的影响。

---

① 赵园：《北京：城与人》，北京大学出版社 2002 年版，第 19—52 页。

那么，具有特定地方意识的作家所写的反映特定地方人的作品必然带有特定的地方文化色彩。在中国现代文学中，20 世纪 20 年代崛起的以许杰、王鲁彦、蹇先艾、台静农、彭家煌等为代表的一批乡土小说家，他们在"师法鲁迅"的写作中，正是以鲜明的地方色彩形成了乡土小说创作"一江春水向东流"的壮阔之势。30 年代以沈从文为代表的京派，以刘呐鸥、穆时英为代表的海派，以李劼人为代表的四川作家群，以萧红、萧军为代表的东北作家群，40 年代以赵树理为代表的山药蛋派，以孙犁为代表的荷花淀派，这些以流派命名的作家群体，他们的小说创作无不染上了或厚重、或斑斓的地方色彩，从而构成了中国现代小说百花齐放的创作态势。

一 地方对 20 世纪中国小说的影响

"地方"不仅是一个地理概念，更具有文化内涵。从外延来说，它主要指自然地理地貌，再深一层有民俗习惯、礼仪制度、宗教信仰、方言俚语等，处于核心层面的则是人的心理意识、性情禀赋、思维方式和价值观念。"地域不仅仅是因为其自然的或人文的某一方面而对人、对文学产生影响，更不仅仅是从物质的层面对人或文学产生影响，它的影响不应该是单一的（比如山地、水乡、平原、草原之类的影响）、平面的（比如自然的影响），而是一种综合性的多层次的影响。"[①] 严家炎先生也说："地域对文学的影响是一种综合性的影响，决不仅止于地形、气候等自然条件，更包括历史形成的人文环境的种种因素，例如该地区特定的历史沿革、民族关系、人口迁徙、教育状况、风俗民情、语言乡音等；而且越到后来，人文因素所起的作用也越大。"[②] 由此可见，地方对文学的影响是一种综

---

① 王祥：《试论地域、地域文化与文学》，《社会科学辑刊》2004 年第 4 期。
② 严家炎：《总序》，载费振钟《江南士风与江苏文学》，湖南教育出版社 1995 年版，第 2 页。

合性的影响，而这种综合性的影响在20世纪中国小说中，主要表现为以下两个方面。

首先，从叙事学方面来看，地方是构成中国现代小说叙事图景的一个重要元素。小说的三要素是情节、人物和环境，而环境在很大程度上具有地域性，那么，地方就构成了叙事图景中的一个重要元素。韦勒克认为："伟大的小说家们都有一个自己的世界，人们可以从中看出这一世界和经验世界的部分重合，但是从它的自我连贯的可理解性来说它又是一个与经验世界不同的独特世界。"[1] 巴尔扎克笔下的巴黎，哈代笔下的威塞克斯，福克纳笔下的约克纳帕塔法，都是文学世界中非常著名的地方形象。不只外国小说家这样，中国小说家也是如此。中国地域辽阔，民族众多，地理形貌千差万别。从整体的地理风貌来看，中国是"山之父""河之母"，除黄河、长江这两条母亲河之外，不仅有大小支流数百支，还分布着许多驰名中外的山脉、高原、平原、沙地、湖泊、盆地，如此复杂的地理形貌决定了中国是广袤与荒寒共存、贫瘠与丰饶同在。相对来说，西部是"两岸连山，略无阙处。重岩叠嶂，隐天蔽日"（郦道元《三峡》），东部是"襟三江而带五湖，控蛮荆而引瓯越"，"落霞与孤鹜齐飞，秋水共长天一色"（王勃《滕王阁序》）。从民族文化来说，中国拥有56个民族，这些民族祖祖辈辈生活在这里，在漫长的历史中积淀成中国特有的以农业文化为主，以海洋文化和游牧文化为辅，农民、渔民、牧民群居的传统生活形式。随着工业文明的崛起与发展，在中国大地上，前现代文化还没有消退历史的旧痕，现代文化的羽翼还未完全丰满，后现代文化就已超前登临。地势平坦，可令人心胸开阔爽直；山势峻险，可使人性格刚毅坚忍；风景秀美，可以让人柔媚多情；穷山恶水，可以把人变成刁民贼寇。正如古人所

---

[1] ［美］勒内·韦勒克、奥斯汀·沃伦：《文学理论》，刘象愚、邢培明、陈圣生、李哲明译，江苏教育出版社2005年版，第249页。

说,"南方谓荆扬之南,其地多阳。阳气舒散,人情宽缓和柔";"北方沙漠之地,其地多阴,阴气坚急,故人刚猛,恒好斗争"。[①] 鲁迅笔下的鲁镇和未庄,巴金笔下的成都,老舍笔下的北京,沈从文笔下的湘西,施蛰存笔下的上海,萧红笔下的东北,莫言笔下的山东高密,贾平凹的商州,路遥的陕北黄土高原,等等,无不是对中国复杂地貌和多样地方的生动展示。

其次,从创作论角度来说,"一方水土养一方人",每个人几乎从一生下来就要受特定地方、地方文化的影响使他带上某种地方的印记,那么,拥有特定地方文化意识的作家在创作时,其价值取向必然具有特定的地方性,作家的创作个性和价值取向必然受地方及地方文化的影响。我们知道"假舆马者,非利足也,而致千里;假舟楫者,非能水也,而绝江河"(荀子《劝学》)。处在不同时代的作家作品自有其不同的时代特色和地方特色,而处在同一个时代的作家因为他们各自借助了不同的地方文化这个车马舟楫,才成就了自己不同于别人的文学创作特色。同处于20世纪30年代的大背景下,老舍把自己的目光聚焦在曾经的皇城帝都,写北京的大小杂院、四合院和胡同,写生活在北京的新老市民及其凡俗人生,写构成那里古城景观的各种活动和寻常世相,写已经斑驳破败仍不失雍容气度的北京文化情趣,为读者展开了一幅丰富多彩的北京风俗画卷。沈从文将笔触伸向了自己谙熟的湘西边城,写故乡的农民、兵士、终生漂泊的水手船工、吊脚楼的下等娼妓、童养媳和小店伙,等等,给我们勾画了一个充满诗情画意的"湘西世界"。刘呐鸥受上海洋场生活的影响,他形成了对都市生活的敏锐感觉,因此,他能将摩天大楼、电影、跑马场、霓虹灯等象征现代生活的事物都写进自己的作品,从而让读者对20世纪30年代五光十色的上海都市生活有切实的认知。即使同为"京派"作家,废名构筑了黄梅故乡世界,芦

---

① (唐)孔颖达疏:《十三经注疏》(下卷),中华书局1980年版,第1626页。

焚营造了河南果园城，萧乾的笔触则始终没有离开北京城根。即使同是书写上海，"新感觉派"笔下的上海，与40年代上海红极一时的女作家张爱玲小说中的上海又大相径庭。不同于穆时英、刘呐鸥的男性都市漂泊者、流浪者眼光，她侧重于从上海市民家庭入手，展示城市日常生活中的浮世悲欢。因此，张爱玲笔下的上海，是充满家长里短、柴米油盐的日常性的上海。再比如，叶紫的《丰收》、茅盾的《春蚕》、叶绍钧的《多收了三五斗》及赖和的《丰作》都是20世纪30年代以描写"丰收成灾"而著称的短篇小说。叶紫从小在乡间长大，父母都是农民，他本人也懂得多种农活，其小说取材于湖南洞庭湖地区农民云普叔家丰收而又惨遭破产的血泪生活。茅盾虽说不是农民，但从小接触农民，他对蚕桑的事情也了解颇多。他的外祖父是丝商，家里每年养蚕，母亲也会养蚕，因此他选取了江南农村蚕农老通宝家养蚕"丰收成灾"的悲惨事实。叶绍钧出生在江苏，在江南小镇当小学教员时目睹了周围农民生活，深知江南鱼米之乡农民生活的艰难，他截取万盛米行米价大跌而使聚集在河埠头等待粜米的"旧毡帽朋友"苦不堪言的灰色剪影来表现稻米"丰收成灾"的农村惨象。生于中国台湾、长于日本帝国主义铁蹄下的"台湾新文学之父"赖和却把自己的镜头对准了老实安分的蔗农添福兄，表现日本制糖业给台湾农民带来的不幸和痛苦。其中茅盾笔下老通宝用大蒜头茎叶长得多少来占卜蚕花好坏的迷信做法，叶紫笔下云普叔顶着万民伞、村民们抬着菩萨兜四五个圈子祈求上苍降雨的民间仪式，都是不同地方风俗的生动写照，由此成为当时无产阶级革命文学创作中的亮点。

到20世纪五六十年代，周立波等人的小说创作与地方也有着密切的关联。他们在展现当时政治运动中民众生活方式和生存信仰的同时，还生动地描写了家乡的民间习俗、人情风尚。新时期以来，小说与地方的结合更为紧密。1985年，韩少功发表了《文学的"根"》，拉开寻根文学的序幕。韩少功的《爸爸爸》和《女女女》、孙健忠的《舍巴日》和《死街》、莫应丰的《桃园梦》、叶蔚林的《五个女子和一根绳子》等作品都表现出远离政治的倾向，将读者的注意力引向了远古的神话、图腾和仪式中，去寻找民族文学之根，并通过文化批判来探讨地域文化与国民性间的关系。至此，几代作家以各自不同的时代身份展示了不同时代的民众生存风貌和生活方式，也给地方书写披上了丰富多彩的时代外衣。在"京味文学"中，老舍，邓友梅、刘心武、陈建功、王朔、邱华栋这三代作家也以各自的文学创作展示了20世纪北京文化在不同时期的发展状况，共同构成了北京小说的发展图景。

二 20世纪中国小说的美学风貌

地方与中国现代文学之间的密切关系，早在"五四"时期就被文学先驱们认识。1921年周作人在翻译了英国作家劳斯为《希腊岛小说集》写的序文后说："中国现在文艺的根芽，来自异域，这原是当然的；但种在这古国里，吸收了特殊的土味与空气，将来开出怎样的花来，实在是很可注意的事。希腊的民俗研究，可以使我们了解希腊古今的文学；若在中国想建设国民文学，表现大多数民众的性情生活，本国的民俗研究也是必要，这虽然是人类学范围内的学问，却于文学有极重要的关系。"① 在《地方与文艺》一文中又说："风土与住民有密切的关系，大家都是知道的：所以各国文学各有特色，就是一国之中也可以因了地域显出一种不同的风格，譬如法国的南方普洛凡斯的文人作品，与北法兰西便有不同。在中国这样广大的国土当然更是如此。"② 他主张作家"跳到地面上来，把土气息泥滋味透过了他的脉搏，表现在文字上，这才是真实的思

---

① 周作人：《在希腊诸岛》，载周作人著，止庵校订《永日集》，北京十月文艺出版社2011年版，第47页。

② 周作人：《地方与文艺》，载周作人著，止庵校订《谈龙集》，河北教育出版社2002年版，第10页。

想与文艺"①。在此，周作人认为"五四"新文学是从国外引进的，缺少坚实的存活基础，要想让它在中国的土地上生根发芽、开花结果，就应该倡导乡土文学的地方色彩，展示中国文学的民族特色。他还认为中国文学只扎根于中国乡土还远远不够，应该以强烈的地方趣味冲出国门，走向世界。所以，他在为刘大白的《旧梦》写的序中又说："我相信强烈的地方趣味也正是'世界的'文学的一个重大成分。具有多方面的趣味，而不相冲突，合成和谐的全体，这是'世界的'文学的价值，否则是'拔起了的树木'，不但不能排到大林中去，不久还将枯槁了。"② 这里的"地方趣味"就是地方文化在文学中生发的趣味和情致，以后的文学创作实绩也证明了周作人的观点是合理的。在沈雁冰等人编写的《文学小辞典》中这样定义地方色彩，所谓地方色彩，也就是一个地方的特色，一个地方不同的风俗，会影响一个地方人们的生活习惯，久而久之，就形成了一个地方独有的性格。地方色彩可以使文学之间产生差别，避免雷同，从而使文学产生独到的魅力和旺盛的生命力。丁帆先生把西部现代文学的美学风格概括为"三画"——"风景画""风俗画""风情画"。应该说这"三画"不只是西部文学的美学风格，也是大多数小说地方书写的美学风格。

被称为"世界屋脊"的青藏高原有绵延不断又终年积雪皑皑的崇山峻岭、蔚蓝高远的天空、灿烂静穆的太阳、空旷无边的大草原，它们与山野间高高低低的玛尼石堆、迎风招展的五色经幡、转山朝寺的踽踽人流、敬神拜佛的袅袅香烟共同构成了神秘而富有生机的雪域风光。蒙藏逐水草而居的游牧生活催生了他们独有的礼俗习惯，形成了雪域草原所特有的生命观念和价值取向，在这种地域文化氛围中产生的以扎西达娃、阿来为代表的藏族文学作家，其作品就具

---

① 周作人：《地方与文艺》，载周作人著，止庵校订《谈龙集》，河北教育出版社2002年版，第12页。
② 周作人：《旧梦》，载《自己的园地》，江苏人民出版社2018年版，第140页。

有其他地方作家作品所不具备的一种神秘性和生命力。

湖南东南西三面皆山，中部和北部多为低矮的丘陵、盆地和冲积平原，整体地势呈向北开口的马蹄形。其中湘西一带，绝大部分处于云贵高原的东部边缘，石灰岩分布广，岩溶活跃而且多绝崖、深谷和急流，可以说湖南是良田美池与山丘峻岭同在，秀丽肥沃与崎岖贫瘠共存，再加上湘楚文化的神巫色彩，所以，沈从文等湖南作家的小说中既有湖南古老的青石板街、新造的红砖青瓦房、枝叶四张的老樟树、歪歪斜斜的吊脚桥这些富有地方特色的自然风物，又有披兰戴芷竞唱民歌、激烈紧张地竞渡龙舟的先楚文化，还有放蛊、落洞、械斗、沉潭、哭嫁、跳傩等少数民族的民间风俗。尽管东北地域辽阔，跨海而拥陆，且山岭、草原、沼泽相间，鸟兽虫鱼遍布，物产资源极为丰富，但一年中有将近二分之一的时间处于冬季，大雪纷飞，北风呼啸，异常寒冷。在这样严酷的自然条件下，对驱散寒冷、普照万物、能带来温暖和光明的太阳的向往和崇拜就在情理之中了。出于生存的需要，东北的生民纷纷将太阳奉为始祖，将太阳升起的地方奉为本民族的发源地，产生强烈的日神崇拜意识，后来演化为以拜日东向为特征的文化仪式和风俗，衍生了东北大地上牧渔农混杂的生产生活方式，升腾出火爆豪放、勇敢直爽，敢于同自然、同现实、同人生搏斗的地域性格。萨满教作为一种原始宗教而被东北民众信仰，因此，端木蕻良和萧红、迟子建的作品都详细而生动地描绘了萨满跳神场面，表现了当地生民原始落后的萨满文化意识。

上海自1843年开辟了租界以后，就渐渐熏染了商埠殖民地洋场气息，他们的生活里有汇集着各式各样船只的大港湾，有工人来回穿梭的工厂，响着爵士乐的舞厅，摩天大楼、百货商店、跑马场更是比比皆是，就连自然景物，似乎也与前一个时代有了不同的样貌。上海成了各种文化与人种的混合容器，既有外国的又有中国各地的，建筑、服饰、乐玩、饮食等的样式和品种之多到了令人眼花缭乱的地步。但从人口构成来看，上海的移民大部分是来自江浙一带的，他们是吴越的子孙，无论是饮食习惯还是文化心理，都无法割断与吴越文化这根脐带的联系，所以上海人的性格中既有浙东的强悍硬气、吴越的开通明朗，又有海外的狡诈精明。可以说，上海是古与今，中与西，乡与城多方位、多层次、高密度文化信息的交结点。从20世纪30年代开始，上海的"都市风情线"就在"新感觉派"的笔下徐徐展开，而到了90年代，在王安忆、陈丹燕等作家的笔下，"旧上海"的旖旎风情与"新上海"的华丽面貌交错出现，表达着作家怀旧、感伤等诸多复杂的情绪。

新时期以来，小说除对"风景画"的书写之外，对"风俗画""风情画"的表现越加完备和多样。邓友梅的《那五》《烟壶》、冯骥才的《神鞭》《三寸金莲》等小说书写了北京、天津两地的市井传奇，其中两地的风俗文化书写成为重点。莫言的《红高粱》《丰乳肥臀》对山东高密的塑造，汪曾祺《大淖记事》《受戒》对故乡高邮山清水秀的地理环境的书写，与其中的人情、人性之美相互交织。路遥在其《人生》《平凡的世界》中表达着对黄土高原浓烈的爱和依恋，其陕北民歌"信天游"的融入更是让作品增添了一份高亢悲凉。而甘肃作家雪漠《大漠祭》《猎原》对"花儿"的传达，也在小说塑造人物形象、推动情节发展的过程中起到了重要作用。

总之，"一方水土养一方文学"，文学与地方可谓相得益彰，地方滋养着文学，文学表现着地方。20世纪中国作家正是在对地方"常"的一面的书写中，映射出乡土社会现代化进程中"变"的一面。在"常"与"变"之间，20世纪中国小说中的地方特色与代际特征被鲜明地体现了出来，一个个鲜活的文学世界凸显于小说之中，可以说，20世纪中国小说呈现出地方风情、风俗、风貌以及社会变迁生动景观。它所形成的几种写作路向和书写模式，对21世纪的长篇小说创作都有一定的启示。

第一章 导论

第四节 本书的着眼点与研究内容

本书以 21 世纪以来的长篇小说为研究对象，以"地方"为研究视角，采用个案剖析与理论分析相结合的研究方法，以点带面、点面结合，做到既突出重点，也统揽全局。具体而言，本书从城市、乡村、边地入手，试图勾勒出新世纪长篇小说的空间建构，并指出不同空间建构时作家在写作资源、艺术源流、主题呈现、表现对象、创作技巧、文体形式、叙述结构、语言类型、精神气质、美感神韵所表现出的诸多新特质。在分析过程中尽量做到理据充分得当、材料翔实丰盈。本书研究内容的整体格局是以理论带动作品，以文本细读充实、丰富、深化理论框架，力争达到理论与作品互动互补的效果。

一 本书的着眼点

对于文学的研究，有"一时代有一时代之文学"的说法。刘勰在《文心雕龙·时序》中指出："文变染乎世情，兴废系于时序"，说明了文学与时间的关系。随着时间的变迁，文学呈现出不同的样态与精神风貌。事实上，文学不仅与时间密切相关，它与空间也有极其密切的关系。康德认为"空间不是一个从外部经验抽象得来的经验性概念。因为要使某些感觉与我之外的某物发生关系（也就是说，与在空间的不同于我所在的另一地点上的某物发生关系），此外要使我能够把它们表象为彼此外在和彼此并列、从而不仅各不相同、而且是在不同的地点的，这就必须已经有空间的表象作为基础了。据此，空间的表象不能通过经验从外部显象的关系借来，相反，这种外部经验自身只有通过上述表象才是可能的"[1]。康德的这段话表

---

[1] 康德：《纯粹理性批判》（注释本），李秋零译注，中国人民大学出版社 2011 年版，第 54 页。

明,空间不仅仅存在于外部,空间应该存在于空间与人发生联系的某一时刻,空间是人与外部世界的一种融合。

文学话语的生成总是与特定的时空环境相联系,离开了具体的时间、空间,文学就成了无本之木、无源之水。因此,对文学的研究,一定与具体的时空相连。当然,文学对于空间,也不是被动的反映,文学对空间有着形塑的作用。"文学作品不仅仅是简单地反映外面的世界。只注重它如何准确地描写世界是一种误导。这种浅显的做法遗漏了文学地理景观中最有效用和最有趣味的因素。……文学作品不只是简单地对客观地理景观进行深情的描写,也提供了认识世界的不同方法,揭示了一个包含地理意义、地理经历和地理知识的广泛领域。……文学是社会的产物,事实上,反过来看,它又是一个具有重要意义的社会发展过程。……它们影响了作者的写作动机和写作方式。"[1] 的确如此,一方面,"一方水土养育一方人",特定的地方景观影响了作家的生活体验,滋养了作家的创作观念,所以,特定的文学话语只有在特定的空间才会产生,文学总是一定地方空间的再现和表现。中国战国时期屈原及其弟子所作的《楚辞》,就是"书楚语,作楚声,纪楚地,名楚物"的产物。另一方面,文学中建构的地方空间,或传达出作家丰富的创作思想,或成为承载作品中人物形象活动的空间,或作为某种具有象征意味的意象而不断参与文学的构形与再构形,这样的文学空间对后来的作家也产生着持久的影响。诸如上述提到的《楚辞》关于湖湘地方空间的建构,它深刻地影响了沈从文、韩少功的创作——"屈原在湘楚文化的土壤上以其充满传奇色彩的文学世界,开创了巫术与文学相结合且以浪漫主义为核心的巫诗传统;这一传统在韩少功的寻根小说中得到发展。韩少功的寻根小说通过魔幻世界的构造、歌舞氛围

---

[1] [英]迈克·克朗:《文化地理学》,杨淑华、宋慧敏译,南京大学出版社2003年版,第72页。

的渲染和巫楚文化的显现三方面横向拓展了巫诗传统的内涵,又在纵向上延续了屈原、沈从文的文学传统,再现了这一传统的发展轨迹,使得这一传统在中国文学长河中得以复苏和发展"[1]。这样的事例不胜枚举,抗日战争时期,以"东北作家群"为代表的沦陷区文学中,成功地建构了东北文学空间。以萧红的《呼兰河传》为例——"小说一开始用了近乎方志的笔法,对呼兰河城的每一条街道,每一个店铺,每一种风俗以及普通人的日常生活方式,进行了详细的描摹。在作者的笔下,无论是严冬的酷寒,黄昏火烧云的绚烂,还是野台子戏的喧闹,人们生活的原始粗朴以至于突兀……都散发着强烈的北中国的气息,一个僻远小城,因此成为一种鲜明的地方形象"[2]。而呼兰河这一文学空间的建构,对于当时整个沦陷区文学的写作都有启示作用。

正因为如此,当我们研究文学时,应该重视对空间差异性的认知,重视地方空间在文学生成中的作用和文学对于空间建构的双向作用,不同地方的自然景观和人文景观结合而成的地方空间,势必会影响作家的创作资源的选择、人物形象的塑造以及审美取向的形成,作家将对独特地方空间的认知写进文学中,形成了中国文学中各具特色的文学审美空间。这种具有独特性和差异性的地方文学空间建构,使得中国文学彰显出色彩斑斓的底色。

21世纪以来,随着全球化、城市化进程的加剧,中国社会的转型也在紧锣密鼓地进行着。正如有学者所言,"中国社会转型的主旋律有三"。其中"第一个主旋律是从农业社会转向工业社会","第一个转型还在进行着"。[3] 在广袤的中国大地上,这种正在进行的现

---

[1] 苏忠钊:《韩少功的寻根小说与巫诗传统》,《南京师范大学文学院学报》2006年第1期。

[2] 唐利群:《现代文学的地方性与中国形象——以对三个文学文本的解读为中心》,《人文丛刊》2007年第2辑。

[3] 秦晓、金耀基、韦森等:《社会转型与现代性问题座谈纪要》,《读书》2009年第7期。

代性转型，第一个典型特征是整个社会出现了农业文明、工业文明和后工业文明并存的奇异景观。中国广袤大地上的城市、乡村以及遥远的边地，都悄悄地发生着改变，这种变化，自然刺激着作家敏感的神经，在城市、乡村、边地不同地方板块生活的作家，他们必然感应着这种变化，将这种变动着的生活经验写进小说，新世纪的城市、乡村、边地也作为作家传达某种意图的文学话语参与文学的构型，同时，也表现出不同作家对特定空间的理解和认识。

20世纪中国文学一直未间断对各类地方空间的建构和书写。茅盾、"新感觉派"、张爱玲对上海都市空间的建构，老舍对北京城精细入微的素描，鲁迅对绍兴城的勾勒，沈从文对理想凤凰古城的塑造，莫言对山东高密乡的还原，贾平凹对秦岭大地的书写，凡此种种，都是20世纪文学中"地方"叙事的优秀作品。因此，我们用"地方"作为研究新世纪长篇小说的研究切入点，考察新世纪长篇小说如何观照和书写地方，以及作家们究竟何以如此观照和书写地方，使之成为他们的意图空间；同时地方又是怎样参与着作家作品的构型。借助对这些问题的思考，我们能深入探掘小说建构不同"地方空间"的内在意蕴与创作旨归，从而把这种特定空间与特定区域的文学体验呈现出来，这对建构完整的文化中国与文学中国的版图具有启示意义，同时也为新世纪文学提供了一个认识和寻找自己多维精神血脉的机会，丰富了我们对新世纪小说立体综合式的认识，这也是本书写作的理论基点所在。

二 本书的研究内容梳理

本书以21世纪以来的长篇小说为研究对象，以"地方"书写为研究视角，在对既有研究成果整合与深化的基础上，从城市之像、乡村印象以及边地形象三个方面入手，以具体的文本解读为切入点，探究新世纪以来长篇小说在写作资源和艺术源流的选择，创作主题与表现对象的呈现，以及创作技巧、文体形式、叙述结构、语言类

第一章　导论

型、精神气质、美感神韵等诸多方面的新趋向。这些方面共同建构了新世纪长篇小说的文学图景，在对长篇小说创作整体观照和具体分析的过程中，尝试归纳长篇小说地方书写在新世纪以来所体现出的文学价值及其面临的创作困境，以及由此给新世纪文学的启示。

本书由导论部分、正文部分和结语部分组成，其中正文部分包括四章。各部分的主要内容如下。

第一章导论部分首先对文中涉及的相关概念进行厘定，主要从"地方"这一核心概念入手，介绍其概念生成的内涵与外延。接着对现有研究工作进行总结，梳理本文的结构及其研究内容。

第二章"历史变迁与城市之像"，首先勾勒新世纪长篇小说城市书写范式的演变，主要从城市空间维度的拓展、城市人物形象的塑造以及叙述特征等方面入手，总体概述新世纪长篇小说城市书写在题材范围、表现对象以及审美风貌上表现出的新特质。继而从新世纪长篇小说城市书写的重点文本入手，分析王安忆的《天香》《考工记》、迟子建的《烟火漫卷》、贾平凹的《暂坐》以及何顿的《幸福街》等小说对城市多维度、立体式的呈现。面对新世纪多元化的文化语境，在社会整体转型的趋势中，不同代际作家的不同表现形式的城市书写，有不可替代的独特价值，它的创作实践以及基于此的理论探讨，都会在以后的创作中得到延续。

第三章"现代转型与乡村镜像"，主要针对21世纪以来长篇小说中的乡村书写展开论述。从"现代转型"这一关键词入手，新世纪乡土题材的长篇小说，在题材选择上，有的作家以乡村历史为切入点，在一个比较长的历史时期之内关注乡村的社会变迁与文化转型；有的则关注"去乡村化"历史趋势中乡土社会的现实，文本中塑造出了一系列生动鲜活的乡村形象。这些乡村形象成为作家讽喻现实、寄托乡愁、安放心灵的载体，在贾平凹、孙惠芬、付秀莹、郭文斌、周大新、葛水平的长篇小说中，都凸显了一种多元化、复杂性的乡土历史叙事意向和构建立体、多面的乡村现实形象的努力。

33

与独特的乡村经验的书写和乡村形象的塑造相一致，新世纪以来作家的乡土叙事在美学风格上呈现出多样化的趋势，这主要得益于作家在小说文本结构和语言上的匠心独运。

第四章"个体记忆与边地形象"，新世纪以来，中国以大国形象崛起于世界，极大地激发了国人的文化自信心。然而，全球化进程的加剧也使本土文化受到了前所未有的冲击。新的社会文化语境深刻地影响着作家的文化选择、文学经验和文学情怀，边地成为许多作家关注的焦点。迟子建笔下的额尔古纳河，阿来笔下的藏地村庄，红柯笔下神性与野性交织的新疆大漠，宁夏作家笔下的黄土高原，这些丰富、博大的边地意象，成为承载作家想象、经验与思考的文学图志。面对长篇小说中"边地"形象的崛起，在全面回顾新世纪长篇小说城市与乡村书写的基础上，此章主要针对新世纪长篇小说中的边地书写展开研究。第一节主要概括分析了新世纪长篇小说中边地形象的建构及其美学特征，后续三节内容具体从边地形象的诗性、哲性以及"在地"书写等方面论述不同作家、不同文本中边地形象的表征。新世纪长篇小说中的边地书写，包含着作家对自我身份的认知和确立，这是在全球化浪潮中维系自我历史、现在和未来，防止历史中断可能的一种有力保障。

第五章"新世纪长篇小说地方书写的文学价值"，主要研究新世纪长篇小说中对"地方风景与地方风物"的书写，以及在此基础上建构的鲜活生动的"地方形象"，读者通过认识文学中的"地方"，可以加深对现实中地方的认知；研究新世纪作家对"地方文化场"的空间建构，以及其中包含的地方依恋，彰显了新世纪长篇小说创作的情感价值；研究新世纪长篇小说中对方言、民歌小调的借鉴，地方语言的有机融入，让新世纪长篇小说呈现出独特的美学风貌。总体而言，新世纪长篇小说创作显示出了"文由地佐""地以文显"的双向互动，在此基础上表现出的文学的认识价值、情感价值以及审美价值都是不容小觑的。

结语部分主要对 21 世纪以来中国长篇小说中地方书写的创作源流、主题思想、艺术特征及其文化意蕴进行归纳总结，并进一步说明地方研究视角之于新世纪长篇小说研究的重要价值和意义，并由此展望长篇小说在未来的研究趋势。

第二章　历史变迁与城市之像

第一节　新世纪长篇小说城市书写范式的嬗变

　　小说与城市有着千丝万缕的联系，城市文化的发展促进小说创作的发生。反之，小说对城市地标的生动描绘，对市民生活的鲜活展现，又在一定程度上促进了城市文化的繁荣。通过小说家之笔，中国古代的长安、汴京、大都、洛阳无不以富有生命力的形象出现在读者面前。近代以后，在鸦片战争的枪炮声中，中国的国门被迫打开，通商口岸的开放，让外国的各种新事物、新思想如同潮水一般涌向中国，中国延续千百年的以农业生产为基础、以农村为主体的社会格局被打破，出现了以上海、北京、广州为代表的新型城市。虽然这些城市的名称古已有之，但城市的格局、功能以及体量早已发生巨大的变化。因此，在近代兴起的城市小说如《官场现形记》《海上花列传》《二十年目睹之怪现状》中，无论是书写的内容还是形式，都发生了区别于古代小说的变化，由此也彰显出近代小说城市书写的独特意义："这一代作家（甚至包括李伯元、吴趼人等）没有留下特别值得夸耀的艺术珍品，其主要贡献是继往开来、衔接古今。正是他们的点滴改良，正是他们前瞻后顾的探索，正是他们的徘徊歧路以至失足落水，真正体现了这一历史进程的复杂与艰难。"[①]

---

　　① 陈平原：《二十世纪中国文学纪事（上）》，《当代文坛》2000年第1期。

第二章　历史变迁与城市之像

进入现代文学时期，20世纪20年代无疑占据了乡土文学创作的主潮，鲁迅开创的"农民"与"知识分子"两类题材的写作被大多数作家效仿，在"乡土批判"与"乡土审美"中，乡土文学一路高歌猛进直到30年代。1931年，茅盾的《子夜》出版，"这是中国第一部写实主义的成功的长篇小说"。"一九三三年在将来的文学史上，没有疑问的要记录《子夜》的出版。"①《子夜》的创作表明作家关注的对象开始由乡及城："随着中国工业化和资本主义、半殖民地模式的现代化进程的加速，都市越来越成为国家政治、经济、文化的中心，也就向文学提出了反映都市生活和各阶层人'心的跳动'的历史要求。"② 与茅盾笔下的上海一样，老舍笔下的北京、巴金笔下的成都、"新感觉派"笔下的上海，这些各具审美形态的都市形象林立于现代小说，成为一道崭新的"都市风景线"。这种城市书写的路向，在40年代张爱玲的沪港传奇和苏青的家长里短的城市书写中得到了另一维度的拓展。

历史进入当代以后，尤其是新时期以来，在反思、改革、寻根、新写实、新历史、先锋等不同小说创作的潮流中，城市被赋予不同的主旨内涵和审美取向，有关城市书写的对象也由现代的上海、北京辐射到更多城市，西安、深圳、杭州、南京、广州、天津等都成为作家重要的表现对象。而且，原来城市与小说的单边关系被突破，逐渐衍生出"传统与现代""乡村与城市""先锋与守成"等时代新命题。总体而言，新时期以来的城市书写，逐渐呈现出遍地开花的趋势。进入新世纪之后，全球化的浪潮席卷中国大地，商品经济与消费文化耦合，让作家开始重新审视城市、城市文化，城市作为小说的一种表现对象，得到前所未有的关注和书写，并且，新世纪长

---

① 瞿秋白:《〈子夜〉和国货年》，《瞿秋白文集》文学编第2卷，人民文学出版社1986年版，第71页。

② 钱理群、温儒敏、吴福辉:《中国现代文学三十年》（修订本），北京大学出版社1998年版，第191页。

篇小说的城市书写中生发出许多值得研究的新质。

一　从时间到空间：双重维度拓展的城市书写

20世纪中国小说中的城市书写，从小说展开描述的城市地理空间而言，主要是围绕城市地标而展开，这与古代小说中的城市书写是一脉相承的："在中国古代小说中，往往以城市地标为主要对象，围绕着能够代表城市特征的地标性建筑展开故事情节。"[①] 唐传奇中的曲江，宋元话本中东京的樊楼，明清小说中南京的秦淮河、杭州的西湖、苏州的虎丘等，或成为小说人物活动的背景，或成为故事情节发生发展的主要场地，这种城市地标在小说中的切入强化了读者对城市从外在形象、文化性格乃至精神气质的全面认知。30年代的茅盾、"新感觉派"等作家，以外滩建筑、百货大楼、电影院、跑马场、夜总会等地标性建筑完成了对上海的外在构型。老舍的"京味"小说中，积水潭、德胜门内外、砖塔胡同、西安门大街等地标建筑成为《老张的哲学》《赵子曰》《离婚》《骆驼祥子》《四世同堂》《正红旗下》等小说中人物活动的主要地理背景。这些城市地标在小说中成为城市的名片，浓缩了城市的形象、内涵与气质，包含着一个城市最独特的文化韵味。可以说，关于它们的书写，就是对城市的塑形。

21世纪以来，全球化进程中的中国城市，其现代化的特征比20世纪的城市愈加明显。随着城市文明的迅速发展以及城市功能的转换，新世纪长篇小说中的城市书写，在空间处理上较之20世纪小说又有了许多变化。具体来说，主要表现为除了小说对城市地标性建筑的介绍，作家还力图走进城市社会的不同角落，抓住城市生活的种种细节，捕捉城市生活的光影声色，笔墨渗入整个城市的肌理，

[①] 孙逊、刘方：《中国古代小说中的城市书写及现代阐释》，《中国社会科学》2007年第5期。

第二章　历史变迁与城市之像

真正形神兼备地刻画城市形象。新世纪的长篇小说中，城市不仅是政治、经济、文化中心，同时也成为历史的负载物，由此带来了新世纪作家城市书写时间、空间上的双重拓展。他们在小说中不仅书写城市的今生，也将视角伸向城市的前世，前世与今生相互映照，共同完成对城市历时性的形塑。

作为当代文学中上海书写的中坚力量，"王安忆对上海一往情深，九十年代中她开始钻研这座城市的不同面貌，一部《长恨歌》写尽上海从四十年代到八十年代的浮华沧桑，也将自己推向海派文学传人的位置"①。《长恨歌》中，王安忆以上海的地标建筑——弄堂，与上海女儿王琦瑶发生联系，从而完成了城市与人物的同构。王琦瑶最后死于非命，意味着上海的弄堂逐渐被更为现代化的新式马路取代，在20世纪末浓厚的怀旧情绪中，《长恨歌》难免让人心生伤感。新世纪后，王安忆在《富萍》《遍地枭雄》《启蒙时代》《月色撩人》中继续上海书写，在小人物、小市民以及社会精英的人生命运、爱情婚姻的浮沉中，以拼图的方式，勾勒出上海城市的全貌。但作家显然并不满足于这种碎片式的城市构建，她企图以更宽广的视野触摸上海的前世今生，同时又能够细致入微、贴心贴肺地写出上海的精神和灵魂。于是，在《天香》《考工记》中她找到了契合点，那就是以器物书写的方式进入城市的历史，以器物历史照应城市历史，以器物之情涵养人之情谊，从而完成了器物—人—上海三位一体的城市书写。

《天香》中，王安忆对上海历史的追溯延伸至晚明时期，此时，富庶的上海对精致、享乐生活方式的追求达到顶峰。小说从沪上申氏子弟建造"天香园"开始写起，继而引出小说真正描写的对象——"顾绣"，小说使天香园中女性的人生与顾绣的兴起衍变相应和，从闺中女子寄寓情愁离绪的消遣品"天香园绣"一路流入寻常百姓人

---

① 王德威：《虚构与纪实——王安忆的〈天香〉》，《扬子江评论》2011年第2期。

39

家，书写"刺绣作为一种物质工艺的发生与流传，闺阁消闲文化转型为平民生产文化的过程"①，从而完成了在器与道、物与我、动与止之间对上海历史的书写。在《天香》之后的《考工记》中，作家将一座名为"煮书亭"的住宅与上海历史相呼应，书写上海从民国直至新时期的历史，"煮书亭"的倒塌、房子主人陈书玉的老去，意味着上海一段历史的结束与新时代的开始。概而言之，新世纪王安忆的上海书写维度发生了变化，从器物历史与文化入手，用真实可感的物质书写城市的精神，从而实现了从唯物到唯心、从纪实到虚构的城市书写。

新世纪城市书写的另一维度的拓展，即是城市空间的拓展。新时期以来，不管是王蒙、张洁等改革小说家的城市书写，还是池莉、刘震云等新写实小说家的城市塑造，他们的立足点都是北京、上海、武汉、南京等一线城市，对于一些发展中的小城市的关注不够。事实上，20世纪90年代以来国家资本源源不断的注入、城市化进程的加速，使原本处于"城乡交叉地带"的城镇获得了极大的发展，逐渐由原来的城镇一跃而为城市。许多作家关注到了城镇的蜕变，他们在小说中塑造了中国大地上中小型城市的群像，由此带来了新世纪长篇小说城市书写的另一种崭新的文学镜像。

何顿的《幸福街》、徐则臣的《耶路撒冷》、柳营的《姐姐》以及路内的《花街往事》，不约而同地将小城与街道相联系，以小见大，以一条街上的人事变迁写出了整个小城发展变迁的历程。

《幸福街》中，何顿的叙事基点是湖湘地区一个名为黄杨镇的小城市中一条名为幸福街的街道，几户人家从中华人民共和国成立到新世纪半个多世纪的时间中的人事变迁。徐则臣在《耶路撒冷》中追溯"70后"一代人在城市化进程中的精神历程，小说在以花街为代表的小城市与北京、上海等大城市的两极观照中完成了对小说人

---

① 王德威：《虚构与纪实——王安忆的〈天香〉》，《扬子江评论》2011年第2期。

物命运、精神嬗变的书写。花街是故乡，是根，而北京、上海则是人物追求的目标。柳营的《姐姐》中，主人公出生在一个沿江而建的南方小镇湖镇中，小城之中那条从明代就建成的青石老街，成为小说中人物主要的活动场所，也成为承载着作家情感的主要载体。路内的《花街往事》中，街道名为蔷薇街，作家以20世纪80年代街道上经营照相馆的摄影师顾大宏一家的生活为中心，书写小城市人生活的点点滴滴。四部长篇小说都采用见微知著的手法，在一条街人情、人事的变迁和生活之流中呈现出小城市的历史与面貌。

  在具体的创作中，四位作家又各有侧重。何顿侧重于从自然风景写街道，小说开篇介绍幸福街："幸福街是一条居住着八十户人家的小街，一条平整的青石板路，街两旁大多是古旧的平房，房前屋后都栽着果树。橘子树、柚子树和杨梅树居多，也有枇杷树、桃树和梨树，一到果实成熟的季节，空气中就带着果子的芬芳，坐在哪里都能闻见，好像是提醒你该吃了或快吃，大家都吃不赢，尤其是杨梅和桃子，熟得快又容易烂。"[①] 徐则臣的《耶路撒冷》，主要从花街三十年前和三十年后为时间节点，介绍花街的历史和当下，三十年前，花街、东大街、西大街和南大街还是典型的乡村样貌，生活于此地的人们，养猪的、跑船的、种地的、打鱼的，从事的都是乡间常见的职业。三十年后，四条街变成了淮海市的郊区，宽阔的大马路、便利的交通工具，四条街的人们也习惯了说"咱们市区"。柳营的《姐姐》中，女作家以自身特有的敏感，对女性成长及其命运给予了深切的关注。小城中的那条青石老街，在小说中成为承载小说人物命运的一种隐喻式的存在。柳营以工笔描摹的方式，从世态人情出发写街道，老街上的各类店铺，理发店、食品店、布店、药店等店铺中的熙攘人声，以及这种温暖的气息带给人的安定感，彰显出南方小城的富庶。青石老街上的"姐姐"的形象，在与父辈

---

 ① 何顿：《幸福街》，湖南文艺出版社2018年版，第4页。

男权的对抗中形象逐渐鲜活，最终走向了自我救赎。路内的《花街往事》中通篇流泻着怀旧的感伤气息，作家以80年代的蔷薇街上摄影师顾大宏一家的生活为主线，以天生歪头的男孩的视角，展开对蔷薇街上家家户户日常生活的家长里短、流言蜚语的书写。小说的叙事节奏纡徐，读者可以随着作家缓慢的叙述洞悉80年代的诗意和美好。

巴赫金认为，"在文学中的艺术时空体里，空间和时间标志融合在一个被认识了的具体的整体中。时间在这里浓缩、凝聚，变成艺术上可见的东西；空间则趋向紧张，被卷入时间、情节、历史的运动之中。时间的标志要展现在空间里，而空间则要通过时间来理解和衡量。这种不同系列的交叉和不同标志的融合，正是艺术时空体的特征所在"[①]。上述小说中以街道为中心的叙事空间的选择，即体现了巴赫金所说的时空体的作用。首先，街道这一时空体，是小城中重要的建筑地标。小城市不像一线城市，既没有四通八达的交通，也没有数十个城市地标建筑，小城市中主要商业、文化活动的中心就是一条主干街道，这是小城人主要的生活空间。其次，以街道为观测点，尤其是街道上林立的各类店铺，它们往往成为小城人生活的风向标，影响着小城人日常行为主体的生活方式，能够很好地反映小城从乡镇社会走向城市社会的进程，从而从整体上了解中国城市化的步伐。最后，通过对街道上居民的世事变迁、人间百态的书写，作家展开了小城生活的"清明上河图"，这在另一维度上拓展了新世纪长篇小说城市书写的对象，带来了新的美学风貌。

二 从传统市民到城市中人：城市书写中人物形象的变迁

20世纪长篇小说关于城市人物形象的塑造，主要集中于传统市民形象的塑造。老舍在其《离婚》《四世同堂》《正红旗下》等小说

[①] ［苏］巴赫金：《长篇小说的时间形式和时空体形式——历史诗学概述》，载［苏］巴赫金《巴赫金全集》（第三卷），钱中文译，河北教育出版社2009年版，第269—270页。

中，塑造出浮雕般清晰动人的北京市民的群体形象。老舍善于从文化的角度剖析人物性格，在他的笔下，温顺、善良、讲究礼节又保守自私的老派市民，是典型的北京文化孕育出的人物。张爱玲则将人物放置在经济利益的错综关系中发掘人物隐秘的心理，在她的笔下，所有的爱情都带着苍凉的底色，所有的人物，尤其是女性，都在命运之网中苦苦挣扎，由此带来了不可避免的人性异化。"十七年小说"中城市人物形象的塑造，很多被打上了意识形态的烙印而显示出了某种一致性。新时期以来，作家力图在小说中塑造出立体、丰盈、多面的人物形象，但不管是改革小说中锐意变革的乔厂长、郑子云，还是新写实小说中平庸凡俗的印家厚、小林等形象，依然是传统市民形象中的一类而已。

90年代之后，就社会现实情况而言，伴随着市场经济的迅猛发展，因北京、上海、广州等巨型城市形成，大量的流动人口开始进入城市，城市的生产方式、生产关系都发生着不同程度的变化。从文学表现领域而言，商品化大潮中消费主义美学渐趋形成，这种潮流影响到了新世纪长篇小说城市书写的题材选择、主题表达以及审美风格，因此，小说中的主角也发生了变化，传统市民形象之外，形成了以知识分子、打工者群体以及城市新人类为代表的人物群像。

知识分子作为社会精英的代表，依然是新世纪长篇小说城市书写的主要关注对象。作为近代城市化的产物，知识分子阶层在百年中国社会的进程中显示出日趋壮大的态势。新世纪以来，随着社会的发展和高等教育的普及，知识分子群体的数量激增，他们广泛地分布于城市管理机构、公共机构、各级各类企事业单位之中，这些人物都拥有一定的专业知识和专业技能，从事的职业涉及金融、商业、教育、医疗、交通运输以及行政管理等诸多领域。区别于20世纪中国文学中承担着家国责任以及民族复兴希望，带有浓重理想主义情怀的知识分子形象，新世纪小说中关于知识分子形象的言说，主要以"欲望"为书写的焦点，重点表现知识分子在欲望和利益的驱动下，价值体系崩溃之后，个体生命面临的被遮蔽、被诱惑，在欲望沼泽之中欲离而不能的生存困境。

长篇小说《太阳深处的火焰》是红柯的最后一部作品，区别于以三个青年知识分子的成长为主体叙事的《喀拉布风暴》，《太阳深处的火焰》将主人公生活的空间从新疆拉回了内地，小说批判的锋芒也愈加犀利。小说中的主角徐济云，是渭北大学的教授，他正带领着一众弟子开展关于皮影戏课题的研究。随着研究的深入，小说逐渐铺展出对高校学术、文化生态环境的描述：资质与能力都平庸的教师，因为懂得学术圈的规则，反而能够平步青云，成为学院领导和学术带头人；而潜心做学问的学者，却籍籍无名，无人问津。真正的才华卓著的皮影艺人，埋没于风尘之中悄然离世；而没有艺术潜能之辈却能声名鹊起，赢得掌声一片……作为一名高校教师和作家，双重身份的使然，使红柯能够从熟悉的边疆大野中抽身，投入另一片迥然不同却依旧熟悉的高校与文化部门，写出当下时代环境中的学术生态与文化生态。而他关注知识分子的焦点，就是来源于人内心的欲望。对权力、金钱、名声的种种热望，让知识分子囿于功利之网而无法逃离。相比于《喀拉布风暴》中，内地青年张子鱼因为邂逅了沙漠女儿叶海亚，在黑色的喀拉布风暴中完成了与叶海亚灵与肉的结合，从而实现了自我救赎。《太阳深处的火焰》用徐济云与吴丽梅恋爱的失败，吴丽梅最终远走边疆寻找太阳深处的火焰说明，徐济云依然无法摆脱文化因袭的重负，他注定无法成为追逐太阳的人。

红柯在其以往的小说中，侧重从人与自然的关系入手，从对草原文明和对原始生命强力的歌颂来反衬都市文明对人的异化。但是在《太阳深处的火焰》中，红柯直接将批判的矛头指向了汉文化中的"恶"，这种"恶"在作家看来，导致了人的精神萎靡和形象猥琐。事实上，这种恶，就是存在于人内心深处的欲望。面对城市生活尤其是官场、学术圈以及文化圈中无处不在的欲望，原本作为社会责任与道德担当的知识分子,最终只能成为无法追逐太阳火焰的人。

除了《太阳深处的火焰》,新世纪相同写作题材的小说还有很多,如史生荣的《所谓教授》,张者的《桃李》《桃花》《桃夭》,邱华栋的《教授》,以及莫怀戚的《经典关系》,等等,这些小说中的知识分子大都与徐济云类似,他们在欲望中浮沉的生活状态和精神世界,都表明了新世纪小说中知识分子形象塑造中显示出的新异性。

如果说知识分子形象的塑造代表了新世纪小说城市书写中"居庙堂之高"的群体,那么在关仁山、贾平凹、陈应松、刘庆邦等作家笔下的打工者群体,相比知识分子群体的光鲜亮丽,其是城市中的另一种存在。作家能够突破窠臼,从底层民众的立场出发思考农民工的现实生存困境,由此显示出作家的社会责任感、正义与良知。

陈应松以《马嘶岭血案》《松鸦为什么鸣叫》等"神农架系列小说"而蜚声文坛,2006年他出版了小说《太平狗》,其中讲述了一个人与狗的故事。然而,相比于张贤亮的《邢老汉和狗的故事》,这个写作于新世纪的故事丝毫不减其惨烈。小说中这只带有传奇色彩的猎狗,从故乡神农架离开,跟随主人来到城市,开始了与主人程大种的城市生活。然而,主人嫌它累赘,多次将它抛弃,它却一次又一次地回到主人身边。最后,程大种被毒气熏死,化作一缕青烟,它带着遍体的伤痕回到了深山中的家。小说中的程大种,是典型的被侮辱、被损害的底层人群中的一员,小说对他的塑造,着重从他进入城市之后悲惨的生活处境入手。在小说中,人与狗实际形成了一种同构。

相比于《太平狗》,贾平凹的长篇小说《高兴》中的刘高兴的形象更为立体丰满,因为小说不仅写出了刘高兴入城之后的生存困境,同时也写出了他的精神嬗变历程,在善与恶、美与丑之中展现城市打工者生活的全貌。

小说《高兴》中的刘高兴,他在踏入西京城时,就已经把一个肾卖给了城里人。他带着残缺的身体开始了自己的城市生活。因为没有一技之长，他只能在城市中卖苦力，以捡破烂为生。然而，拾荒者的世界并不像我们想象中的那么简单，我们随着刘高兴的眼睛，看到这个世界中森严的等级、残酷的竞争以及想象不到的黑暗。刘高兴与其同伴五富极尽种种努力想在城市中站稳脚跟，最后五富却未能避免死亡的结局。小说的结尾，刘高兴背着秦五富的尸体回乡，这意味着他们做城里人愿望的破灭。贾平凹忠实地还原了刘高兴等人的生活处境，也写到了他们的爱情与人生追求。小说中刘高兴与孟夷纯在城市暗角中的爱情，为刘高兴的城市之旅增添了一抹亮色，刘高兴对城市的渴望，对成为一个城里人的目标的坚定，都足以说明城市不仅是"恶之花"一般的存在，它的富庶、文明都是一种难以抵挡的诱惑，成为无数农民工的梦想。事实上，20世纪90年代以来，随着沿海地区等新兴城市的兴起，大量的民营企业如雨后春笋般出现，这些企业需要大量的劳动力，于是，农民开始以劳务输出、同乡介绍等各种方式进入城市，他们在城市中的现实生活，并没有小说中那样惨烈。相反，笔者认为作家更应该关注的是他们的身份认同问题。生活境遇的转变带来的是对新身份的认知与转变，然而，一部分农民工固守原来的身份并不能很好地适应城市生活，因而被淘汰；还有一部分人，迷失于城市光怪陆离的生活而迷失了自我，不免被城市异化。显然，新世纪小说对以农民工为主的打工群体的书写，侧重从形而下的生存困境入手塑造其形象，力度稍显浅薄与单一，期待未来可以看到更复杂多元的此类形象塑造。

  新世纪小说城市书写中，无论是知识分子还是打工群体的形象塑造，都带有冷峻、理性的现实主义叙事的特征。而新世纪文坛上呈现的另一种迥然不同的美学风貌的城市书写，则是以安妮宝贝、棉棉、卫慧、韩寒、郭敬明、张悦然等为代表的更年轻的一代作家完成的。姑且不论这些作家创作的文学价值与文学史意义究竟如何，单就他们的作品中出现的城市新人类的形象而言，的确提供给我们

第二章　历史变迁与城市之像

认识城市的又一文学镜像。

安妮宝贝于20世纪90年代末期登上文坛，她的首部小说集《告别薇安》收录了《七月与安生》等中篇小说。2016年，中国香港导演曾国祥将小说搬上荧幕，以同名电影《七月与安生》上映，引起强烈反响。小说中的七月与安生是一对性格迥异、生活际遇不同的女孩，她们一路相携相伴成长。小说中的安生叛逆张扬、注重自我却又敏感自卑，她小心翼翼地守护与七月的友情，却被现实击打得粉碎。七月文静乖巧，永远活在别人的期待中，但内心却极具叛逆的力量。小说在青春感伤的叙事中，交织着三角恋、背叛、逃离等流行元素，因此无论是小说还是电影，都能引起无数少男少女的追捧。然而，小说的高超之处在于七月与安生其实是一个人的两个面向，借用弗洛伊德的理论，就是本我与自我的关系，我们在七月或安生的身上，都能看到另一个自我。以此为契机，安妮宝贝连续出版了《彼岸花》《二三事》等长篇小说，小说中的乔与南生、莲安与良生，都是带着原生家庭的痛苦与残缺成长的女性，因此她们对于情感有着异乎于常人的依赖。小说书写人物在自己与朋友、友情与爱情中突围挣扎的过程，以及这一过程中的沦陷与救赎。安妮宝贝对此类女性人物形象的塑造，表达出一种对当下女性情感失落、生存焦灼以及欲望化内心世界的思考。

以韩寒的《三重门》为代表，校园文学在新世纪的文坛以崭新的面貌出现。与刘心武的《班主任》、铁凝的《没有纽扣的红衬衫》、郁秀的《花季·雨季》从意识形态、生活体验以及成长烦恼等角度塑造的中学生形象不同，《三重门》以上海市初三学生为主角，写他们对庸常世俗家庭生活的厌倦，对以应试教育为主的校园生活的反叛。另一位校园文学的作家笛安在其《告别天堂》中书写中学生的爱情，这种被家长视为洪水猛兽的早恋问题，在作家的笔下带有荒诞、戏谑的意味，而小说对不知道什么是对、什么是错的迷茫的中学生形象的塑造，其实反映出校园生活的某种危机。

通过以上论述可知，在新世纪加速的现代化的进程中，以知识分子、打工者群体以及城市新人类为代表的人物形象的塑造，在一定程度上显示出不同于20世纪中国小说城市书写中人物形象的崭新特点。从这个方面而言，新世纪长篇小说的城市书写的确展现出了一种新的文学价值。

三　新世纪长篇小说城市书写叙事模式的特征

21世纪以来，中国社会传统的城乡格局被打破，随着社会现代转型的加剧，尤其是智能化时代的到来，新式交通、通信工具的出现，改变着整个社会的生活方式。城市中人员流动加速，生活节奏加快，整个城市显示出了多变、零散以及复杂化的特点。新的城市生活体验、生存感受在某种程度上改变了城市人传统的认知方式和思维方式，人们对于时间和空间的感受发生了变化，时间变得更为短促，而空间感受则更为宏阔。这种城市生活感受的变化、城市时空特征的转变必然带来小说艺术的相应变革。20世纪90年代的先锋小说中的城市书写，常常以零散化的时间、破碎的空间表现对人生虚无、孤独、绝望主题的传达，先锋小说所提供的空间经验和空间美学成为中国新时期文学的宝贵经验。新世纪之后，许多原本秉承现实主义写作的作家，他们小说中的时空观也发生了改变，以往线条式有序化的时间被转化成零散的片段，更多地以空间化的形式表达出来。以空间为中心的叙事形式，成为新世纪长篇小说城市书写的内在诉求和主要表达方式。

新世纪小说中关于城市形象的塑造、城市生活的表现、城市中人情感的表达，作家大都选择以空间为中心来讲述故事，这种从时间维度到空间维度的转变，是新世纪长篇小说城市书写的一个典型叙事特征，也是新世纪小说城市书写的一种变革。随着新世纪崭新的都市空间、都市景观大量进入小说写作的视域，叙事的空间化成为很多作家建构小说文本的共同选择。这种空间化叙事结构，已经不同于以往的时间化叙事结构,是一种追求反复与同一性特征、非线性发展的共时性结构。

首先,在叙事结构上,新世纪小说中的城市书写,普遍表现出了一种对于故事情节的淡化处理。小说作为一种"讲故事"的艺术,注重情节的变化是其重要的艺术特征。自现代以来,受到西方小说的影响,小说创作在叙事结构上有了新的探索,主要表现为不再一味地追求以情节为中心的结构,而是呈现出多元化的发展。王安忆的《天香》借"天香园绣"的历史追溯上海的前史,但整部小说没有连贯的故事情节,大量填充于小说中的是"天香园"建造的过程,"天香园"的景物、环境,以及天香园中女子关于诗词曲赋、刺绣工艺的见解。《考工记》亦是如此,通篇有大段关于建筑历史、布局工艺以及家具摆设的书写,这些描写大大弱化了小说的情节结构。另外还有一些小说,在叙事结构上特意强调空间的变化,淡化或模糊处理时间。诸如迟子建、贾平凹分别以哈尔滨、西安为叙事对象的《烟火漫卷》和《暂坐》,两部小说都在不同的都市空间中完成了对人物的形塑和主题的传达,情节被空间切割成不同的片段。小说空间化的叙事模式还表现在小说对于节奏感的重视。在不同的空间场景中,小说叙事节奏的轻重缓急是不同的。例如《考工记》对陈书玉作为"上海四小开"的生活的叙述,节奏较为缓慢;而对于他在中华人民共和国成立后,尤其是在历次政治运动中的生活的叙述,节奏较为迅急。节奏的变化,不仅增添了小说的美感,也增强了小说的空间感。

其次,新世纪长篇小说的城市书写,在叙事角度上更加灵活多变。第三人称全知叙事与第一人称限制叙事的交互使用,使小说无论从反映城市生活的广度而言,还是反映人物心理现实的深度而言,都带来了全新的改变。以金宇澄的《繁花》为例,作家有意向传统叙事模式靠拢,以"说书人"的身份,讲述近半个多世纪上海人生活的家长里短、世俗人生。第三人称的全知叙事视角,使得小说成为反映上海历史与现实的"清明上河图"。贾平凹的《暂坐》中，作家也仿佛是暂坐于茶庄中的茶客，怀着艳羡、悲悯等种种复杂的情绪，旁观西京城中这群鲜活亮丽的女性以及她们的人生故事。小说间或运用第一人称限制叙事描写人物的心理状态，增加了故事的可读性和可信度。还有一些小说，诸如"80后"作家的城市书写，他们在小说情节发展的过程中，穿插进去大量的书信、日记，从而突破以往按照情节发展叙事的线性模式，而选择以人物内心变化来组织小说，从而有利于凸显城市中人物复杂多变的情感。

最后，从叙事语言而言，新世纪长篇小说的城市书写，注重作家叙述语言与人物语言的结合、客观写实语言与主观抒情语言的并重，由此带来了小说城市书写全新的审美品格。王安忆的《天香》中，哲学经典、古典诗论、画论，以及诗词歌赋，共同营构出一个意蕴丰富的叙事肌理。在清新雅致的叙述语言中，包含着富有机趣与机锋的人物语言。《烟火漫卷》中，迟子建在平实的叙述中，加进带着方言与口语化的人物语言，让小说的城市书写更加真切真实。何顿的《幸福街》中，诗情画意的景物描写、纡叙自如的叙述语言与妙趣横生的带着湖湘地方特色的人物语言交相辉映，使其在小说中塑造的小城形象跃然纸上。

如何看待新世纪长篇小说城市书写的文学史意义？或许我们可以借用学者对于"上海书写"的评价来看待他们的创作："40、50年代出生的作家以其丰富与坎坷的人生经历，在构思与创作时往往大多具有深邃的历史意识，在追求小说史诗般的结构中，表达对于历史、社会和人生深入的思考。60、70年代出生的作家以其对于世界哲学与文学思潮的了解，在构思与创作时往往大多具有深刻的哲理意识，在追求小说现代意识先锋色彩中，揭示社会变迁中人性的丰富与深刻。80年代出生的作家以其青春的热情与执着，在构思与创作时往往大多具有鲜明的自我意识，在追求小说靠拢自我生活表达人生感悟中，抒写成长过程中的思索与感悟。不同的年龄层次、生活积累、文化背景，大致构成了他们创作的不同追求与风格，形成了新世纪上海文坛城市书写的长篇小说创作的丰富多彩的面貌。"[1]我们对于新世纪长篇小说的城市书写也应该作如是观，不同代际作家不同表现形式的城市书写，在社会整体转型的趋势中有不可替代的独特价值，它的创作实践以及基于此之上的理论探讨，都会在以后的创作中得到延续，这就是它的小说史意义。

第二节 器物书写与城市追忆

进入新世纪之后，汹涌而至的全球化浪潮，让大部分作家从20世纪90年代的"表意的焦虑"中解放出来，然而，在西方文化的影响之下，如何以"中国身份"讲述"中国故事"、呈现"中国经验"，在文学中建构和想象"本土中国"，成为摆在新世纪中国作家面前亟待解决的问题。事实上，当代作家"中国身份"的自觉与焦虑在20世纪80年代"走向世界"与"文化寻根"热潮中已初现端倪，并在80—90年代的"本土文化论"思潮中形成更为自觉的本土追求与现代性反思。这种本土化的写作，在乡土题材或者边地书写中，也许可以通过对吾土吾民历史变迁、现实际遇、文化选择的书写来完成。可是，在以"都市"为题材的小说内容中，显得较为艰难。因为城市本身就是现代化的产物，尤其上海这样在近代以来就成为我国首屈一指的大都市，相比别的城市，它更具现代化的质素，也更符合国际潮流，因此，它的地域性、本土性往往会淹没于潮流化的特征中。然而，王安忆却反其道而行之，她新世纪以来创作的数部长篇小说，大都以"上海"为原型，这也为她文学本土化的建构带来了一定的难度和挑战。值得庆幸的是，王安忆找到了城市书

---

[1] 杨剑龙：《论新世纪上海城市书写的长篇小说创作》，《天津师范大学学报》（社会科学版）2011年第3期。

写与本土建构的有效途径,那就是借器物来呈现上海的形与神,完成她对上海历史的追忆。

考察王安忆上海题材的作品,从《富萍》《上种红菱下种藕》《遍地枭雄》《月色撩人》到《长恨歌》《天香》《考工记》,上海历史是她笔下一个绕不开的存在。然而,王安忆对于上海历史的叙述,一贯持谨慎、内敛的态度,她笔下的上海历史,往往与大历史保持着一定的距离。这种既有别于宏大历史叙事,又迥异于碎片化的新历史叙事的方式,主要得益于小说中器物的介入。在《长恨歌》中,她用"上海小姐"王琦瑶的一生为上海历史作注脚,以弄堂、闺阁、鸽子串联起大历史中的变动人生。《天香》中,她将上海的历史由近现代拉至晚明,以沪上人家申府的兴衰过程折射上海历史的变迁,而围绕这一变迁的核心物象是"天香园绣"。器物是小说非常重要的组成部分,王安忆对器物的书写,侧重以不同的背景来烘托。从《长恨歌》中初露端倪的"弄堂"至《天香》中繁花锦簇、精细入微的"园林""刺绣"书写,王安忆对器物世界关注远远超越了器物的本身,而是进入随物赋形的层面,器物既有其自身的存在价值,也有附着于其上的历史、文化价值。在《考工记》中,这种对器物的认知和书写达至顶峰,上海的历史开始与一座老宅交相辉映,她让"煮书亭"的一砖一瓦、一桌一椅、一草一木都散发出怀古之幽情,大历史丰碑掩映之下的烟火人生、街谈巷议,由此变得活色生香、熠熠生辉。

一 以器物历史辉映人之历史

小说《天香》的题目,来自南宋词人王沂孙"咏物"词《天香》。无独有偶,小说《考工记》的题名来源于春秋战国时期的手工艺技术汇编。所以,小说《天香》《考工记》与王沂孙"咏物"词、典籍《考工记》构成了明显的互文性关系。"互文性是一个文本(主文本)把其他文本(互文本)纳入自身的现象,是一个文本与

第二章　历史变迁与城市之像

其他文本之间发生关系的特性。"[1] 小说与词、典籍之间的互文，不仅表现在王安忆对于词牌名、典籍名称的借用，而且更重要的是对词、典籍内涵精神的一种借用。在王沂孙的《天香·龙涎香》中，词人借咏龙涎香以寄托遗民亡国之痛。上阕从采香、制香到焚香，层层推进，逐层展开；下阕回忆当年春夜焚香饮酒，此刻却不再有如此雅兴，昭示出对故国的思念。全词意蕴潜隐，寄慨甚深，低回婉转，怅惘无穷。典籍《考工记》则是用来记述百工制作器物的法则和规范，它不仅是一部手工技术的汇编资料，更作为国家"礼制"的一个重要组成部分而被保存流传。在传统社会，礼制与国家政治紧密相关，它是"各种权力/话语关系编织的意义网络，它上及国家政治、法律制度、伦理道德、文化教育、艺术审美、礼仪仪式，下涉生老病死、衣食住行"[2]。简而言之，作为词的《天香》和作为典籍的《考工记》，从表层来看，一个是关于香的采、制以及焚的整个过程，另一个是关于古代手工技艺的记述，而深层则是人如何制造、使用器物，以及与此相关的人的发展历史。因此，器物便兼具了实用和意义符号两种功能。基于此，我们就能够理解小说《天香》《考工记》中人、器物与历史复杂的映射关系。

《天香》开篇，王安忆描写申家造"天香园"，小说曲尽笔墨之能事，细致入微地写出了"天香园"之巧夺天工："枝上，叶下，石头眼里，回字形的窗棂上；美人靠隔几步一盏，隔几步一盏；亭台的翘檐，顺了瓦行一路又一路；水榭和画舫，是沿了墙勾了一遍；桌上与案上的烛有碗口大，盈尺高，外面刻着桃花，里面嵌的是桃叶。""宾客分三处就座，主宾由申儒世申明世陪，宴席设在碧漪堂前，碧漪堂背积翠岗向莲池，相隔有阔大地坪，铺青白方石，地坪周边是石灯笼，笼内如今亦是一支烛。团团围绕中，摆开十二圆桌，

---

[1] 郭名华：《论贾平凹长篇小说〈老生〉的结构艺术》，《当代文坛》2015年第4期。
[2] 方岩：《历史的技艺与技艺的历史——读王安忆〈考工记〉》，《扬子江评论》2019年第1期。

全是地方上的人物名流。"[1]《考工记》的开篇："一九四四年秋末，陈书玉历尽周折，回到南市的老宅。"[2] 看似平淡无奇，与这一时期战火频起、云诡波谲的时代相隔甚远。然而，细读之下就会发现，王安忆看似轻描淡写的一笔，点染出的却是凝重的历史。应该说，《天香》与《考工记》的异曲同工之处就在于小说人物的命运与器物的命运交相辉映，《天香》中伴随着"顾绣"的历史，整个晚明之际女性的生活史跃然纸上。而《考工记》中，陈书玉回到老宅，此后的人生，便一直与老宅胶着在一起，这是《考工记》别具匠心的叙事结构。《天香》和《考工记》，都在习以为常的以人物为主的小说叙事之外，增添了器物叙事的线索，小说情节的设置、人物命运的起伏无不围绕着"天香园绣"和名为"煮书亭"的老宅而展开。它在小说中既肩负着推动小说情节向前发展的内部功能，也承担起表达作家对历史、人生认知和理解的外显功能，由此，刺绣、房屋成为记忆、时间、生命意味的负荷者。

《天香》以"天香园绣"的发展为小说主线，刺绣不仅是有形的技巧，也是无形的文化传承，它更传递着女性的情思和梦想。在天香园中，小绸与闵女儿，本是申柯海的一妻一妾，二人之间应该是水火不容的关系。小绸因为柯海的背信弃义心灰意冷；而善良的闵女儿，因为小绸的情殇而悔恨自责。小说没有惯常家族小说女性之间的钩心斗角，而是重点借刺绣的发展讲述女性的成长。小绸与闵女儿，在镇海媳妇的疏通之下，终于冰释前嫌。小绸的诗书之心，加上闵女儿的绣工，使"天香园绣"由此放射出光彩。这是小说《天香》中的因，由此可见，刺绣在情节的发展中起到了非常重要的作用。

《考工记》伊始，陈书玉月夜归家，此时，因为战争，整个老宅

---

[1] 王安忆：《天香》，人民文学出版社2011年版，第15—16页。
[2] 王安忆：《考工记》，花城出版社2018年版，第3页。

第二章 历史变迁与城市之像

已人去楼空,唯有老宅在月光之下等待归人,这是陈书玉的出场,也是老宅的第一次亮相。小说细致地描写陈书玉翻墙、找钥匙、爬楼梯、开窗、就寝,以陈书玉的动反衬老宅的静,月光之下的老宅别具静穆之美!这是《考工记》别具匠心的叙事方式,以老宅之静,映衬陈书玉动荡的人生。一动一静之间,历史就这样拉开了序幕。随着内战结束,民国历史画上句号,中华人民共和国成立,陈书玉也从上海"小开"成为钟表修理者,最后有了在大时代中赖以生存的职业——教师,成为"城市平民",泯然众人矣!从民国至21世纪近一个世纪的历史长河中,变动的是陈书玉的人生,老宅始终以一种静态的方式伫立于岁月的风云之中,见证着变动的历史和在历史中沉浮的人。整部《考工记》动静相宜,以静制动,以老宅的历史辉映着陈书玉的人生。最后,历史的车轮滚滚向前,只留下年迈的陈书玉与破旧的老宅彼此相望,刻着"煮书亭"的石碑成了历史的见证者。

在静与动、常与变之间,刺绣与天香园中的女性,老宅与陈书玉构成了一种映衬和反差,这是《天香》《考工记》宏观的叙事框架和价值构建。进入小说的微观层面,刺绣与小绸、闵女儿、沈希昭、申蕙兰,陈书玉与老宅之间还有着更为复杂的盘根错节关系,那就是以器物之繁华映衬人生之繁华,以器物之落寞映衬人生之落寞,人与器物既成为历史的经历者,也成为它的见证者和观察者。

在《天香》中,天香园不仅是女性生活的场地,同时它的盛衰也暗示着申府人事命运的变迁。天香园刚刚建成时,山水清朗,楼阁巍然,草木葳蕤,繁花似锦,何等的壮丽辉煌、巧夺天工!小说中以天香园胜景写申家之盛,此时,申明世即将成为京官,而申镇海以"神童"之名外显于世,他与小绸的婚事也被提上日程。而后,时移世易,申府逐渐败落,在前来吊丧的杨知府眼中:"申家终究是落魄了……灵堂设在府上,青莲庵早已倾圮,碧漪堂也四壁漏风,墙倒楼塌，池子淤塞了，花木凋零，家中人都不大去了……"①空廊寂寥的天香园，终是曲终人散的结局，《天香》关于园与人命运互相映衬的写法，与《考工记》中老宅与人物的关系非常相似，只不过《天香》中"天香园"与申府的盛衰只是故事的背景，而《考工记》中老宅与人物就是小说的核心。

《考工记》中，回溯陈书玉的身世经历，他出生于钟鸣鼎食之家，就读于交通大学铁道系，因战争而中断学业，虽家道中落，却也衣食无忧。他是沪上小有名气的"西厢四小开"之一，在战争爆发之前，上海最后的歌舞升平之时是他经历过的人生黄金时期。从重庆小龙坎归来之后，曾经的"西厢西小开"风流云散，只剩大虞与他相伴。叙述陈书玉此段人生经历，即有一处关于老宅浓墨重彩的介绍，陈书玉的祖父做寿，陈书玉邀请大虞和谭小姐来做客，通过大虞的眼睛来展示老宅：

> 偌大的敞厅，无柱无梁，仅凭四角的斗拱承托起一座楼……从他坐的位置看出去，侧看门头一角，砖雕一层一层套进去，按西洋技法称，应作"深浮雕"，活脱脱一台戏。蓝采和的花篮里，伸出一支（枝）海堂（棠），险伶伶挂在边框外，与其相对的，张果老坐骑的驴头，额上一撮璎珞，是飘上去，将落未落的那一刻。……天井里青砖铺设，望得见月洞门外一片地坪，用的是花砖，赭红和松绿。……顶上一列脊兽，形态各异，琉璃的材质；檐口的瓦当，瓦当上的钉帽，前端的滴水，全是釉陶。前一夜下了雨，今日太阳出，于是晶莹剔透，光彩熠熠。②

新时代到来，陈书玉身边的人事频繁变动，老宅中的人也逐渐

---

① 王安忆：《天香》，人民文学出版社2011年版，第332页。
② 王安忆：《考工记》，花城出版社2018年版，第41—42页。

走空,从瓶盖厂进驻老宅的那一刻起,老宅辉煌的历史就终结了。大炼钢铁期间,老宅中的金属器物化为见证历史激情的原料;高考制度恢复后,老宅成为补习场;市场经济下,老宅又成为可以置换商品房的资本,见证着世道与人心!最后,老宅被列为市级文物,并逐渐陷入坍塌的境地:"这宅子日夜在碎下来,碎成齑粉。"[1] 本雅明认为:"艺术品的即时即地性,即它在问世地点的独一无二性。但唯有借助于这种独一无二性才构成了历史,艺术品的存在过程就受制于历史。"[2] 在本雅明看来,器物有其自身的历史,同时也是一种可以容纳时间、记载历史的载体,器物与历史二者之间形成了一种隐喻。在《天香》和《考工记》中,器物超脱了它原有的语义,器物之喻打通了人、物及历史的界限。作家对刺绣、建筑物反复工笔式的精雕细刻既可以看作对它本身历史的追溯,同时它在文本中也是兼具人文情怀的历史载体,它们和小说中的人物一起,共同完成了对中国历史的记载。

二 以器物之情涵养人之情义

历史是由无数伟大或卑微的人构成的,而在人的历史之中,书写人的情义,大概是所有小说的应有之义。时间的车轮滚滚向前,"天香园绣"也好,名为"煮书亭"的老宅也罢,它们或者随历史而流传,或者被历史风尘淹没,但人与人、人与物之间形成的情义却在这时空之间一次次被作家诉诸笔端,得到了淋漓尽致的表达。王安忆在《天香》和《考工记》中对于情的书写,是内敛的、节制的。没有痛彻心扉的生离死别,也没有缠绵悱恻的相思哀怨。它的情是深水底下的暗流涌动,依托的依然是器物,让无生命的器物成为情之载体,以器物之情涵养人之情义。小说围绕天香园中的众位

---

[1] 王安忆:《考工记》,花城出版社2018年版,第267页。
[2] [德]瓦尔特·本雅明:《机械复制时代的艺术作品》,王才勇译,中国城市出版社2002年版,第7—8页。

女性，写到了种种不同的感情，其中，最引人注目的就是关于小绸与沈希昭这两位对"天香园绣"的发展起到了关键作用的女性人物以及她们之间的情感，她们既互相理解、惺惺相惜，却又在潜隐中有所对抗的复杂情感是小说情之书写的关键：

> 这婆媳二人从开初起，之间就植下了罅隙，先是柯海的夙怨，后是阿潜这个人。这还在明里，内里更有一重原因，在于这两人的秉性与天分。……要说相知相识，就是这两个人；相怨相嫉，也是这两个人；相敬和相畏，更是这两个人。结果呢，通着的就是隔断的，近着的就是远着的，同道的就是陌路的，这两人就越来越生分。①

细细地品味这段叙事话语，你就不能不承认王安忆的确是一位贴心贴肺地对女性内在隐秘心理有着透彻理解的作家。"相知相识、相怨相嫉、相敬相畏"，确实准确地道出了两位出色女性之间隐秘的内在关系。相知相识，是非常自然的。没有共同能够抵达某一人生高度的人，实际上是很难真正互相理解的。然而，也正因有这种相知相识、互相理解，才会使得她们心生嫉怨。这就如同只有顶级的武林高手，才会成为争斗的对手一般。既然互相了解，而且互有忌惮，那么，最后所导致的结果，也就必然会是相敬相畏了。能够生动细致地把小绸与沈希昭两位闺阁女子之间隐秘幽曲的细密心思如此鲜活灵动地揭露呈示出来，其中借助的就是器物——刺绣。小说中的"天香园绣"起自柯海的妾室闵女儿，她擅长女红，当她得知丈夫与小绸因自己而生嫌隙之后，在自愧与孤独中，她以刺绣寄托愁情。在镇海媳妇的穿针引线之下，小绸与闵女儿抛弃前嫌，小绸以诗书入刺绣，由此开启了小绸、闵女儿和镇海媳妇的女儿情义。

---

① 王安忆：《天香》，人民文学出版社2011年版，第230页。

镇海媳妇产后虚弱而亡，小绸和闵女儿共作《西施牡丹图》寄托哀思。希昭与小绸，希昭与蕙兰，甚至蕙兰与她的婆婆张夫人，皆是因绣品而相识相知，最后，她们的情义与绣品合二为一，共同支撑起整个家族绵延的力量。诚如评论家白烨所言："但这部以小角度讲述的小故事，却透射出大视野与大格局，这是因为作者发挥出独家所长，以一个个小女人的角色来凸显了一个家族命运的变迁。申府中的女人之间的亲密疏远，实际上决定了申家的内在气韵。天地很小的女性们，切切实实地传承了民间工艺，滋润了一方水土。"[1]

《考工记》的核心人物是陈书玉，小说中描述陈书玉："在他纨绔的风流外表下，其实是一颗赤子的心，为人相当实在。"[2] 因此，纯良便是他的本性，因为己身的纯良，因此，"他这一生，总是遇到纯良的人，不让他变坏"[3]。由陈书玉蔓延开去，小说写了"西厢四小开"中的其他三个人——朱朱、奚子、大虞。他们曾经是非常要好的朋友，有过鲜衣怒马、张扬放肆的青春时代。然而，随着抗战结束，中华人民共和国成立，他们各自的命运都发生了翻天覆地的变化，但四人都没有辜负这一段情义。大虞罹难，陈书玉不畏艰险，数次陪伴上访，在奚子的暗中斡旋之下，大虞化险为夷，赴川沙落脚。历史的大变动中，大虞与陈书玉一直相互扶持，往来频繁。朱朱遭遇牢狱之灾，陈书玉陪着朱太太替他申冤、到狱中探望，后来朱朱远赴香港，在"三年困难时期"也曾力邀陈书玉赴港。处于核心地带的奚子，虽然对其从事的革命工作有所隐瞒，但在朋友罹难的日子中，他也鼎力相助。同样，在他遭遇批斗之时，大虞、阿陈也是倾囊相助。王安忆将友情、爱情都化为具体的可观、可触、可感的人际交往的物质间性关系。小说写得最为动人的兄弟情感，发

---

[1] 白烨：《"人学"主题的艺术演绎——2011年长篇小说概观》，中国作家网，http://www.chinawriter.com.cn，2012年1月17日。
[2] 王安忆：《考工记》，花城出版社2018年版，第17页。
[3] 王安忆：《考工记》，花城出版社2018年版，扉页。

生在陈书玉与大虞之间,而这种情感是通过两个物质性的空间传达出来的。空间在表现社会关系上有着其独特的功能。老宅和大虞川沙的家成为承载陈书玉、大虞二人情感的载体。大虞初次见到宅子时的"惊艳",几十年间数次到访对宅子匠作插榫、雕刻瓣蕊、八仙主题的考据,都可以将他看作老宅的知己。小说的最后,陈书玉执意请大虞翻修老宅,而事情未进行,大虞却去世了。大虞去世,老宅只能慢慢化为齑粉。在小说中,物与人是一种同构关系,人不在了,作为承载情感和关系的物也就消失了。大虞在川沙的家也发挥着相同的功能,只是以更为具象化的形式出现,陈书玉每次到这里,小说的描写总离不开喝茶、吃饭、睡觉,王安忆将兄弟之间患难与共、生死守望的情义,通过日常生活的一粥一饭、一床一铺完整地勾勒出来。陈书玉一生重情,与爱情却每每擦身而过。究其原因,大概与爱得不够深、本身对爱情的恐惧、怕负责任等因素相关。唯独对朱朱的妻子,他似乎动了真情。可在整部《考工记》中,他与这位名叫冉蕴珍女子所有的交往,都是恪守着"朋友妻,不可欺""发乎情,止乎礼"的原则。小说写二人独处的场景非常少,只有在朱朱深陷牢狱之灾时,朱朱妻子请他帮忙,才有了一个二人单独相处场景的描写:

> 就这么站着,一口一口吸进,再一口一口吐出。一支烟很快到头,将烟蒂在小银盒底摁灭,咔嗒关上,回过身,说:阿陈,谢谢你!陈书玉低头道:谢什么,朋友一场,就为这时候的!①

这段文字,人物语言寥寥数语,叙述的重点落在了吸烟上。通读整部小说,这大致是陈书玉与冉太太最亲近的时刻。王安忆关

---

① 王安忆:《考工记》,花城出版社2018年版,第75页。

第二章 历史变迁与城市之像

于二人情感的书写,与王家卫电影《花样年华》的感觉非常类似,利用柔调抒情的方式,借助香烟这种有形的物体,把二人之间欲说还休的诸种复杂情感表现了出来。陈书玉不承认他对冉太太动了情,可是,在朋友的逼问之下,他又不得不审视自己的内心——他终身不娶,是因为他不相信世上还有第二个冉太太。而他对冉太太的评价,也极为中肯,他是冉太太的知音:"他想,倘若要给冉太太一个定义,是什么呢?忠诚,不像;坚强,也不完全是;情深,有一点,但那是对朱朱而言,不是他;终于,他想到一个字:'义'。是的,这就是冉太太,义!""多思而后行,行而不悔,方才为知遇。"[1] 所以,他在夜校里遇到的女学生,一开始颇得他的青睐,大致外貌上与冉太太有相似之处。后来女学生被人揭穿作"偏房"的身份,他又厌恶起来,觉得她玷污了冉太太。而冉太太对陈书玉究竟是什么样的感情呢,小说没有明确交代,然而,在"三年困难时期",冉太太给陈书玉寄来的行李,足以说明一切:

> 什么样的一双巧手,能够使用空间到这般程度。大小,长短,厚薄,软硬,组合拼接错落镶嵌,一封封的香肠肉脯;一瓶瓶猪油牛油;一听听沙丁鱼、午餐肉、花生酱、蛋黄酱、果酱;一袋袋白砂糖、巧克力、老婆饼、可可粉、咖啡、奶精、奶粉……[2]

在物质极端匮乏的时代,这满满一箱的吃食,寄托了冉太太对陈玉书的情义。也许,这情义无关爱情,可是,却比爱情更为踏实、绵长。王安忆很巧妙地将看似柔弱单薄的情义夯实为有形的物品,由此,体现出上海人生命的坚韧。

---

[1] 王安忆:《考工记》,花城出版社2018年版,第157页。
[2] 王安忆:《考工记》,花城出版社2018年版,第146页。

相比之前两种情义，关于陈玉书与周旋于老宅的其他人物的邻里之情的书写，作家采用白描式的手法略写，简单的几句对白，写出平凡小人物在大时代中的患难守望的情义。"女人将茶缸揣进怀里，感激地看着他：爷叔，谢谢你了！不用谢，阿姨。他想起厨房里的时光，午后的慵懒，温暖和饱食，还有闲聊，东一句西一句，动情道：吃过你多少饭菜啊！"① 王安忆曾说："小说中的'生计'问题，就是人何以为衣食？讲到底，我靠什么生活？听起来是个挺没意思的事情，艺术是谈精神价值的，生计算什么？但事实上，生计的问题，就决定了小说的精神的内容。"② 整部《考工记》，王安忆借着日常生活中的种种生计问题，来表达对人生、情感与历史的认知。生计问题最终将落实到一粥一饭之中，因此，大时代洪流中普通人患难相守的深情，就化为半条肉、一斗米。物本无情，物只有与人联结在一起时，才有了情。小说中王安忆的生花妙笔，让源于人内心的无形的情搭载上的具体的物，将人的情感极大程度地物化后转向了精神与器物的真正融合，将古人"不以物喜"的精神状态升华为物我相容的精神境界，从而使"人/物"的关系提升至"物/人"，让情化为可触、可感的物质间性关系。评论家谢有顺曾言，"当代作家写历史，一般都不敢写器物"，"因为他没有这方面的常识，即便写，也写不好。像苏童的《妻妾成群》，可以把那种微妙的人与人之间的关系写得入木三分，但他还是不敢轻易碰那个时代的器物"。③ 然而，进入新世纪以来，许多作家开始注意到器物蕴含的巨大的历史文化意义，获得第八届茅盾文学奖的《蟠虺》，刘醒龙借诞生于春秋战国时期的国之重器曾侯乙尊盘来表达他对知识分子精

---

① 王安忆：《考工记》，花城出版社2018年版，第141页。
② 王安忆：《小说的当下处境》，载张新颖、金理编《王安忆研究资料》，天津人民出版社2009年版，第168页。
③ 谢有顺：《小说的物质外壳：逻辑、情理和说服力——由王安忆的小说观引发的随想》，载张新颖、金理编《王安忆研究资料》，天津人民出版社2009年版，第784页。

神世界的探寻。王安忆的《天香》《考工记》亦是器物书写中的代表作品。

三 器物书写的美学特征

作为人文意义上的一种实体，器物制造、流传的历史形成了一个言说的系统，因此，器物有着超越实体的历史、文化意义。王安忆在《考工记》中借器物表现历史与人情，器物与历史、与人之间形成了一种对位同构的关系。在整部小说中，器物之喻成为一种极具穿透力的言说方式，是作家构思整部小说的切入点，同时，王安忆借器物牵引小说情节的发展，暗示人物命运，由此形成了独特的"器物美学"。具体而言，主要表现在以下几个方面。

其一，日常生活叙事与器物书写水乳交融。小说如何表现历史，王安忆有自己独特的认知。从《长恨歌》到《考工记》，王安忆一贯秉持着用日常生活叙事的方式再现历史。日常生活叙事是将"平民生活日常生存的常态突出，'种族、环境、时代'均退居背景。人的基本生存，饮食起居，人际交往，爱情、婚姻、家庭的日常琐事，突现在人生屏幕之上。每个个体（不论身份'重要'不'重要'）悲欢离合的命运，精神追求与企望，人品高尚或卑琐，都在作家博大的观照之下，都可获得同情的描写"[①]。从整体来看，《天香》和《考工记》历史氛围浓厚，以线性时间推进的方式将器物的历史、人的一生与时代的变动勾连，这与宏大叙事的线性时间模式相类似。不同之处在于，小说在线性时间模式之内填充进去大量富有质感的日常生活的细节描写，这些由大量丰富的细节组成的日常生活场景，与小说中对器物的工笔细描相映成趣、水乳交融，由此形成了《天香》和《考工记》独具情韵的审美品格。比如，《天香》中，王安

[①] 郑波光：《20世纪中国小说叙事之流变》，《厦门大学学报》（哲学社会科学版）2003年第4期。

忆写天香园中章师傅的小妾和柯海的妹妹等玩羊套车，写得极其生动、情致盎然：

> 今日的玩意儿极新鲜，什么呢？羊套车。那一具小车想必出自章师傅的手，只有通常车体的十之三分，长、高、宽，比例全对，车轮的毂、辐一无偏倚，牙抱得紧紧的，车斗围了栅栏，安了板凳。不上漆，上的是桐油，露着原木的纹理与颜色，木脂的气味还没散去。车辕上套的不是马和牛，是羊，大约是荞麦喂的，所以听得懂荞麦的话。荞麦只说一个字：住！停的时候是开走的意思，走时是跑，跑时则为停。荞麦坐前座双手牵绳驾辕，妹妹抱着小毛毛坐后座，三个人的表情都很肃穆，让柯海觉着好玩，又隐约有一种羡慕，羡慕她们会玩耍。那羊车笃笃地在池子边绕行，三圈两圈之后，再经过柯海镇海兄弟，车上就添了人，到底没抵住乘羊车的有趣，小桃带阿奎也上了车，与妹妹面对面，各坐一侧，脸色也一并肃然着。①

同样，《考工记》第一章写祖父过寿，陈书玉请大虞与谭小姐做客，作者也是采用工笔画式精描细琢的手法，巧妙地将风景、器物、习俗融为一体，形神兼备地写出了上海人过寿的生活图景。由此可见，王安忆正是在日常生活与器物细节的有机装置中，让我们倾听由生活之声组成的历史的节奏与旋律，由此完成她对上海前世与今生的书写。

其二，充盈着时代性与现实感的器物书写。有学者认为，王安忆的文学创作"是一条斜行线，斜率在过程中会有变化，向上却是不变。这条斜行线的起点并不太高，可是它一直往上走，日月年岁推移，它所到达的点不觉间就越来越高；而所有当时的高点都只是

---

① 王安忆：《天香》，人民文学出版社2011年版，第13页。

第二章 历史变迁与城市之像

它经过的点，它不迷恋这短暂的高点，总在不停地变化着斜率往上走"①。王安忆创作于20世纪90年代，获得第五届茅盾文学奖的《长恨歌》，可以看作其小说创作的一个高点。《天香》与《考工记》和《长恨歌》虽然在某些方面有相似之处，但是，《天香》《考工记》又绝对不是《长恨歌》的翻版。在《长恨歌》中，王安忆有意弱化时代因素，时代仅仅是小说一种模糊的背景。《天香》中呈现的明末清初的上海，这是现代上海的前生，但是，小说中的人物、器物无不折射出那个时代的魅影。而《考工记》中时代背景的存在感明显增强。在小说中，超越了居住功能、承载历史的载体的老宅，作家在对它的辉煌与没落过程的叙述中，处处闪烁着、折射着时代魅影。不同历史时期的社会变动轮番在老宅中上演，历史更迭中或残酷、或温暖的现实，世态炎凉或美好的人情人性都得到了充分的表现，充盈着鲜明时代气息和真切现实的器物书写，使《考工记》在历史与审美之间形成了一种独特的写作张力。

其三，器物的生命书写和"反传奇"艺术手法的运用。在《天香》中，有一段希昭与蕙兰谈论刺绣的对话，极富哲理性，引人深思：

> 蕙兰问：哪样物不是拘在物本里，否则，何为此物，又何为彼物？希昭说：物有大小之别，小物只一生一，二生二；大物则道生一，一生二，二生三，三生万物！不可等量齐观。蕙兰又问：比方说呢？希昭说：天，地，人，这三件本是造化，无从论起，凡议论都是犯上，单就说些常见常用的东西——萤火虫，只一夜生息，亮过即灭；蜜蜂，生长之后，采蜜酿蜜，蜜可食，又可制蜂蜡照明；再有一年生的草本，仅一岁枯荣，回进土里；而常年的果木，先生叶，后开花，又结果，饲食人

---

① 张新颖：《我所认识的王安忆》，中国作家网，http://www.chinawriter.com.cn，2019年2月6日。

间；还有石，可炼铁，铁可制锅釜，铸剑，铸鼎，铸钟，可祭天地！物性就好比物之德，有大德，亦有小德，甚至无德；咱们闺中的针黹，本是小物小德，但却是有渊源的，渊源是在嫘祖，与黄帝齐辈分——听到嫘祖两个字，蕙兰心头怦然一动，神情就有些异样，希昭不免看她一眼。蕙兰定了定，听婶婶说话：因是源远流长，所以就能自成一体，自给自足，可称完德，无所而不至。希昭停下话头，对了蕙兰，无尽地体贴与同情，缓缓说道：发绣确是有你心在，可只在肤表，距深处还远得很！①

这段话由刺绣本身谈到了器物的源起，器物的转化以及器物之德，赋予本来没有生命的器物以德行，这就如新世纪作家红柯、姜戎、郭雪波等小说中的风景书写，让自然风景从背景走向前台，获得了与人同等的生命。王安忆《天香》中也给予器物以生命，这种独特的器物美学，使得器物在小说中不仅承载了历史，也成为情感与生命的载体。

反传奇是张爱玲小说惯常使用的艺术手法。但张爱玲的反传奇，多用来写人物，而王安忆却创造性地将其用在了器物书写上。反传奇的鲜明表征之一是将器物历史平淡化。《考工记》中的器物（老宅），与陈氏家族的历史相呼应，有着显赫辉煌的过往。然而，作者的叙述重点，却落在了其"衰"的一面上。在半个多世纪的历史流变中，整部老宅没有新生命的降生，有的只是时间的消逝与器物的败落。生命力与激情的丧失，使老宅自始至终都笼罩着一种死气沉沉的暮年气象。王安忆创造性地将反传奇的写法运用到器物书写上，营造出《考工记》颓废而悲凉的美学风格。

此外，带有浓郁诗性特质语言的介入，使《天香》《考工记》中的器物书写洋溢着一种古典美学的神韵。王安忆曾经评价宗璞小

---

① 王安忆：《天香》，人民文学出版社2011年版，第423—424页。

说语言,用了"兰气息,玉精神",意指宗璞小说语言有一种浓郁的书卷气的特质。从《长恨歌》开始,王安忆的小说语言也开始抵达她所向往的这种语言审美境界,并在《天香》《考工记》中进一步发扬。有评论家认为在《天香》中,"古典哲学、古典诗论、古典画论、诗词曲赋,共同编织出一个包罗万象的叙事肌理,使文本在极具古典情韵的基调中推进。清雅、平淡,朴拙之中又透着机趣的叙述语言,不时穿插一些意趣隽永的寓言、掌故、野史、传说,蕴藉着晚明小品文的韵味"[1]。《考工记》中,王安忆则大量使用意象性语言,让细致入微的外在物象与复杂的内在情感产生奇妙的共鸣,使客观存在与主观感受融为一体。试举一例说明:小说中有一段描写陈书玉月夜归家的情形,陈书玉经历战乱、饥饿、死亡之后想要归家的强烈渴望与归家之后面对人去楼空的失落感,投射在"石板""月洞门"等器物的外在具体形象上,与陈书玉内心的情感交织在一起,产生了物我交融的艺术境界。清水一样的月光映衬着院中的杂草,干枯的插花与盛放的芭蕉形成强烈的对比,还有蟋蟀的鸣叫,色彩、声音、器物组合在一起,形成了一系列细密的意象,在中国传统的诗词中,这种将主体的情感、思想用客观物象铺排呈现的语言方式比比皆是:"古道西风瘦马,夕阳西下,断肠人在天涯""落花人独立,微雨燕双飞""料峭春风吹酒醒,微冷,山头斜照却相迎"等,都是如此。《考工记》的语言正是在对古典诗词的借鉴中,形成了含蓄蕴藉、唯美深沉的具有"兰气息,玉精神"的器物书写的语言,真正彰显了中国雅言的魅力。

第三节 俗世即景与市井传奇

2020年,身居哈尔滨的女作家迟子建、身居西安的贾平凹分别

---

[1] 梁海:《新世纪长篇小说创作的诗性建构》,《吉林大学社会科学学报》2013年第6期。

推出了以"哈尔滨"和"西京"为书写对象的小说《烟火漫卷》和《暂坐》。对这两位以乡土题材写作扬名于文坛的作家而言，无疑又是一次写作的远征。《烟火漫卷》和《暂坐》看似毫不相关，一个写有"东方莫斯科"之称的洋气的哈尔滨，另一个写名副其实的"古都"西安，但是，从两部小说的包容性和开放性而言，《烟火漫卷》和《暂坐》在某些层面达成了某种契合，诸如以"风景""建筑"勾连起城市的外在形象，以城市中人的命运、情感的变迁写出城市的内在血肉，以人性的善恶呈现城市的瑰丽与晦涩。同时，两部小说在叙事结构、叙事方式和叙事语言上都接续了中国传统小说的叙事特点，在他们笔下，人与城在虚实相生、明暗交接中完成了同构，哈尔滨和西安由此成为永恒的文学景观。

一 建筑与风景——城市表象的文学构型

文学中的建筑书写，可谓源远流长。早在春秋时期，《诗经·小雅》中就有描写周王宫落成的诗句——"约之阁阁，椓之橐橐。风雨攸除，鸟鼠攸去，君子攸芋。如跂斯翼，如矢斯棘。如鸟斯革，如翚斯飞，君子攸跻。殖殖其庭，有觉其楹。哙哙其正，哕哕其冥，君子攸宁。"用夸张、比喻、排比的手法，形容周王宫室建筑的气势高峻，庄严宏伟。自此之后，唐代杜牧的《阿房宫赋》、王勃的《滕王阁序》，宋代范仲淹的《岳阳楼记》、欧阳修的《醉翁亭记》等都是建筑与文学耦合的千古绝唱。清代文学家曹雪芹的《红楼梦》，在这部被称为了解中国古代社会的百科全书中，有大量关于荣、宁二府以及大观园等建筑的描写。由此可见，"在很多中国文学乃至世界的文学经典中，建筑已然成为文学家抒发情感的载体，并将建筑与人、自然相融合在一起，并上升到了天人合一的境界"[①]。

---

① 刘晓林：《文学经典中的建筑意象》，《文艺评论》2016年第10期。

第二章　历史变迁与城市之像

20世纪中国文学中，有关建筑的书写依然绵延不绝。李欧梵在《上海摩登：一种新都市文化在中国1930—1945》的开篇，分析茅盾《子夜》中的建筑物，继而从"外滩建筑""百货大楼""咖啡厅""公园和跑马场"等主题展开研究，分析茅盾、"新感觉派"以及张爱玲等作家，如何将一个城市所能提供的声、象和商品囤积起来，然后将之转换为艺术，形成了一个国际化的文化空间——上海。事实上，除了上述几位作家，老舍对四合院以及胡同的书写，沈从文对湘西吊脚楼和河街的绘就，路遥对黄土高原窑洞的描述，都可以看作小说与建筑结合的典范之作。

上述从历时性角度出发对文学中建筑书写的考察，不仅在于厘清建筑参与文学叙事的发展脉络，同时也明确了建筑在文学中发挥的参照作用。"建筑往往是文学家观察与描写的对象，是文学作品展现情节和铺垫故事场景与背景空间的重要的描写对象。"① 其实，作家利用建筑在小说中不仅构建起了城市空间，同时也传达出对一个城市的文化内涵、文化底蕴和时代精神的认知。

迟子建的《烟火漫卷》，以"寻找—相遇"为主线展开对刘建国、于大卫夫妇以及黄娥等人人生轨迹的书写，通过各色人物在不同空间中的腾挪转换完成了作家对哈尔滨酣畅淋漓的文学表达。贾平凹的《暂坐》以俄罗斯女孩伊娃"归来—离去"为主线，写她与名为"暂坐"茶庄的老板娘及其朋友交往的林林总总，由此西京城的街谈巷议、烟火人生、生死离别、爱恨情仇均跃然纸上。两部小说在叙述中都穿插了大量关于城市建筑的书写，我们完全可以将此看作一群人与一座城的相遇。在刘建国与黄娥、于大卫夫妇，伊娃与"西京十玉"相遇、相知的人生旅程中，哈尔滨与西京的各色建筑沾染着作家的情感，时时出现在读者的视野中，这些建筑不仅成为小说中人物活动的空间，同时，它们在推动故事情节的发展、塑

---

① 刘晓林：《文学经典中的建筑意象》，《文艺评论》2016年第10期。

造人物形象等方面也发挥着重要的作用。

《烟火漫卷》一开篇写刘建国与翁子安的相遇，二人初次相遇的地点是医院，此后，二人产生数次交集的地点依然是医院。随着二人交往渐多，哈尔滨标志性的建筑阳明滩大桥出现在读者的视野中：

> 对哈尔滨来说，它是桥梁建筑的新宠，落成通车不足十年，引桥出现过一次事故，但这座连通哈尔滨新老城区的悬索桥，因六千多米的桥长，双向八车道的承载，气派典雅的外观，纾解交通的能量，依然是市民喜欢的公路桥之一。而它没出现前，最早贯通松花江南北两岸的是一座有百年历史的滨江铁路桥，连通欧亚大陆，是上世纪初由俄国人设计施工的，它也是哈尔滨道里区和道外区的标志性分界建筑物。这座十九孔桥的花岗石桥墩非常坚固，其状如一只只浮在江面的鱼篓，而桥墩上的钢铁护栏像渔网，一派渔场风光。①

在这座大桥上，他们二人捡到了一只鹰，由这只不会飞的鹰，小说从刘建国与翁子安的故事中，引出了小说的另一个主人公黄娥。黄娥及其儿子杂拌儿的出现，解开了小说开头设下的悬念，刘建国一生未婚，就是为了寻找他年轻时丢失的朋友的孩子。在小说叙事的过程中，出现了哈尔滨另一个地标建筑——音乐厅：

> 刘建国喜欢这座音乐厅，它挑高八米，上下两层，左右对称排布着十六根乳黄色浅浮雕原木立柱，看上去气派典雅。音乐厅上方，是三盏等距垂悬的枝形水晶吊灯，它们与两侧通道各七盏的小型吊灯，交相辉映。两侧狭窗垂吊的绛红色丝绒幕布，像是高挂的神衣。乐迷喜欢这座音乐厅，还因它不用扩音

---

① 迟子建：《烟火漫卷》，人民文学出版社2020年版，第14页。

第二章　历史变迁与城市之像

设备，利用建筑本身的结构特点，让声音自然回旋，给人带来纯美的音色享受。①

音乐厅的出现，引出了谢普莲娜、于大卫夫妇的人生故事，最终，迟子建将所有人关系、命运的扭结点引入了"榆樱院"，第一次出现在读者眼前的"榆樱院"呈现出典型的哈尔滨特色：

  榆樱院是哈尔滨道外区中华巴洛克建筑群的一处待开发的院落，在南勋街纵向的一条小街里，由三幢砖木结构的小楼合围而起，"Ⅱ"形组合，有点类似老哈尔滨人说的"圈楼"。从大门洞进去，看到的坐北向南三层小楼为主楼，东西走向的两座二层小楼为厢房，它们左右对称地与主楼衔接。三幢楼有百年历史了，外置的木楼梯多已朽烂，但主体砖墙依然稳固，因而院落一直有人居住。它之所以被住户称为"榆樱院"，是因院中有三棵大榆树和一棵樱花树。其中两棵榆树生长在中庭，另一棵长在右厢房的山墙边，也就是刘骄华家的房子。而樱花树长在主楼正门前，它迎风开花时，华丽毕现，一副正宫娘娘的派头。②

小说对榆樱院展开的浓墨重彩的叙述中，夹杂进对刘建国大哥刘光复及其妻子蔡辉关系的交代、妹妹刘骄华一家生活点点滴滴的书写，此时，这座半中半西、半洋半土的建筑与哈尔滨的芸芸众生达成了某种契合，榆樱院充满了哈尔滨人的日常生活的烟火气，这是一个城市的温度，而经由它展现出的生活图景，也是哈尔滨最本真的生活图景。由此可见，整部小说之中，迟子建经由"寻找"这

---

① 迟子建：《烟火漫卷》，人民文学出版社2020年版，第25页。
② 迟子建：《烟火漫卷》，人民文学出版社2020年版，第55页。

一活动激活了哈尔滨的大街小巷，小说中的建筑不仅成为人物活动的物质空间，同时也成为承载人物悲欢离合的精神空间。正如迟子建在小说后记《我们时代的塑胶跑道》中谈到她在自己经常跑步的塑胶跑道上看到一只死去的燕子，虽然已经死了，但依然保持着展翅欲飞的姿势。那只死去的燕子多么像这部小说中挣扎于滚滚红尘中的各种小人物！因此，"以刘建国、黄娥、翁子安为中心的欲望层级敞开了城市的深层结构和历史潜力。三人各自携带的主题学因素夯实了哈尔滨作为时空体的物质真实性，最终由人物的私人故事升华为城市的'公共叙事'，城市随之具有了真实的'血肉'"①。

如果说在《烟火漫卷》中，不同的城市建筑在小说中的闪回如同电影的镜头，一个又一个富有象征意味的建筑物不断推进了小说情节的发展，同时也在某种程度上照应主人公的精神状态，那么《暂坐》中，城市建筑在小说中不再以串珠的形式出现，而是小说人物与建筑的并置。整部小说一共35章，以"伊娃·西京城"起笔，而后每章的题目都是人物与一个具体的建筑空间并置。小说的最后一章又回到"伊娃·西京城"，首尾衔接，完成了一个闭环。对于这样的结构安排，贾平凹说："一个就是我觉得这样写就是能体现出他的人生中的一种真实性。这样就是每一节或者是每一章反映出西安四十多年的历史，就是由原来的城乡对立，然后这种对立慢慢缓和。再一个就是为了集中，不然就写乱了。人物太多，又都是些生活琐事，这样叙述就集中了。"② 整部小说中的建筑空间可以分为以暂坐茶庄为代表的"主空间"和以西涝里、拾云堂、西明医院、香格里拉饭店、咖啡吧等为代表的"次空间"。第一次出现在读者面前的暂坐茶庄，如同经营茶庄的主人海若一样，风姿绰约、光彩照人：

---

① 王尧、牛煜：《烟火漫卷处的城与人》，《当代作家评论》2021年第1期。
② 贾平凹、韩鲁华：《别样时代女性生命情态风景——贾平凹长篇小说〈暂坐〉访谈》，《小说评论》2020年第5期。

第二章 历史变迁与城市之像

上到二层,和一层一样的大通间,东西各摆有柜子、桌子、椅子、几案,全是崭新的仿明式家具,上面放置了玉壶、梅瓶、瓷盘、古琴、如意、玛瑙、珊瑚、绿松石和各类形态不一的插花。靠北一长案上趺坐着一尊汉白玉石佛像,高肉髻,宽额,大眼横长,双手重叠于胸前做禅定印。佛像前的香炉里三支檀香才燃过半,烟柱直直上升,约莫一米处却软了,形成一团乱丝。而靠南的是一张罗汉床,上面堆了几摞书册和一个珐琅盒,盒里十几个方格,满是串好的或还没串好的手链,七色彩绳卷和珠子。珠子有珍珠的,菩提子的,水晶的,紫檀的,玉石的,光色充满,宝气淋漓。伊娃微笑着,她熟悉这些佛像、瓷瓶、如意、古琴,以及那个珐琅盒,先前都是在一层布置着,现在倒摆在了二层。[①]

毫无疑问,这个集公共性与私密性于一体的空间,是小说中各种人物活动的中心场所,小说中十多个女子在此空间交流。她们的言谈中又辐射出彼此的关系,与他人的关系,在种种的关系网络中,又体现出每个人的人生故事。而在小说的"次空间"中,既有西涝里这样"巷道逼仄,房屋老朽"的棚户区,也有香格里拉饭店这样的高雅建筑,小说通过次空间中人物的活动,勾连出主要人物与各色人物的活动、事件。"主空间""次空间"并置存在于"西京城"这个更大的都市空间中,由此,西京城中的人情、世情、民情都跃然纸上。

建筑之外,都市的风景也参与了小说的整体叙事构建,成为作家绘就城市之形的另一种载体。《烟火漫卷》中小说以"谁来署名的早晨"和"谁来落幕的夜晚"串联起整部小说,而上下部的开篇,都以风景开篇:

[①] 贾平凹:《暂坐》,作家出版社2020年版,第10—11页。

新世纪中国长篇小说的地方书写

> 无论冬夏，为哈尔滨这座城破晓的，不是日头，而是大地卑微的生灵。
>
> 当晨曦还在天幕的化妆间，为着用什么颜色涂抹早晨的脸而踌躇的时刻，凝结了夜晚精华的朝露，就在松花江畔翠绿的蒲草叶脉上，静待旭日照彻心房，点染上金黄或胭红，扮一回金珠子和红宝石，在被朝阳照散前，做个富贵梦了。当然这梦在哈尔滨只生于春夏，冬天常来常往的是雪花了，它们像北风的妾，任由吹打。而日出前北风通常很小，不必奔命的雪花，早早睁开了眼睛，等着晨光把自己扮成金翅的蝴蝶。①

> 无论寒暑，伴哈尔滨这座城入眠的，不是月亮，而是凡尘中唱着夜曲的生灵。
>
> 当夕阳将松花江点染得一派金黄时，它仿佛化身大厨，给哈尔滨人煲了一锅浓汤，提醒这是晚炊时分了。交通工具迎来一天中最繁忙的时刻，公交、地铁各线路客流暴涨，每个站点聚集着焦灼候车的人。私家车、公车、出租车等小型车辆，伴着下班的节拍，在城市纵横的道路上，做接龙游戏似的首尾相接，缓缓而行，奔向不同的窗口。②

我们很容易发现，上下部开篇的风景书写明显是一种呼应关系，以清晨和夜晚的风景来表现城市中平凡人物一天的生活。周瘦鹃认为："小说亦名画也：凡写风景，无不历历如绘，或为山林，或为闺阁，或风或雨，或春或夏，但十数字，即能引人入胜，仿佛置身其间。"③ 确实如此，小说中在城市风景与日常生活的巧妙装置中，让

---

① 迟子建：《烟火漫卷》，人民文学出版社2020年版，第3页。
② 迟子建：《烟火漫卷》，人民文学出版社2020年版，第157页。
③ 周瘦鹃：《〈小说名画大观〉序》，载陈平原、夏晓虹编《二十世纪中国小说理论资料》（第一卷），北京大学出版社1997年版，第562页。

读者既可以领略城市风景，又可以洞悉凡俗人生的真实表情。

在《暂坐》中，风景不仅成为小说人物活动的背景，也是主人公人生的一种隐喻。小说中写得最多的是西京城中的雾霾，伊娃重归西京，早晨起来推窗一看，满城的雾霾，她去暂坐茶庄的路上，也是一路雾霾让她心烦意乱。萦绕在整部小说中挥之不去的雾霾，与小说中沉闷、压抑、凝滞都市氛围一起，暗示出主人公命运的走向。小说的结尾，"西京十玉"有的离奇失踪，有的病死，有的出走他乡，她们中的核心人物海若，被公安机关带走，能不能回来成为小说的悬念。伊娃满怀希望地来，又满心失望伤感地离开。整部小说中沉滞不动的雾霾，恰如《红楼梦》结尾的茫茫大雪，映照出"是非成败转头空"的虚无人生。

二 烟火人生与市井传奇——城市精神的文学表达

《烟火漫卷》和《暂坐》中，两位作家在声色交织、四季轮回、晨昏流转的风景中，在或高大雄伟或老朽破旧的建筑中完成对城市外在形象的构形，事实上，穿行于此间的人物，才是小说书写的重点。作家在小说中渐次展开对他们烟火人生活色生香的呈现，两位作家以文字镌刻出以人的灵魂和精神为主体的城市浮雕，城市与人，在某种程度上达成了异质同构。

贾平凹曾说，"人不是造物主，人就是芸芸众生，写小说既要有造物主的眼光，又要有芸芸众生的眼光，你才能观察到人的独特性"[1]。然而，作为作家，如何既兼顾"造物主"又具备"芸芸众生"的眼光，这就要求作家对于生活，一定要"入乎其内"，就是所谓的"深入生活"。在《烟火漫卷》的创作中，迟子建提到自己在写小说的过程中，经常会"起大早去观察医院门诊挂号处排队的人

---

[1] 贾平凹、韩鲁华：《穿过云层都是阳光——贾平凹文学对话录》，北京联合出版公司2016年版，第162页。

们,到凌晨的哈达果蔬批发市场去看交易情况,去夜市吃小吃,到花市看花,去旧货市场了解哪些老器物受欢迎,到天主堂看教徒怎样做礼拜。当然,我还去新闻电影院看二人转,到老会堂音乐厅欣赏演出,品味道外风味小吃。凡是我作品涉及的地方,哪怕只是一笔带过,都要去触摸一下它的门,或是感受一下它的声音或气息"[1]。同样,贾平凹谈到自己写《暂坐》,认为"《暂坐》里虽然没有'我',我就在茶庄之上,如燕不离人又不在人中,巢筑屋梁,万象在下。听那众姊妹在说自己的事,说别人的事,说社会上的事,说别人在说她们的事,风雨冰雪,阴晴寒暑,吃喝拉撒,柴米油盐,生死离别,喜怒哀乐"[2]。由此可见,作家只有将自己置身于热气腾腾的生活之流中,才能写出绵密细致的生活的本真样态。

相比于"入乎其内",更重要也更难的是"出乎其外",这就是"造物主的眼光",是"作家具有的那种'超越'或'穿越'现实、生活表象的能力。尤其面对纷纭的市井人情,当下令人目眩的、真实的'生活现场',避免对现实作出虚空的判断"[3]。米兰·昆德拉认为,"小说审视的不是现实,而是存在。而存在并非已经发生的,存在属于人类可能性的领域,所有人类可能成为的,所有人类做得出来的。小说家画出存在地图,从而发现这样或那样一种人类可能性。"[4] 在《烟火漫卷》和《暂坐》中,两位作家都在充满细节质感城市的烟火人生的叙述中,穿插进对人生偶然性和不确定性的"存在之图"的描画,正是在这种人生的"常"与"变"之中,迟子建和贾平凹写出了城市的明媚的生命活力,也写出了城市的

---

[1] 迟子建:《我们时代的塑胶跑道》,《烟火漫卷》(后记),人民文学出版社 2020 年版,第 305—306 页。
[2] 贾平凹:《暂坐》(后记),作家出版社 2020 年版,第 275 页。
[3] 张学昕、宫雪:《俗世即景,人间故事——读迟子建的长篇小说〈烟火漫卷〉》,《小说评论》2021 年第 3 期。
[4] [捷]米兰·昆德拉:《小说的艺术》,董强译,上海译文出版社 2011 年版,第 54 页。

第二章 历史变迁与城市之像

坚硬的苦涩。

《烟火漫卷》中的核心人物是刘建国，小说将他放置在大量充满细节质感的城市生活之流中完成对他性格的刻画和人生轨迹的描叙。小说书写他作为"爱心救护车"司机与各种人物的交往，写他几十年如一日对铜锤的寻找，写他与黄娥，与于大卫、翁子安等人的交往，写他对自己伤害过的男孩武鸣生活的照拂。小说呈现在我们面前的刘建国，就是"新写实小说"中的印家厚、小林，我们在他一地鸡毛的生活中看到了原生态的现实生活。然而，小说不仅对刘建国作为普通人的"生活现场"进行铺叙，也写出了刘建国生活的"存在之图"。作为一个背负着"原罪"的人物，刘建国年轻时弄丢了朋友于大卫夫妇的孩子铜锤，如果说这是无心之失的话，那么他在河边猥亵男孩武鸣，导致他不能正常地学习和生活，就是"有意为之"的罪孽。为了赎罪，他耗费大半生的时光去完成自我的救赎。小说通过对刘建国身上背负"原罪"以及"赎罪"过程的书写，写出人生的不确定性和偶然性，由此写出了人生的荒谬。

如果说《烟火漫卷》中，迟子建侧重在普通的生活之流中勾画普通民众的"存在之图"，那么在《暂坐》中，贾平凹反其道而行之，他笔下的这群西京城中的女子，本身就是市井生活的传奇之所在。与贾平凹前期小说诸如《极花》《高兴》中由村入城的女子不同，也迥异于《废都》中的城市女性，《暂坐》中的女性无须以女性的性别身份换取生存的资本。小说以俄罗斯女郎伊娃的眼睛，展开对以海若为代表的"西京十玉"生活的追溯：小说中的海若，经营着"暂坐"茶庄，来往之人，上至政府要员，下至围绕在她身边的店员、顾客，都对她赞不绝口。而她的朋友，个个都是身怀绝技的经商高手，陆以可经营着广告公司，司一楠有着全市最大的红木家具店，希立水是多家汽车专卖店的老板，虞本温的大型火锅店是众位女性集结的大本营，而严念初、向其语、应丽后则各有各的生财之道。可以说，《暂坐》中一开始登场的众位女性，是西京城中的

"小众"。这群衣着华丽、谈吐优雅,集精明和聪颖于一身的女子,在活色生香的都市中,她们活得优游自如、如鱼得水。就连贾平凹自己,也不免带着欣赏的目光看待这群女性:"老板竟是一位女的,人长得漂亮,但从不施粉黛,装束和打扮也都很中性。我是从那时起,醒悟了雌雄同体性的人往往是人中之凤。她还有一大群的闺蜜,个个优游自尊,仪态高贵……那些闺蜜们隔三岔五地来到茶庄聚合,那是非常热闹和华丽的场面……我是在茶庄看见了她和她的闺蜜,她们的美艳带着火焰令你怯于走近,走近了,她们的笑声和连珠的妙语,又使你无法接应。她们活力充满,享受时尚,不愿羁绊,永远自我。简直是,你有多高的山,她们就有多深的沟,你有云,云中有多少鸟,她们就有水,水中有多少鱼。她们是一个世界。"[①] 应该说,《暂坐》中的"存在之图"是都市生活的"理想图"。

然而,无论是《烟火漫卷》中的"凡人之歌",还是《暂坐》中的"市井传奇",两部小说在关于个体生命、人物命运以及存在与归宿的思考上,有着异曲同工之妙。两位作家如同辛勤的寻宝者,不断探究着城市生活中人的曲折、复杂的命运,人在选择过程中的理性与非理性,人性的方向感和载重力,由此写出人自觉反省和救赎的可能,从而使小说从"存在之象"的书写上升至"存在意义"的哲理追问。

两部小说中的每一个人物,都有着不可言说的秘密。《烟火漫卷》中刘建国一生都背负着年轻时犯下的罪孽;黄娥的"放荡"行为,间接导致了丈夫卢木头的死亡;翁子安的舅舅,原来就是偷走铜锤的窃贼;甚至普通如刘骄华一家,都有着不可告人的秘密。《暂坐》里的每个女性都是单身,有的有孩子,有的没有。小说对于她们的"过去",一直采取遮掩、欲说还休的态度,但是我们从海若对弈光的态度和对儿子的态度中,可以看出她们对于婚姻、爱情的抗

[①] 贾平凹:《暂坐》(后记),作家出版社2020年版,第274页。

拒,从这种抗拒中不难看出她们人生的伤痛。在这些不可言说的秘密中,我们看到这些人物身上的悲剧性。两位作家忠实地还原出这些人物在心理、精神以及灵魂上复杂、稠密的内在质地,凸显出人物精神、精神上的原生态。小说在他们相遇、相处、相知的过程中,写出了他们灵魂的撞击、冲突以及对自我的救赎的整个过程。

读过《烟火漫卷》,我们不禁会问,刘建国十年如一日寻找铜锤,是什么力量支撑他如此执着?黄娥在丈夫去世之后,为何又以"寻夫"的名义进入哈尔滨,她对丈夫的寻找,以及她对自己归宿的安排,暗示出女性怎样的心理逻辑?刘骄华发现丈夫秘密之后的自我戕害,表现出一种什么样的心理状态?《暂坐》中,这些外表光鲜亮丽的女性,她们的生活是否表里如一,还是如张爱玲所说——"生活如一袭华美的袍,里面爬满了虱子",恐怕后一种更符合她们的实际生活。那么,凡此种种答案的追寻,让我们可以洞悉作家对生活残酷面与人性复杂性的揭示。

人性肯定是复杂多变的,所以我们生存的世界才显现出这般千姿百态的面貌。然而,在喧嚣浮躁的世界中,人的身上迸发出的美与善的光辉同样让人不能忽视。在《烟火漫卷》和《暂坐》中,两位作家在小说的字里行间表现出他们高超的对人性的洞察力,他们对小说中城市凡俗人生的不同灵魂深度解码,写出人性的灿烂与温暖。在迟子建的笔下,刘建国终其一生都在赎罪,最后翁子安就是铜锤的结局,给刘建国一个美好的结局。刘骄华作为狱警,退休之后仍然关心那些刑满释放人员,帮他们找工作。刘建国、刘骄华收留流离失所的黄娥母子,操心他们的衣食住行。大秦和小米将辛辛苦苦挣来的钱,留给丈夫和婆婆。就连小说中翁子安的舅舅,这个当年偷走铜锤的"小偷",他也是为了姐姐不得已而为之,几十年来一直都在赎罪。贾平凹在《暂坐》中设置了三条线索,其中最重要的一条就是夏自花生病住院,众姐妹对她、对她的孩子和母亲无微不至的照顾。"西京十玉"并非道德上的完美之人,她们表面和睦的背后，充满了纷繁复杂的利益与情感纠葛。但是，即使最后，每个人都面临着事业或感情的瓶颈甚至灭顶之灾，可是在夏自花生病乃至料理她的后事上，所有人都可谓尽心尽力。所以，两部小说中的人物，既是受难者也是救赎者，他们体内迸发出的人性的光辉，照亮他人的同时，也照亮了自我。

"人是有限的、有死的存在，然而人又有渴望无限、渴望不死和永恒的一面。人有足够下贱和丑陋的一面，然而人又有向往高尚和美的一面，这才是人的完整的复杂性所在。"① 在写实与虚构之间，两部小说都在一定程度上修正了以往对人性片面的表现，作家在人物生活的生动、鲜活的城市情境中，以直面人生和人性的姿态，发现生命与命运的奥秘，写出人性的尊严、价值和信念，从而勘破人性的真相。不管是烟火人生还是市井传奇，人性的深度书写从一个层面反映出城市的精神和灵魂。

三　传统味与古典美——城市书写的新特质

《烟火漫卷》和《暂坐》都聚焦城市生活的世情与人情，以现实主义的笔触串联起城市的烟火人生，谱写出跌宕起伏的市井传奇。然而，两部小说中的现实主义叙事，"在表现方式上则完全突破了经典现实主义的纯粹客观叙述的既定框架；作家依靠着现实经验，遵循着现实逻辑，却极尽主观想象，具有极强的主体意识"②。这种主体意识主要体现为作家在现实主义创作的底色上，加进了中国古典小说在叙述结构、叙述语言方面的特色，小说因之具有一种独特的古典美。

在叙事结构上，两部小说都采用了古典小说叙事的"草蛇灰线法"，这种叙事手法在《水浒传》《三国演义》《红楼梦》中非常常

---

① 何怀宏：《道德·上帝与人：陀思妥耶夫斯基的问题》，新华出版社 1999 年版，第 244 页。

② 贺绍俊：《新世纪十年长篇小说四论》，《文艺争鸣》2011 年第 7 期。

第二章 历史变迁与城市之像

见,即用一条若隐若现的长线串联起整个小说的故事情节,如同一条蛇穿行于草间,留下若有若无的踪影。在《红楼梦》中,这种叙事手法体现为用"木石前盟"的神话照应宝、黛爱情,以"眼泪"为意象串联起从宝、黛相遇到焚稿断情的整个悲剧。在《水浒传》中则表现为前文为后文写作埋下伏笔,整部小说前呼后应、浑然一体。

《暂坐》中,如上所述,故事的主线是夏自花生病住院,以众位姊妹对她的照顾牵扯出十多位女子的交往,小说在枝蔓之间铺就了西京都市女性生活的长卷。然而,小说还有另外一条隐含的线索就是冯迎。冯迎是小说中自始至终都不在场的人物,我们对她的印象来自小说中他人之口。在小说的第二章"海若·茶庄"中,严念初的表弟章怀提及他遇见冯迎,以及冯迎对他的嘱托,是一笔有关债务的问题。然而,此时通过海若之口,我们会发现章怀遇到冯迎是不可能的,因为小说交代,十多天前冯迎已经随着市书画代表团去了菲律宾。然而,章怀言之凿凿,所说债务之事以及冯迎的样貌、衣着打扮确是本人无疑。这就为整部小说留下了一个巨大的悬念。随着小说情节的向前推进,在小说即将结束的第三十二章"冯迎·拾云堂"中,我们才发现,原来就在伊娃重返西京之时,冯迎因为乘坐的飞机失事,已经不幸遇难身亡。她在身死之后,亡魂托人捎话,了却身前债务。而她将弈光欠她的十五万元慷慨赠予夏自花十万元,可以看出她对夏自花的情谊,这又将她与夏自花勾连在一起,因此,我们完全可以将她看作夏自花之外的另一条小说的叙事线索。

《烟火漫卷》中,小说的主线是刘建国寻找丢失的孩子,围绕这一主线,小说处处埋下伏笔。比如小说写刘建国与翁子安的交往,写两人初次见面,他对翁子安莫名其妙的亲切感,写翁子安对建筑的痴迷,简直与于大卫如出一辙,还有对于翁子安出生日期的交代,都为小说结尾翁子安身世的交代埋下伏笔。小说的副线是黄娥"寻夫",可是黄娥在寻找丈夫的过程中,有许多令人匪夷所思的行为。

例如小说一开始，黄娥急切地想把杂拌儿交给刘建国，这种种怪异行为的背后，是黄娥丈夫已经死亡的事实，以及黄娥以死谢夫的心愿。整部小说正是通过种种伏笔的设置将各种人物、故事联系在一起，营构出既在情理之中又出人意料的艺术效果，使百年冰城中的温情的人生越发引人入胜。

在小说的叙事语言上，接续古典小说的抒情传统，《烟火漫卷》非常注重意象的选择和意境的营造，叙事中摇曳着诗意，使小说洋溢着一种别样的情致和韵味。小说的核心意象是"烟火"，虽然这一意象出现在小说结尾，但却是整部小说的点睛之笔，以烟火之盛放映衬人生之暗淡：

> 夜空被火焰点燃了。在极寒时刻，刘建国在星辰的世界，看到了火红的百合花、金黄的菊花、雪白的莲花、蓝色的鸢尾花、粉红的桃花、紫色的丁香花，它们团团簇簇，丝丝缕缕，离散聚合，盛开寂灭，演绎着繁华和苍凉。一花方落一花起，把夜空打造成一个五彩的花园，似乎要把刘建国度过的几十个黯淡的春天，一一唤回和点亮，巧心描绘和编织，悉数偿还给他。其中一个巨型烟花，在更高的夜空豪情万丈地绽放，中心处那粉色红色紫色和绿色的光焰冲天而起，而边缘处的白色光束，却向下倾斜，仿佛流向大地的泪滴。刘建国抱住翁子安，叫了一声"铜锤——"，哭了起来。[①]

古典文学的抒情传统讲究"一切景语皆情语"，小说中色彩缤纷的烟火与刘建国悲凉的心境形成鲜明的对照，这也与后记中作家自己看到的烟花形成呼应，要经过多少人生的苦难，才能体悟到生命如烟花绚烂。迟子建追溯父辈的足迹，也体察失去爱人刻骨铭心的

---

① 迟子建：《烟火漫卷》，人民文学出版社2020年版，第282页。

痛苦，最后在《烟火漫卷》中，她以一场烟火告慰小说中的芸芸众生，也与自己的痛苦达成和解。在对意象细致入微的描写中，迟子建融入了自己的情感与生命体验，形成了含蓄、唯美、张弛有度的叙述语言，彰显出古典雅言的韵味。

《暂坐》中的语言，人物对话简约、冲淡，往往在口语化的对白之中，蕴含富有哲理性发人深思的警句，颇有《世说新语》的风范。比如在谈到婚姻问题时，借海若之口说出了"蒜剥了皮都光光洁洁，咬嚼了只有自己知道又辛又臭么"这样带着苦涩味道的话语。还有类似于"幸福不是由地位、名望、权力、金钱可以获得的，幸福是一种没有任何依赖的存在状态"这样典雅睿智之语。总之，《暂坐》中的语言，有效地在古典雅言与市井俚语之间找到了平衡，彰显出贾平凹颇具艺术张力的语言风格。

四 城市书写的文学价值与意义

考察迟子建、贾平凹两位作家的创作历程，会发现在某个创作节点上，他们奇妙地相遇了：迟子建的《额尔古纳河右岸》获得了第七届茅盾文学奖，获奖理由是"迟子建怀着素有的真挚澄澈的心，进入鄂温克族人的生活世界，以温情的抒情方式诗意地讲述了一个少数民族的顽强坚守和文化变迁。这部'家族式'的作品可以看作是作者与鄂温克族人的坦诚对话，在对话中她表达了对尊重生命、敬畏自然、坚持信仰、爱憎分明等等被现代性所遮蔽的人类理想精神的张扬"[①]。贾平凹的《秦腔》，也是第七届茅盾文学奖的获奖作品，评委会认为《秦腔》"以精微的叙事，绵密的细节，成功地仿写了一种日常生活的本真状态，并对变化中的乡土中国所面临的矛盾、迷茫，做了充满赤子情怀的记述和解读。他笔下的喧嚣，藏着哀伤，

---

① 仲余：《第七届茅盾文学奖授奖辞及获奖作家感言》，《中学语文：读写新空间（中旬）》2008年第11期。

热闹的背后，是一片寂寥，或许，坚固的东西都烟消云散之后，我们所面对的只能是巨大的沉默。《秦腔》这声喟叹，是当代小说写作的一记重音，也是这个大时代的生动写照"①。从授奖辞中，我们可以看出两部小说的异曲同工之处，都是对即将消逝的乡土文明投去深情的回望。事实上，这不是一种简单的巧合，迟子建和贾平凹都是以对"故乡"的书写而扬名文坛——"每位作家都背负着自己的大地河山、草木四季，故乡是作家出发的原点"②。可是，他们于2020年出版的新作，却不约而同地将书写的基点落在了城市。对于迟子建来说，相对于熟稔的北国雪野，哈尔滨并不是她的原乡。对于这座被称为"东方的莫斯科"的城市，她最早的认知源于她的父亲："哈尔滨对于我来说，是一座埋藏着父辈眼泪的城。"③ 直到她写《伪满洲国》时，这座城市才进入她的视野，她写特定历史时期城市中的芸芸众生，以小人物的生活史映射大历史。《烟火漫卷》中，她开始触摸城市的现实，写它苍凉世俗背后的温暖。对于贾平凹而言，他创作的十七部长篇小说中，大都是关于乡土现实和农村生活的，只有《废都》和《暂坐》两部小说他落笔城市。《暂坐》后记中谈道："《暂坐》写城里事，其中的城名和街巷名都是在西安。在西安已经生活了四十多年，对它的熟悉，如在我家里，从客厅到厨房，由这个房间到那个房间，无论多少拐角和门窗，黑夜中也出入自由。"④

我们从发生学的角度考察两位作家的创作初衷，不仅在于找出某种巧合，更重要的是，从两位作家的创作转向中，我们可以看出，

---

① 仲余：《第七届茅盾文学奖授奖辞及获奖作家感言》，《中学语文：读写新空间（中旬）》2008年第11期。

② 张同道：《回到莫言贾平凹迟子建等的故乡，看文学如何起航》，《中国青年报》，https://baijiahao.baidu.com，2020年7月29日。

③ 迟子建：《我们时代的塑胶跑道》（后记），载《烟火漫卷》，人民文学出版社2020年版，第301页。

④ 贾平凹：《暂坐》（后记），作家出版社2020年版，第273页。

新世纪以来，城市化进程已不可避免地成为势不可当的洪流，所有的人都必然裹挟在这股洪流中前行。"任何一个普通人，哪怕没有任何经济学及城市规划的常识，也可以直观地感受到晚近三十年中国城市化速度的迅疾，对于乡村的开疆拓土仿佛'恋爱中的犀牛'，'毁灭桥梁，烧干河流'，向着城市奔驰。"① 然而，如何在这股潮流中书写城市，或者更好更精准地把握和塑造城市，显然是两位作家在城市书写中关注的关键问题。在笔者看来，两位由"乡土"进入"城市"的作家，都突破了消费主义文化语境中的城市书写，城市是"恶之花"的滋长之地，生活于其间的人犹如困兽，一次又一次地被击打，最终被吞噬。也不是个人至上的单边"现代主义—后现代主义"语境中的城市文学，拘于个人的一己悲欢、爱恨情仇，城市书写变成了画地为牢的"小时代"，看不到大视野之外的风景。迟子建和贾平凹以城市风景和城市人建构起他们的哈尔滨和西京，人事命运与四季轮回相互照应，人性之美与温暖点亮城市暗角，在对普通人的烟火人生的书写中表达着对命运哲理性的思考。"'烟火'的辩证法暗含了小说家的写作方法论——它既象喻璀璨烂漫的浪漫主义幽灵，辉煌即逝；也指涉衣食住行、人世温凉的人间烟火，平静深沉。"②《暂坐》表层写茶馆暂坐，实际上写生命中来来往往的人，甚至每个人的人生都只是人间的一场"暂坐"。两部小说都是以主人公的相逢、寻找、离散为依托，展开了关于城市身份的言说和追溯。人与城同构，哈尔滨和西京也就由真实存在的空间变成了永恒的文本奇观。

第四节　山河之影与故人之像

新世纪长篇小说中的"城市"书写中，除了应该关注北京、上

---

① 刘大先：《从后文学到新人文》，上海文艺出版社2021年版，第170页。
② 王尧、牛煜：《烟火漫卷处的城与人》，《当代作家评论》2021年第1期。

海这样现代化的大都市，还有一些小城市、城镇书写也应该纳入研究范畴。在都市化进程日益加速的当下，一些原本处于"城乡交叉地带"的小镇，正在以日新月异的速度蜕变成为新都市。正如一些学者所言，以前的县城是一个扩大化的乡村，现在的县城更像是个微缩版的城市。① 何顿的新作《幸福街》就是这样一部书写微缩版城市历史发展的小说，主要讲述了湘南黄家镇上一条名为幸福街的街道上，两代人在近70年的历史变迁中的生活经历。小说在书写人物性格、命运变迁的小历史中将黄家镇乃至整个湖湘地区的沧桑巨变娓娓道来。同时，小镇风景，风俗习惯，饮食、服饰文化的有机融入，使《幸福街》博采众长的同时兼具个人特色，成为新世纪以来又一部全景展现市民生活与历史、彰显现实主义美学特征的力作。

一 人物史与城市史的辉映

历史是对发生于过去事件的话语叙述，历史存在于叙述当中。然而，由于叙述历史主体的立场、方式、视野的差异，历史叙述出现了许多分野，历史因此有了大小之辨。"所谓'小历史'，就是那些'局部的'历史：比如个人性的、地方性的历史，也是那些'常态的'历史：日常的、生活经历的历史，喜怒哀乐的历史，社会惯制的历史。所谓大历史，就是那些全局性的历史，比如改朝换代的历史，治乱兴衰的历史，重大事件、重要人物、典章制度的历史。"② 作为当今文坛上书写历史的长篇佳作，何顿《幸福街》从普通人性格、命运的发展变化入手，书写了中华人民共和国成立后近70年的历史变迁。描写幸福街上的两代人对理想的追求、对幸福生活的向

---

① 何平、陈再见：《对谈：文学的县城不应该只是陈腐乡愁的臆想的容器》，《花城》2021年第3期。

② 赵世瑜：《小历史与大历史：区域社会史的理念、方法与实践》，生活·读书·新知三联书店2006年版，第10页。

往,以及他们在历史洪流的裹挟中心灵的煎熬与痛苦。在细致、鲜活、丰沛的性格史、命运史的书写中,作家表达着钩沉一个国家、一个民族历史走向的愿景。

《幸福街》的开篇,何顿以从容纡徐的笔调,讲述幸福街改名的事:"幸福街原先叫吕家巷,一九五一年新政权给街巷钉门牌号时,将它改名为幸福街。"① 开篇看似不经意的一笔,实际却包含着中华人民共和国成立这一具有重大历史转折意义的事件。紧接着以幸福街为核心,本书的主人公——1958年出生的几个孩子开始登场,住在幸福街的何勇、林阿亚、陈漫秋;住在光裕里的黄国辉;住在由义巷的张小山。紧随其后的是50年代走上工作岗位的上一辈的父母叔伯婶娘以及邻居。何勇的母亲是小学校长李咏梅、父亲是大米厂的厂长何天明;林阿亚的母亲是小学教师周兰、父亲是理发师林志华;陈漫秋的母亲是赵春花,父亲陈正石后来被打成右派,一蹶不振,死于脑出血。黄琳的父亲黄迎春是区长,母亲是孙映山;张小山的父亲是副区长。林林总总的各式人物生活于同一个空间中,作家的笔触在两代、数十个人物之间自由的腾挪转换而丝毫不显凌乱,主要得益于作家高超的叙事手法。他采用散点透视的方式,小说的每一章基本上都围绕着一个主人公重点叙事,其他人物与其互为映衬,由此,每一个人物形象的性格都获得了充分的成长空间。在人物性格的发展变化中,展开了对他们人生命运、际遇的探寻,他们看似偶然、被历史洪流决定的人生经历,实际上隐含了作家对他们人生走向中必然性的思考。

小说中最具个性色彩的人物形象之一是张小山,小说叙述张小山的悲剧命运,将其与他成长的风起云涌的时代相联系,写出了大时代洪流的裹挟中人的卑微与渺小,不能掌控自己命运的悲剧处境。小说表现人物命运与时代紧密勾连的一个典型事件就是高考制度的

---

① 何顿:《幸福街》,湖南文艺出版社2018年版,第1页。

恢复，这对于整个中国来说，都是惊天动地的大事件。可是，对于参加高考，青梅竹马的几个人却表现出了迥然不同的态度：对于林阿亚、黄国进、陈漫秋几个好学上进，在"文化大革命"中没有荒废学业的人来说，是喜事，他们都信心满满地准备参加高考；对于何勇、张小山和黄国辉而言，却是难以言喻的苦涩与伤感：

> 何勇叹息一声说："要是那时也考大学，我也会读书。"张小山恨道："就是，要是高考提前几年，我也会把心思放在学习上，那现在我肯定也是个大学生。"……"唉，世上又没有后悔药呷。"……张小山笑，附和道："何勇说得没错，我们那时候懂个屁？受这些害人的思想影响，我读高中时连书包都不带的。那是读什么屁书？"①

这一段关于高考、大学的对话，会使我们自然而然地联想到 80 年代初期的"伤痕小说"，叙述一代人在新的时代到来之后茫然无措、无所适从的悲剧处境。然而，如果作家的笔锋就此停止，那么张小山这个人物形象充其量也就与刘心武《班主任》中的宋宝琦类似。然而，何顿的可贵之处在于，他的笔触向更深处挺进，以独特的艺术技巧随物赋形，写出了历史流转中人物性格的形成、变化的过程，以及命运与时代交织的多义性与复杂性，人物形象因此更具立体感。

"一九七八年年底，张小山招工进了竹器厂。一进竹器厂，他又觉得没点意思。十一届三中全会召开后，他的思想也跟着改革开放的思路活跃起来。他不是一个墨守成规的人，不想一辈子与竹子打交道！他心大、人野，想改变自己。"② "脑子活"是张小山的典型

---

① 何顿：《幸福街》，湖南文艺出版社 2018 年版，第 234 页。
② 何顿：《幸福街》，湖南文艺出版社 2018 年版，第 236 页。

第二章 历史变迁与城市之像

特征，这一特点在整部《幸福街》中具有延续性。小说的开篇写张小山，写他看到同学黄国辉因为拾金不昧被表扬，由此也想表现的微妙心理。写他在游泳时救起了林阿亚，由此成了光荣的少先队员。塑造出一个聪明中带着狡黠，又追求上进的小男孩的形象。正是因为聪明、脑子活，张小山成为幸福街上最先感到时代变革风向标的人。他敢于开风气之先，拿着借来的钱只身前往广州，带来了"单喇叭收录机"和邓丽君的磁带，组织小镇上的青年跳舞。后来他因为跳舞被抓进了拘留所，被厂里除名。他拿着朋友借给他的钱开始创业，从广州引进来的墨镜、打火机、磁带让张小山狠赚了一笔。而后，他又在千年古镇上开了红玫瑰歌舞厅，短时间内积聚起了大量的钱财，感受到了金钱带来的成功和幸福。在炫目的光环中，他逐渐迷失了自己。后来，他因歌舞厅被烧，背负了巨额债务被关进监狱。出狱后，他开录像厅，放黄色影片；在农村开地下赌场，放六合彩；最后因为入室抢劫杀人，被正法。小说以现实主义的笔触，真实地写出了张小山波澜起伏的人生。张小山这个人物形象，可以看作家90年代以来《我们像葵花》《弟弟你好》《生活无罪》等小说中人物序列的延伸，张小山与冯建军、弟弟、狗子有异曲同工之妙。作为50年代出生的一代人，时代造成了他们文化知识的空白，长期在底层生活的经验又使得他们对金钱有着强烈的热望，新时期到来，他们在改革开放中挖到了第一桶金，尝到了甜头。可是，知识的匮乏、法律意识的淡薄，让他们撞了南墙、吃了苦头。在失败的经历的刺激下，他们铤而走险。最终只能以悲剧收场。何顿将被时代抛掷，苦苦挣扎的一代人的形象刻画得鲜明生动，极具代表性。

人总是受着具体的历史环境与社会条件的制约，现实主义作家在塑造人物的过程中，总是将人物放置在复杂的、具体的历史文化环境中去表现人物性格的丰富和复杂。何顿遵循现实主义的美学原则，除了塑造出张小山这一典型的人物形象，还勾勒出了何勇、黄国辉、林阿亚、陈漫秋、杨琼、高晓华等人物的命运轨迹，他们的命运，既受到社会环境的制约，也与他们的性格有不可分割的关系。聪明上进的林阿亚、陈漫秋、黄国进，虽然也受到极"左"思潮的影响，但他们能够在严酷的环境中坚持学习，最后成为大学生。仗义真诚的何勇，虽然没能成为大学生，也因此与初恋情人失之交臂，但他能秉持初心，抓住机遇提升自己，最后也改变了人生境遇。而偏执僵化如高晓华，思维一直停留在"文化大革命"时期，无法适应新的时代，也因此被时代抛弃。小说以大历史的变迁为经，以人物性格禀赋的发展的"小历史"为纬，共同谱写出人物命运与国家命运发展变迁的历史。幸福街的"小历史"与中国的大历史相互辉映，我们能够在他们平凡、琐碎的生存经验和生命体验中感受"一江春水向东流"的时代洪流。

二 以心灵、人性的描摹反映城市生活本相

《幸福街》表现的内容非常广博，繁花似锦的笔法将百年古镇的历史风云、古老街巷的世故人情和盘托出，在各个独立又互相关联的篇章中，作家如同话家常一般，将幸福街上的各色人物娓娓道来，既为每一位人物作传，又在交叉的叙事场景中展现他们丰富完整的社会生活与作为，在人物性格的发展变化中反映命运际遇、时代变迁；更将笔触深入内里，书写心灵、剖析人性。"以作家的善良的爱爱仇仇的人性感情，揭示了一个善恶对抗、美丑泯灭的现实世界，开掘了人物深邃的灵魂。"[①] 在《幸福街》中，何顿忠实地描述了幸福街上各色人物的心灵史，既敏捷犀利地剖析人性之恶，又能客观公允地展示他们身上闪耀的人性之光。这种不带任何倾向性、不对人物做爱憎评价的客观书写，能够真实真切地反映出生活的本相。

---

① 张德林：《关于现实主义创作美学特征的思考》，《文学评论》1988年第6期。

第二章　历史变迁与城市之像

小说中的每一位人物，都有着这样或那样的人格缺失，而这种人格缺失或者道德缺陷一旦遇到极端的历史境遇，就如同打开的潘多拉魔盒，极大地被激发出来。小说中林阿亚的父母——林志华与周兰，因为他们家私藏枪支的事情被人举报，所以，林志华与周兰都被抓走，林志华被定性为国民党特务，判刑15年，周兰则被无罪释放。周兰是一个软弱的女子，失去了丈夫之后，终日以泪洗面，惶惶不可终日。后来，在严副主任的威逼利诱之下，她委身于严副主任，以此获得短暂的安宁。后来，她在新的工作单位认识了彭校长，当她想与彭校长开始新生活时，嫉恨交加的严副主任教唆林志华指认自己的妻子是特务，使周兰面临牢狱之灾。小说一方面描写了周兰的懦弱，正是她的软弱无助，让严副主任有机可乘；另一方面也写了林志华的心胸狭隘与善妒以及严副主任和刘大鼻子的卑劣恶毒。不管是唆使林志华的严副主任，还是诬告自己妻子的林志华，都体现出了人性的软弱和邪恶。陈兵的父亲，曾经是吕家的家丁，受过老东家不少恩惠，然而，在1950年镇压反革命的运动中，当南下干部们收集东家的罪行时，管家高有祥诬陷东家指使他打死了大米厂好吃懒做的雇员黄豆角，他也落井下石，没有说出事情的真相，使老东家含冤而死。小说真实地描写了在特殊的时代背景下，人性之恶是如何获得了滋生的温床，最终酿成一出人间惨剧，给人的心灵蒙上了数十年无法抹去的阴影。

"每个人和每个时代都可以说至少有两个层次：一个是在上面的、公开的、得到说明的、容易被注意的、能够清楚描述的表层，可以从中卓有成效地抽象出共同点并浓缩为规律；在此之下的一条道路则是通向越来越不明显却更为本质和普遍深入的，与情感和行动水乳交融、彼此难以区分的种种特性。以巨大的耐心、勤奋和刻苦，我们能潜入表层以下——这点小说家比受过训练的'社会科学家'做得好——但那里的构成却是黏稠的物质：我们没有碰到石墙，没有不可逾越的障碍，但每一步都更加艰难，每一次前进的努力都夺去我们继续下去的愿望或能力。"① 在上述文字中，以赛亚·伯林认为，小说家比之于社会科学家，他们在表现历史时往往能够书写出历史情境中复杂的人性因素，从而使原本"骨感"的历史变得血肉丰满。在《幸福街》中，何顿忠实地描写了特殊年代特殊环境之下的人性之恶，由此真实细致地表现出历史与生活残酷的本相。

然而，书写人性之恶绝非何顿的本意。在《幸福街》中，何顿将更大的篇幅、更多的笔墨投注在幸福街上平凡普通的人物身上，写出了生命应有的价值和高度。以人道主义的光辉，照进历史的深处并赋予历史应有的正义和尊严。何顿像一个辛勤的寻宝者，在历史洪流中浮沉的各式各样的小人物身上寻找人性的光辉，传递着普通人物带给我们的感动和温暖。上文中提到的林志华，他的自私和卑劣让妻子周兰深陷囹圄、饱受折磨，让女儿林阿亚成为"孤儿"，这是一个让人可恨又可怜的人物。然而，当他意识到自己被人利用时，不惜以死来表达自己的忏悔。张小山一夜暴富，财富的积累让他迷失了自我，在灯红酒绿中放任自己的欲望，致使曾经与他患难与共的妻子伤心绝望。可是，当他得知自己曾经暗恋的女同学杨琼下岗，其丈夫卧病在床之后，即使杨琼曾经伤害过他，他也不计前嫌施以援手。陈漫秋的母亲赵春花，因为丈夫的历史问题饱受非议，一直在生活的夹缝中苦苦挣扎。后来，她在工作中结识了前任区长黄迎春，黄在工作和生活中对她非常照顾，赵春花的生活状况有了很大的改观。小说真实地描写了黄迎春和赵春花之间"发乎情，止乎礼"的感情，这种感情在那样一个特殊的年代尤为珍贵。人性的高贵与卑下，人作为有限的存在和渴望无限、永恒的理想，都在《幸福街》中得到了很好的表现。应该说，何顿在一定程度上改善了以往文学中对人片面、单一性的阐释。小说中没有一个笼罩着政治

---

① ［英］以赛亚·伯林：《现实感：观念及其历史研究》，潘荣荣、林茂译，译林出版社2004年版，第22页。

神性光环的人物，书写人性之恶，也是舒缓而克制的。人的尊严、正义、道德与理想在某种程度上得到了彰显。这种现实主义的笔触不但扩充了新世纪以来历史叙事的审美容量，而且丰富了历史小说的人物形象谱系。

有学者指出："小说的要务，便是从昏蒙的时间中醒来，面对那些裹挟在历史急流中的个体，重新触摸历史在每个人的脸上打下的烙印，在艺术的真实中还原生命的痕迹。小说的本质不是描述什么历史画面，而是真实的心灵图景。"[①] 何顿在《幸福街》中也写到了人类特殊的情感——爱情。作为一部以书写城市历史为主体的小说，《幸福街》中的爱情书写，既区别于革命历史小说中的爱情，爱情被淹没于狂热的革命政治话语之中而只能退守边缘；也不同于新历史主义小说中的爱情，或者阴暗而畸形，或者诗意而虚幻。何顿笔下的爱情，是充满烟火气的、是流动着的实实在在的日子中的爱情，他将这种爱情的书写作为反映人真实心灵图景的切入点。《幸福街》中的爱情，充满了鸡零狗碎的平庸，但也有人间大义的担当。当我们在小说中读到何勇对林阿亚的感情，读到他对林阿亚的放手，我们在唏嘘长叹的同时不禁会热泪盈眶。何顿以旁观者的态度，冷静而缄默地叙述着其笔下人物的生老病死、爱恨情仇，他将自己对历史的理解投注在小说人物身上，以人物丰富、细腻的心灵书写折射城市历史进程，以人性之光烛照生活的本相，由此彰显出现实主义书写可能抵达的深度和力度。

三　城市书写的现实主义表征

何顿在评论家的眼中，是一位辨识度很高的作家。他在20世纪90年代，以《生活无罪》《就这么回事》《我们像葵花》等新写实小说独步文坛。到了21世纪，何顿的写作路向发生了改变，在《幸

---

① 祝勇：《禁欲时期的爱情》，海豚出版社2012年版，第120—121页。

福街》中，他"坚持了批评现实主义的精神，直面生活、直面现实、反思历史"①。现实主义精神"作为一种对社会现实与人生命运的关切思考、对人类进步与人性完善之价值追求的'现实'精神，是与文学同生俱来的一种基本精神，是文学的生命基因之一"②。这种文学精神的来源，与作家在创作中所坚持的现实主义创作方法有不可分割的联系："这种现实主义创作方法的自觉无疑是对人类长期文学创作活动中最能有效地通往文学的现实主义精神的方法途径的一种总结和概括。"③何顿在《幸福街》中追溯城市历史、呈现生活现实，其主要在如下几种叙述维度上进行。

其一，作家的叙述视点的"下沉"，对历史的发现和表达转向对普通人日常生活的呈现，由此形成了具有个性特色的日常生活叙事模式。作家将中华人民共和国成立、社会主义改造、上山下乡、"文化大革命"、改革开放等惊天动地的历史大事件囊括进小说之中，可是，历史在小说中退居于幕后，成为一种背景，小说的主体是普通人的生活与情感。我们在小说中丝毫察觉不到"城头变幻大王旗"式的剧烈历史变迁，反而是随着幸福街上人们日复一日、年复一年的日常生活逐步进入了历史，这主要得益于作家高超的细节描写的技巧。别林斯基要求现实主义应该"忠实于生活的现实性的一切细节、颜色和浓淡色度，在全部赤裸和真实中来再现生活"④。何顿在幸福街中用绵密的细节描绘出一幅湖湘市民日常生活的"清明上河图"，湖湘地区的历史文化、小城的四时风光、婚丧嫁娶、岁时节庆的习俗夹杂在熙熙攘攘、热热闹闹的市民生活之中被他娓娓道来，在日常生活细节和历史事件的巧妙设计中，历史变迁中生活的原始

---

① 何顿：《幸福街》，湖南文艺出版社2018年版，封底。
② 张德祥：《论"新现实主义"小说的美学特征》，《小说评论》1990年第5期。
③ 张德祥：《论"新现实主义"小说的美学特征》，《小说评论》1990年第5期。
④ ［俄］别林斯基：《论俄国中篇小说和果戈理君的中篇小说》，载《别林斯基选集》（第一卷），满涛译，上海文艺出版社1963年版，第147页。

面目和时光流逝中人生百态的真实表情都清晰可见，人物性格、命运与历史同构，生活之光叠映着历史之像，在大历史与小历史的同构关联中一起抵达历史的本相，从而表达出作家重铸一个民族、一个国家历史的情感与愿景。诚如评论家所言，何顿在《幸福街》中甘当"历史的书记"，小说"几乎在所有细部上，都是经得住检验的"[1]。

其二，突破传统现实主义纯粹客观叙事的窠臼，在依据历史与现实经验的基础上，驰骋主观想象，深入内部，深度描摹人物的心理现实，使作品具有广阔的现实空间和较大的思想容量，显示出作家自觉的文化批判意识和自省精神。虽然，表现人的精神世界，以及其非理性、荒诞性的存在是现代主义文学的重要旨归，但这并不意味着现实主义文学就可以忽略对人的心理、精神世界的表现。恰恰相反，作家应该"从人物心理切入，描写现实社会在心理上的投影与心理对现实存在的反应，使社会现实与心理世界的丝连在艺术的聚焦镜下交辉凸现，你会听到那纷乱心音与骚动现实的交响，从而深刻地呈现出一种生存状态"[2]。《幸福街》中，何顿敏锐地捕捉人在现实环境中的感受和认知，细致入微地将这种感受叙述出来，由此体现出一种对心理现实的还原向度。诸如小说写周兰委身于严副主任，当她听到严副主任说女人真是个好东西之后，她产生了微妙的反抗心理。但即使反感，她也没办法以一己之力反抗。由此既反映出人物性格的懦弱，也表明那个特殊的年代，漂亮女性的狭小生存空间和境遇。再如写与何勇青梅竹马一起长大，后来成了何勇初恋情人的林阿亚，当她得知何勇与唐小月结婚，她的心理活动是："仿佛一件漫长的自己无法厘清的事情总算有了结果。……自己把自己看得太重了，原来人家是可以放下她的！"[3] 此处寥寥数语，

---

[1] 何顿：《幸福街》，湖南文艺出版社2018年版，封底。
[2] 张德祥：《论"新现实主义"小说的美学特征》，《小说评论》1990年第5期。
[3] 何顿：《幸福街》，湖南文艺出版社2018年版，第378页。

将林阿亚怅然若失之后如释重负的心理惟妙惟肖地刻画了出来。整部小说中，此类的心理活动、状态的描摹比比皆是，小说将时代变动中的幸福街的现实和街上各色人物的心理融合为一个整体，在对人的心理境况的摹写状绘中，裸呈历史与现实，勘察生命的本义和人性的本相，由此体现出一种还原的向度。

其三，客观写实与主观抒情有机结合，形成了风格鲜明的风景叙事。小说中的"幸福街"，不仅是人物活动的现实地理空间，也是作家寄托情感、安放乡愁的载体。这个名为黄家镇的百年古镇，与沈从文的凤凰古城、莫言的高密东北乡、贾平凹的秦岭山地一样，成为一个带有浓郁地域色彩的时空体。何顿在小说中工笔绘制出一幅幅湖湘地区的风景图：疏影横斜的大树，光影交织的天空，或明或淡的日光与月光，桂花飘香的街道，浩浩汤汤的湘江水……何顿采用一种感性的、极具抒情意味的语言写景，色彩、形状、味道的组合，使我们能够清晰地感受幸福街的立体面貌。而风景书写，往往与幸福街人事的变迁交织在一起，使小说的现实主义叙事充盈着主体意识，从而带有了一种诗性特质。

在《幸福街》中，何顿不仅准确、客观地写出了历史中的人和事，烛照人性的光辉与黑暗，而且，理性之思与感性之语的交织，使《幸福街》成为一部抵达真实、接近伟大的现实主义小说。

第三章　现代转型与乡村镜像

第一节　乡村现代转型中的文学书写

20世纪以降，在欧风美雨的侵袭中，延续千年的古老而静态的乡土社会难以为继，逐渐开始了社会结构与乡土文化的转型。这一转型过程在文学中获得了理性与情感交织的表现，并逐渐生成了各具美学意蕴的乡土小说，乡土批判、政治功利以及乡村代言三种小说形态贯穿整个20世纪的文学历程。它们或者直面乡土社会中原始保守的生存图景和陈规陋俗，以西方现代文明为对照点，剖析保守扭曲的国民集体心象和民族文化心理，从而深层次认知乡土文化；或者将乡土形象作为社会政治观念的某种图解以及形象化的阐释，从不同的角度实现文学反映现实、改良社会的目的；或者作家化身乡土社会的代言人，着力表现乡土社会静穆、优美的一面，乡村由此成为具有独特审美意义的文化空间。

进入21世纪以来，面对全球化背景下乡土社会转型的现实，乡土再次成为不同代际作家书写和关注的焦点。铁凝的《笨花》，莫言的《生死疲劳》，贾平凹的《秦腔》《山本》，阎连科的《日光流年》《受活》，杨争光的《从两个蛋开始》，李佩甫的《羊的门》《生命册》，林白的《妇女闲聊录》，孙惠芬的《歇马山庄》《上塘书》，付秀莹的《陌上》，等等不一而足，新世纪的乡土小说创作不仅数量颇丰，而且，长篇巨著的形式、纵横开阖的故事情节以及各具特色的人物形象，都显示出其不容小觑的创作成绩，因此，乡土叙事成为新世纪长篇小说中一个醒目的存在。

　　整体观之，新世纪乡土题材的小说，在写作路向的选择上体现出了多元复合的趋向：在题材选择上有的作家以乡村历史为切入点，在一个比较长的历史时期内关注乡村的社会变迁与文化转型。有的则关注"去乡村化"历史趋势中乡土社会的现实，文本中塑造出了一系列生动鲜活的乡村形象，这些乡村形象成为作家讽喻现实、寄托乡愁、安放心灵的载体。虽然小说中书写的内容与20世纪乡土小说有交叉重合的现象，但是，与上述三种类型的乡土小说不同，在新世纪乡土长篇小说创作中，作家往往能够站在一个比较广阔的历史视野中，使小说中凸显出一种多元化、复杂性的乡土历史叙事意向，和构建立体、多面的乡村现实形象的努力。与独特的乡村经验的书写和乡村形象的塑造相一致，新世纪以来，作家的乡土叙事在美学风格上呈现出多样化的趋向，这主要得益于作家在小说文本结构和语言上的匠心独运。

一　从固守到突破：多元复合的乡土历史叙事意向

　　"从广义上讲历史是指对过去发生事情的话语阐释，历史存在于叙事中，而叙事就是所谓的话语权力的运作，谁掌握了话语权力谁叙述的历史就具有真实性。"[1] 从这个层面来看，叙述者的知识、文化视野差异，使其对历史"不可能做出描述全部事实的断言，即描述在时间的整个过程中，一切与此事有关的人的全部活动、思想、感情"[2]。因此，在不同叙事者的阐释下，历史出现了分裂与差异。在伤痕、反思、寻根等一波又一波文学思潮的影响下，新时期以来

---

[1] 张贺楠：《建构一种立体历史的努力——论新世纪十年历史小说创作》，《当代作家评论》2014年第6期。

[2] ［英］汤因比：《历史的话语：现代西方历史哲学译文集》，张文杰译，广西师范大学出版社2002年版，第293页。

第三章　现代转型与乡村镜像

的乡土历史叙事，侧重于对不同历史情境中普通人人生与命运的关注，如高晓声的《李顺大造屋》，从"造屋"这一事件出发，作家主要关注主人公造屋过程中的人生际遇与精神嬗变，在李顺大造屋的心酸历程中，反映中国农村30年的历史变迁。20世纪90年代登场的"新历史小说"，力图打破传统历史叙事对于"真实性""典型性"的追求，表现出一种在历史的碎片中寻找历史真相的冲动。以莫言的《红高粱》为例，在"我爷爷""我奶奶"的故事中，作家站在民间立场上，解构了传统历史叙事中关于抗日战争的主流叙述，重点呈现个人视角之下的战争，扑朔迷离的情节模式和错综复杂的叙事结构使《红高粱》完成了莫言"我们不是站在红色经典的基础上粉饰历史，而是力图恢复历史的真实"[1]的心愿。

与上述两种路向对乡土历史的书写不同，新世纪以来作家对于乡土历史的表现，显示出一种更为平和与理性的态度。作家试图弥合传统历史小说与新历史小说叙事的巨大鸿沟，从一元与简单的乡土历史书写走向多元复合的叙事指向。

新世纪以来的乡土历史叙事，作家往往能够在具有共名性质的大写的历史之中，加入个性化的、带着温度的小写的乡村历史，因此，在波澜起伏、宏大深刻的史诗性的追求中，又显示出村庄史、文化史、日常生活史的细致、鲜活与丰富，表现着作家在乡土文化的追溯与钩沉中重写乡土中国历史、重铸乡土中国形象的心愿。

陕西作家杨争光的长篇小说《从两个蛋开始》，追溯从土地改革一直到新时期以来的符驮村的历史，将不同时期的一系列重大的政治事件都囊括其中。然而，区别于传统历史叙事中历史事件对小说叙述强大的规约功能，《从两个蛋开始》里不同历史时期轮番登场的人物，决定他们人生命运的不是历史事件，而是乡村中的"超稳定文化结构"——"在他们看来，有两件事是经常的，

---

[1] 莫言、王尧：《从〈红高粱〉到〈檀香刑〉》，《当代作家评论》2002年第1期。

也是重要的。一个是'吃吃喝喝',一个是'日日戳戳'。后者指的是男女性事"①。小说所有的故事情节都是围绕着符驮村人这一生活认知展开,以革命工作者雷震春留在符驮村开始土地改革工作为叙事起点,符驮村形形色色的人物悉数登场。杨争光用戏谑、幽默的笔触,点染出符驮村不同人物在不同历史时期为了"食"与"色"付出的艰苦卓绝的努力。为了突出对乡村生活中"超稳定文化结构"的阐释,杨争光巧妙地借用了老舍话剧《茶馆》的叙事技巧,以小说主要人物村长赵北存的活动贯穿小说的始终,以次要人物在小说中不同历史时期的人生故事丰富小说的细节,使读者能够在地主杨柏寿、村民福娃、二贵、大放、二放这些看似断裂、内容迥异的人生经历中,看到大半个世纪符驮村的历史变迁。小说想要表达的主题是历史的车轮滚滚向前,不变的是符驮村人对食与色的追逐,由此杨争光在小说中完成了对中国乡村文化中恒常、稳定因素的揭示。

  与杨争光有异曲同工之处的创作,是向春的《河套平原》。两部小说同样都以编年史的方式讲述乡村历史,这种书写看似与"十七年"农村题材小说对"史诗性"的美学追求类似,其实小说内在的主题旨趣大相径庭。我们在作家的笔下感受不到"城头变幻大王旗"的历史波澜,反而是符驮村人、河套平原人日复一日、年复一年生老病死、爱恨情仇、悲欢离合的人生故事让我们唏嘘感叹,我们能够在他们杀猪宰羊、鸡飞狗跳、邻里交往的日常生活中读出历史的真谛。《河套平原》中的主人公是"走西口"的贫苦农民杨板凳和苗麻钱,他们靠着打短工、当长工的方式,逐渐完成原始财富的积累,成家立业成为河套平原上的主人。小说在一幅幅河套平原的日常生活图景中,讲述河套平原的土地改良史、水利灌溉史、垦殖政策的演变史,穿插在诸种历史叙述中的,是河套平原色彩斑斓的交

---

① 杨争光:《从两个蛋开始》,海天出版社2013年版,第9页。

通、饮食、服饰、建筑、婚俗、丧葬以及节庆文化的巨幅画卷。向春自述是河套平原的女儿，所以她对河套平原的历史文化、英雄传奇、民俗风情都了然于心。她在小说中得心应手地书写自己关于故乡的文化记忆，河套平原斑斓多姿民俗风情的融入，让小说洋溢着浓郁的民俗文化韵味。

作为当代文坛中一位具有持久影响力的作家，铁凝的小说创作在与当代文学思潮保持同频共振的节奏的同时，又能入其中而又出其外，"如果我们在更广阔的文学史视野中考察，会发现新时期文学中许多重要的文学现象，比如知青文学、伤痕文学、反思文学、女性写作等，铁凝都参与其中，却又与众不同。借助对日常生活的绵密书写，对善良美好人性的真诚呼唤，铁凝得以既在潮流之中，又在潮流之外，既顺应潮流，又不被潮流所裹挟"[①]。20 世纪 80 年代初创作的短篇小说《哦，香雪》中，作家在乡间生活的涓涓细流中塑造出一位清新明丽的乡村少女香雪的形象。80 年代后期创作的《玫瑰门》，通过核心人物司猗纹的日常生活，写出了女性真实的生命状态和生存境况。2000 年出版的《大浴女》，从家庭生活和日常交往入手，既写女主人公尹小跳艰辛的成长过程与情感历程，也写出了人性深处的冷酷、残忍与自私。2006 年的《笨花》，作家以日常生活与地域风情、文化风俗相融合的写作方式进入乡村历史。小说截取了清末民初到 20 世纪 40 年代将近 50 年的历史断面，讲述的是冀中平原一个小山庄在时代风雨的变迁之中对民族底蕴和文化的坚守。小说中的主要人物向喜，从笨花村出走，经历了北伐战争、军阀混战后回归家乡，本是一个存在于革命历史小说中的典型人物，但小说对他的书写，却落在了他心理深层对故乡的眷恋以及他结束戎马生涯回归故乡的生活。小说大量的笔墨落在了笨花村四时变化

[①] 郭冰茹、潘旭科：《日常生活书写的意义——铁凝小说新论》，《当代作家评论》2020 年第 3 期。

的风景、乡村伦理秩序、传统风俗人情的书写上,我们听到的乡村历史声音不再是绵绵不断的枪炮声,而是日常生活的涓涓细流中的轻声细语。在《笨花》中,传统革命历史小说的坚硬与空洞、新历史小说的迷惘与荒诞都被有效地规避了,作家用独立的人的情感、生活的书写串联起历史,让读者在笨花村人的岁月流转中领略了真实的历史风景。

与上述作家在一个比较长的历史时期中表现乡村历史不同,贾平凹新世纪以来创作的长篇小说《古炉》,采用的是一种回忆的视角,讲述的是乡村一段特殊时期——"文化大革命"的历史,是天命之年的作家对少年时期往事的回顾:"当年我站在一旁看着,听不懂也看不透,摸不着头脑,四十多年了,以文学的角度,我还在一旁看着,企图走近和走进,似乎越更无力把握,如看月在山上,登上山了,月亮却离山还远。我只能依量而为,力所能及的从我的生活中去体验去写作,看能否与之接近一点。"[①] 因此,不同于伤痕、反思文学中对"文化大革命"的创伤叙事,也不同于新历史小说对"文化大革命"的暴力叙事,小说中的叙述者,是一个身体残疾却天赋异禀的孩子,通过他的眼睛,小说书写了"文化大革命"在古炉村中从矛盾激化直至结束的全过程。在狗尿苔的眼中,"文化大革命"不过是各种历史符号诸如"最高指示""批斗""大字报"等与古炉村的相遇,而且,这些历史符号悉数被淹没在古炉村日出而作、日落而息的生活之流中。小说将更多的笔墨用来书写古炉村的四季变迁、高山流水、花草树木、一日三餐,在明山秀水的风景与热气腾腾的乡村生活中,高亢喧嚣的政治话语消融其中,源远流长的乡土文化在小说中显示出强大的生命力。小说中的古炉村是一个特定的叙事空间,以瓷器闻名,由此可以看出作者用古炉村代表中国的用意,作家以一段特殊历史时期的乡村生活为落脚点,表现了对中

[①] 贾平凹:《后记》,《古炉》,人民文学出版社2011年版,第604页。

国乡土文化恒久生命力的揭示。

总体而言，通过对上述新世纪以来长篇小说对乡土历史在题材选择、主题呈现以及审美意蕴的分析，会发现在历史转型时期作家笔下的乡土历史呈现出一种大历史与小历史互补、客观历史与主观历史相融合的特征，经由此完成了作家们在多元复合的叙事意向中还原历史真实面貌的心愿。

二 从旧梦到新声：多维立体现实乡村形象的建构

面对21世纪以来乡土社会发生的巨大裂变，作家们的文化人格、精神向度以及文学情怀都受到不同程度的影响，他们不再返回传统寻找渊薮，而是力求在小说中表达他们对于"新乡土写作"的认知。所谓"新乡土写作"是"指在新世纪全球化语境下基于中国乡村社会转型的基本事实，在'新乡土经验'和现代乡村叙事经验的基础上，以'新思想''新文化''新价值观''新历史观'作为根本推动力，以世界性视野重新审视中国乡村，以新的文学笔法与表现方式叙述乡村，用'中国经验'讲述新的'中国故事'重塑新的'中国形象'，呈现出根植于乡土文化土壤的中国农民的生活史、心灵史和精神史，表现出新世纪乡土中国全新的精神面貌与文化气质"[①]。贾平凹的《秦腔》中的"清风街"，孙惠芬的《歇马山庄》《上塘书》中的"歇马山庄"和"上塘"，付秀莹的《陌上》中的"芳村"，郭文斌的《农历》中的"乔家庄"，周大新的《湖光山色》中的"楚王庄"，葛水平的《活水》中的"山神凹"，这些林立于小说中的村庄，既是作家"新乡村写作"的有效对象，也是他们寄寓乡愁和情感的审美载体。

首先，"新乡土写作"的显著表征之一，是新世纪以来作家都显

[①] 宋学清：《如何讲述新的中国乡村大故事——以付秀莹〈陌上〉为例》，《扬子江评论》2018年第3期。

示出一种写作村庄志的意图。继《歇马山庄》之后，孙惠芬于2004年创作了《上塘书》，这是一部真正关于村庄的小说，它的主体不再是村庄中的人，而是村庄和村庄的命运。小说中上塘的历史、上塘的地理、上塘的政治、上塘的经济、上塘的教育、上塘的交通等占据了小说的主体，上塘萦绕于整个小说文本，人物和故事反而退居二线，成为一种比人和故事更鲜活、更多面的存在。与孙惠芬的追求相似，付秀莹的《陌上》从弹丸之地"芳村"出发，写芳村的节气时令、风景风情、礼尚往来、人情世故，在女作家细致、绵密的叙述中，芳村的众多人物与芳村的种种变化融合为一体，创作出了属于作家自己的"清明上河图"。因此，孙惠芬与"上塘"（辽南文化），付秀莹与"芳村"这种组合，超越了20世纪文学中"鲁迅与绍兴""萧红与呼兰城""沈从文与凤凰"等通常意义从地域文化的角度分析作家与属地关系的模式。"上塘"之于孙惠芬，"芳村"之于付秀莹，它们之间突破了地域、风俗、民族等一般性的文化意义。两位作家对于乡村形象的塑造，对村庄志的书写，体现出一种独特的文化选择，而这一选择是以"现代性"作为底色的，由此显示出孙惠芬与付秀莹文学观念的超前性。

其次，乡村现代化的转型标志之一，就是传统村庄的陨落和新农村的崛起。"在1990年到2010年的20年时间里，我国的行政村数量，由于城镇化和村庄兼并等原因，从100多万个锐减到64万多个，每年减少1.8万个村落，每天减少约50个。它们悄悄地逝去，没有挽歌、没有诔文、没有祭礼，甚至没有告别和送别，有的只是在它们的废墟上新建文明的奠基、落成仪式和伴随的欢呼。"[①] 在这段略显伤感的文字中，表现出的却是新农村替代老村庄的不容置疑的事实。虽然事实既定，但对于生于村庄、长于村庄的中国人，村庄是故乡、是家，它的陨落和消逝，必然引起难以言明的乡愁，于

---

① 李培林：《从"农民的终结"到"村落的终结"》，《传承》2012年第15期。

第三章　现代转型与乡村镜像

是，贾平凹、郭文斌借小说为故乡作传，希望故乡能在文学中永存。

贾平凹获得第七届茅盾文学奖的《秦腔》，郭文斌入围第七届茅盾文学奖的《农历》，都对处于乡土历史巨变中的"清风街"和"乔家庄"投去深情的回望，因为两部小说中都灌注了作家强烈的情感体验，因此，贾平凹的"清风街"在现实中消逝的身影是那样落寞，而"乔家上庄"中的传统节日文化又是如此迷人！然而，落寞也好，迷人也罢，两部小说旨趣不同但殊途同归，都是为即将消逝的乡土文明唱响的悲怆挽歌！

《秦腔》的后记中，贾平凹坦言："我的故乡是棣花街，我的故事是清风街，棣花街是月，清风街是水中月，棣花街是花，清风街是镜里花。"[1] 作家以"镜花水月"的清风街，完成了为故乡作传的志向。贾平凹隐藏于"清风街"鸡零狗碎未经过滤的原生态的日常生活之中，以象征秦风、秦俗以及秦文化的秦腔的陨落作为书写的意象，秦腔表演者的惨淡退场、秦腔爱好者的仓促离世，都表明作为秦地农民生命之灵魂与精神家园的秦腔逐渐退出了历史舞台。围绕着秦腔，作家的笔触枝蔓纵横，"清风街"鲜活生动的人物镜像逐渐出现，在人物故事和琐碎嘈杂的日常生活中，《秦腔》浓缩了清晰立体的即将式微的村庄形象，表明现代化进程中不可逆转的乡土终结的命运。

郭文斌的《农历》，是以另一种形式为故乡作传。整部小说主要以"乔家庄"为基点，讲述这个普通、贫瘠的西海固的小山村如何过节的故事。小说从"元宵"始，至"上九"终，十五个节日以时间为经贯穿于小说之中。而过节的林林总总与日常生活的礼俗、礼仪以及习惯，又以细节铺叙的形式弥漫于小说的角角落落。在小说中，不管是中国人熟悉的传统节日，如元宵节、端午节、中秋节，还是相对陌生的干节、小满、中元节等，都散发着

---

[1]　贾平凹：《秦腔》，译林出版社2012年版，第480页。

文化魅力十足的迷人气息，表现出作家难以抑制的眷恋之情。究其原因，主要是这些节日的书写中，有作家基于中国人心理结构、精神气质、价值取向以及审美取向的认知和传达，是作家在天地俯仰之间、人间百态之中完成的基于传统文化对中国人生命之根的探究。然而，审美视角观照之下的节日，不管它有多引人入胜，终将不免消逝的结局。小说的后记《望》之中，书写作为城里人的"我"在城里过节的简慢，与正文繁花锦簇的节日习俗形成鲜明的对比。正是在这个层面上，郭文斌追忆即将消逝的节日文化，难以言明的怀旧气息让作家伤感，也让每一位曾经在传统节日中长大的中国人伤感。

最后，随着城乡一体化进程的加快，国家对乡村的重视使得城市资本源源不断地注入乡村，乡村正焕发着日新月异的面貌。而乡村发生的转型，吸引了越来越多的进城者，他们开始返回乡村，新的资本与资源的进入，使得乡村从现实风貌到精神内涵都发生了巨变。敏感的作家已经意识到乡村的历史递变与现实情境，周大新的《湖光山色》、高建群的《大平原》、葛水平的《活水》、格非的《望春风》都以独到的写作视角书写社会转型之中的新乡村，在作家对它们的形塑中，完成了从旧乡土风景到新乡土形象的转变。

高建群的《大平原》的结尾，写到高氏家族赖以繁衍生息的高村被崭新的高新区取代："不独独是高村，渭河南岸这几十个上百个古老村庄都将消失，都将从地图上抹掉，从民政部门的注册上抹掉，不留任何痕迹。这里将被高楼大厦所取代，被工业专用厂房所取代，被纵横交错的街道及街心花园所取代。它现在的名字已经不再叫高村平原了，新的城区规划图中，它将被叫做'高新第四街区'。"[①]叶炜在《后土》中也有类似的表达：

---

① 高建群：《大平原》，北京十月文艺出版社2009年版，第363页。

第三章　现代转型与乡村镜像

　　两年后的惊蛰。这一天，天气晴朗。麻庄的小康楼工地上锣鼓喧天，鞭炮齐鸣。小康楼正式建成了，从外面打工回来的年轻人纷纷买了楼房，他们都喜气洋洋地从刘青松手里拿到了新房子的钥匙。与此同时，麻庄的小龙河景观带建设，苇塘、苹果园和马鞍山开发等也竣工了，麻庄旅游开发股份有限公司宣告成立。公司董事长刘非平、总经理王东周宣布，下一步还将着手建设以绿色食品开发和生产为中心的超级大农场，到时候，全村的百姓都是这个农场的工人，按小时上班，按月领工资。麻庄的乡亲都在为这个设想憧憬着，盼望着。①

古老的乡村被城市化的新区取代，传统的生活方式也会随着乡村的发展而改变，这是乡村的必然走向，作者虽以缅怀的笔触写传统乡村的陨落，却也为乡村的发展而欣喜。相比于高建群、叶炜从外部进入的村庄书写，周大新在《湖光山色》中，通过一位返乡农民暖暖的人生经历，全方位地书写了乡村如何在新一代有知识、有眼光的农民的带领下发生变革的过程。以农村青年的个体成长为切入点书写乡村变革，"十七年小说"农村题材的书写中就有此类叙事模式。柳青的《创业史》写梁生宝如何在与郭振山的斗争中，克服困难，在自己逐渐成熟的同时带领全村人走上互助合作的道路，由此开启了蛤蟆滩人新的生活。与梁生宝类似，《湖光山色》中的暖暖因为现实原因被迫回到家乡，在一次偶然的机会中，她发现了家乡古老的历史文化遗址和田园风光中的经济价值："这清澈的湖水，满山的绿树，遍地的青草，拴在村边的牛、驴、羊，还有你们这安静的村子，相对原始的耕作方法，楚国的文化遗存，古老的处理食物的方法，比如你们村里的石碾、石磨、土灶等等，使这儿具有了被看的价值。"② 依据这样的

---

① 叶炜：《后土》，青岛出版社2013年版，第341页。
② 曹书文：《乡村变革与思想启蒙的双重变奏——评周大新的〈湖光山色〉》，《河南师范大学学报》（哲学社会科学版）2009年第3期。

思路,暖暖发展旅游业,先是开办家庭旅馆,学会接待游客,一步一步把自己的事业扩大。暖暖的"楚地居"的建成,彻底改变了楚王庄落后贫穷的面貌,改变了楚王庄以种地、打渔为主的传统的生活方式,给楚王庄带来了富裕和幸福。小说的结尾,山朗水清的楚王庄在一片歌舞升平中成为旅游胜地,吸引着无数的中外游客。楚王庄由此完成了从传统乡村向现代化乡村的华丽转身。

葛水平发表于《人民文学》2018年第9期的《活水》,是她在《裸地》后的又一部长篇力作。《人民文学》在"卷首按"中这样评价《活水》:"未经'暴风骤雨',仍有'山乡巨变'……人们在生存在创业在流动在歌哭,他们既在历史的延递中也在时代的更新处,既在山神凹里也在大千世界上,而新一代正在回返守望和开启希望中向着美好生活思与行。"[①] 从上述评价中可以看出,葛水平力图在历史与现实两级的宽广视野中表现乡村变革。小说的上部,她为历史褶皱处的"山神凹"作传,下部则在现实层面书写它的生死歌哭。下半部分山神凹中的村民,在社会的冲击下,原来依赖传统手艺过活的中年一代,纷纷离开故乡去城市打工。年轻一代更忍受不了传统的生活方式,也离开了山神凹去往城市。然而,小说的深刻之处在于,作家在不断出走的人潮中,书写不断返回的人,"山神凹"不仅是他们的故乡,也是他们重新出发的资源地,更是他们精神的港湾。20世纪20年代,鲁迅在乡土小说中开创了著名的"离去—归来—再离去"的书写模式,其中包含着知识分子对故乡惋惜、失望交织的复杂情感体验。葛水平则在乡村转型时期重新阐释这一模式,从"记忆—出走—坚守—返回"入手,写出走者对故乡的忆念、坚守者对家乡的守护、返乡者开始的乡村重建。小说题目的意义就在于此,乡村不再是"一沟绝望的死水",而是"问渠那得清如许,为有源头

---

① 《〈人民文学〉2018年第9期卷首语》,中国作家网,http://www.chinawriter.com.cn,2018年8月24日。

活水来","活水"意象成为转型期乡村的典型象征。

三 从人情到人性：乡村主体精神图谱的构建

在文学发展变迁的历史长河中，对人的关注和书写一直是一个充满了生命力的核心问题。新世纪以来，20世纪90年代汹涌澎湃的商品经济大潮带给作家的迷茫与焦虑渐趋缓解，作家站在人道主义立场上，重拾对人的关注。在乡土小说的创作中，集中体现为作家在乡土变革的整体历史进程中，侧重以现实主义的笔触，对乡土主体的生活进行还原，凸显真实的生命个体在转型期社会浪潮中的沉浮。同时，作家更将笔触深入乡民的文化人格、心理状态的深层，书写他们在急剧变革的乡村生活中的人情与人性，构建出了新时代乡村主体的精神图谱。

首先，新世纪乡土长篇小说的创作中，出现了一系列丰盈、立体、鲜活的女性人物形象。区别于以往乡土小说中或单纯善良、或野性叛逆的乡村女性，作家赋予这些女性形象许多新特质，反映出作家对具体时代社会生活的感受和认知。

孙惠芬的《歇马山庄》、贾平凹的《带灯》中，作家都塑造出了乡村中的知识女性形象。这类女性虽然生活于农村，但是她们的自我认知、知识视野以及审美观念已经不同于传统的乡村女性，因此，她们较少受到乡村传统伦理道德的束缚，在事业、爱情的追求上也显示出一定的自主性和独立性。当然，作为处于历史变革时期的女性，她们也面临着许多人生的困惑和抉择，两位作家都深入人物的内心，书写她们复杂的精神世界和心路历程，人物因此而更具多义性和立体感。

孙惠芬在《歇马山庄》中的女主人公翁月月，容貌端庄美丽、性格温柔和顺，她不仅是歇马镇中学的代课教师，还是辽南地区有名的大户人家翁氏一族的后人，翁氏一族的家世学养让月月在歇马山庄声名鹊起，追求者甚众。然而，小说并没有将月月塑造成一位大家闺秀，而是基于人性视野出发，写出了一位在理智与欲望中挣扎的女性形象。孙惠芬运用高超的心理描写技巧，书写女性对情欲的渴望，并将女性对情欲的追求置于合法的地位，给予前所未有的尊重和关注。小说开篇写月月与国军的洞房花烛夜，以细腻的笔墨，描写两个人之间涌动的情欲之火，这火很快就被另一场大火扑灭了，随之而来的是国军变成了"性无能"。为了给丈夫治病，月月想尽各种方法却无济于事。恰在此时，月月的好朋友失足落水去世，因为怜悯，她安慰已故女友的男朋友买子，由此二人有了交集。买子身上的男性气质逐渐吸引月月，最后她在极其复杂的心态中完成了与买子情与肉的结合。

"十七年小说"以农村题材为主的创作中，为了塑造出完美、光辉的社会主义新人形象，爱情往往让位于事业，这些人物往往成为具有坚定的信念和党性原则，没有情欲、没有私心的卡理斯玛式的人物。"卡理斯玛"，这个字眼在此用来表示某种人格特质；某些人因为具有这个特质而被认为是超凡的，禀赋着超自然以及超人的，或至少是特殊的力量或品质。这是普通人所难以具有的。[①] 而20世纪80年代后期出现的新历史小说，则着力挖掘人的生物性，将"力比多"看作驱动人物行动的出发点和原动力。在苏童的《妻妾成群》《红粉》中，我们看到一群群在情欲中浮沉而最终被吞噬的女性。相比于上述两类小说，孙惠芬在《歇马山庄》中肯定女性对于爱情、欲望的正常追求，所以她对小说中月月的行为、选择，没有置身事外进行简单的道德评价。但是她也没有一味放任主人公的欲望，而是以作家敏锐的洞察力书写乡村社会现代转型中新一代乡村女性的人生历程与情感追求，从而塑造出一位血肉丰满的女性形象。

贾平凹的《带灯》中，塑造了一位樱镇综治办办公室女职员带

---

① [德]韦伯：《韦伯作品集Ⅲ：支配社会学》，康乐、简惠美译，广西师范大学出版社2004年版，第263页。

第三章 现代转型与乡村镜像

灯的形象。对于樱镇的村民而言,带灯是一个"外来者"。所以,她对樱镇的山山水水、一草一木都充满了好奇。小说中描写她:"带灯看到了猪耳朵草的叶子上绒毛发白,苦苣菜开了黄花,仁汉草通身深红,苜蓿碧绿而苞出的一串串花絮却蓝得晶亮,就不禁发了感慨:黑乎乎的土地里似乎有着各种各样的颜色,以花草的形式表现出来了么。"① 带着这样美好的怀想,带灯开始了她的樱镇生活。然而,现实与想象永远有着非常大的差距,正是因为她是一个有着浪漫与理想主义情怀的"外来者",所以她与樱镇人的生活总是格格不入。小说设计了"灭虱"事件来说明她与樱镇的疏离。在樱镇人看来,身上有虱子是一件非常正常的事。在中国现代文学中,虱子这样一种名不见经传的生物成为一种带有隐喻特征的文学意象,始自鲁迅的《阿Q正传》。小说中,鲁迅让王胡和阿Q比赛吃虱子,写王胡找到的虱子个头大,"在嘴里毕毕剥剥的响",这让阿Q非常生气,由此引发二人之间的"战争"。乡间生活中这令人啼笑皆非的一幕,在许多城里的读者看来不可思议甚至觉得恶心。可是,从20世纪20年代的鲁迅到新世纪的贾平凹,虱子作为一种文学意象,历经一个世纪,可见其生命力之顽强,这也说明了乡村生活习俗之根深蒂固。带灯无法接受身上有虱子,所以她要改革,可是她起草的灭虱子的文件成了村主任的卷烟纸。在带灯与虱子的较量中,更确切说在她与樱镇的生活习惯的较量中,她不得不败下阵来。带灯的形象,很容易让我们想起王蒙的《组织部来了个年轻人》中的林震,丁玲的《在医院中》里的陆萍,年轻的知识分子面对陈旧的现实环境,总是多少会有些无所适从,改革往往如同王蒙的《坚硬的稀粥》中的"稀粥",变革的步履显得有些沉重。

但是,作为乡村变革期的女性,带灯又是幸运的。在与樱镇人逐渐深入的交往中,她获得了乡亲们的认可。在与远方乡人元天亮

---

① 贾平凹:《带灯》,人民文学出版社2013年版,第10页。

的通信中，她获得了精神的慰藉。小说中写"带灯在现实中无处可逃的时候，她把理想放在了情感想象之中，远方的乡人元天亮成了她在浊世中的精神寄托"①。虽然这种寄托带有柏拉图式精神恋爱的虚无缥缈，但毕竟还是带给带灯前进的力量。小说的结尾，贾平凹以写实的笔法，写出了乡村变革的长期性和艰难性，因为元家和拉布家的暴力事件，带灯被处分。而带灯在现实生活中面临的困境表明，在工业现代化、经济市场化的发展冲击下，乡村社会原有的经济、政治、文化结构都发生了变化，由此也引发了乡村治理、发展的混乱，进而引发了种种危机。但是，带灯这样一位新型乡村女干部的出现，也代表着一种乡村变革的曙光，正如小说的书名也如主人公的名字，这只自带一盏小灯的萤火虫，一定能够穿透茫茫暗夜，迎来乡村的崭新天地。

另外，新世纪以来的乡土小说，在塑造乡村新型女性形象的同时，也塑造出以"村主任""村支书""村长"为主体的男性形象，李佩甫的《金屋》中的杨书印、《羊的门》中的呼天成，贾平凹的《秦腔》中的夏天义、夏君亭，周大新的《湖光山色》中的詹石磴、旷开田，阎连科的《日光流年》中的司马蓝，小说塑造了中国最基层的农村组织中干部的群体形象，写他们在组织权力与个人欲望中浮沉的生活，以对他们精神、灵魂的深度描摹凸显乡土社会的变迁历程。

李佩甫的《羊的门》中，塑造了一位在传统儒家文化熏陶下成长起来的村支书呼天成的典型形象。这个外表看起来像个老农民的村支书，实际上是一个谙熟官场运作的乡村政治精英，他通过对"人场"的苦心经营，运作起了一个从乡村到县城、到省城、到中央的广泛的人脉网。在小说中，李佩甫通过一系列的小事层层展现了这个看起来毫不起眼的老农民，如何使一个在中华人民共和国成立

---

① 贾平凹：《带灯》，人民文学出版社2013年版，封面。

初期连饭都吃不饱的小村子，在他的经营下成了一个拥有上亿集体资产的先进村、文明村。同时，为了捍卫和享受自己的权利，呼天成通过住茅屋、睡绳床、练神功来压抑自己的情欲以达到长寿的目的。在呼天成苦心孤诣的经营下，呼家堡成为拥有现代工业、现代化的生活设施和管理手段、富甲一方的村庄，呼天成也成为这个村庄名副其实的领主，受到村民的顶礼膜拜。小说的结尾，病中的呼天成想听狗叫，因为牵来的狗不配合，于是，以徐三妮为首的村民率先学狗叫，其他人紧随其后，全村人争先恐后地学狗叫，黑暗中的呼家堡传出了震耳欲聋的狗叫声！这实在不能不发人深省。

在乡村社会转型中，乡民对于权力的认同成为乡村社会各种关系建立的基础，它逐渐取代了以往宗法制乡村中的血缘关系。当上村长或者村支书成为一些农家子弟最终的人生目的和追求，甚至有人为了这一目标，不惜牺牲家人、爱人的贞操、尊严和生命，人性在权力的追逐中被极大地异化。阎连科的《日光流年》中的司马蓝，就是这样一位在权力与欲望中迷失自我、人性被异化的典型代表。

为了当上三姓村的村长，他不惜牺牲自己青梅竹马的恋人蓝四十，默许她牺牲贞操去陪公社的卢主任，以换取自己当村长的机会；为了坐稳村长的位置，他又抛弃了蓝四十，娶了他并不真心喜欢的杜竹翠当妻子。然而，当上村长之后，他并没有考虑村庄的发展，而是基于自己巩固权力的需要，采取以暴制暴的武力方式统治村庄，让整个三姓村的村民都臣服于自己的权威之下。更让人胆寒的是，生病了的他竟然无耻地要求被他辜负一生的蓝四十，带着自己亲生的女儿去做皮肉生意挣钱来给自己治病。阎连科以荒诞和戏谑的笔法，本意要讲述人之生存的困惑与悲剧，没承想却点染出一幅惊心动魄的人性异化的长卷。当然，类似于司马蓝这样面对极端生存环境的村长毕竟是少数，新世纪的乡土长篇小说中，作家大量的篇幅书写了现实生活中的村长，写出了他们在权力追逐中的狡黠、利欲熏心的一面，但作者同时注重开掘人物性格中的善，写出他们为了乡村的发展与振兴励精图治、推行各类新政的内心依据。处于乡村转型中的人物是多面而复杂的，正是在这种充满立体感的人物的描摹状绘中，我们清晰地感受到了人物的精神轨迹，感受到了作家对乡村变革中人物精神图谱的能动绘制，这也为新世纪乡土长篇小说的人物群像谱系中增添了浓墨重彩的一笔。

四 从再现到表现：乡土叙事的多样化美学风格的形成

适应乡土变革的现实，新世纪以来乡土长篇小说的创作不仅在题材选择、主题呈现以及人物形象塑造等方面都呈现出新的特质，在艺术手法和审美取向上也有新的突破与探索。20世纪80年代以来，西方现代派小说的诸种表现技巧被共时吸纳进中国小说创作，中国文学经历了一场又一场的文体实验。新世纪以来，长篇小说的创作呈现出明显地向内转的趋势，具体而言，是指小说无论在文本结构还是叙事语言上，都呈现出了向传统小说形式回归的趋势。

贾平凹的《秦腔》《古炉》、铁凝的《笨花》等小说中，继承了明清以来《金瓶梅》《红楼梦》等世情小说写作的传统，以日常生活流入小说，大量富有生活质感的细节充盈于整部小说中，"细节数量的膨胀不仅增添了日常生活的厚度，同时大幅度提高了故事的分辨率"。[①] 日常生活之流的融入使小说的文本结构虽然看似松散，但实际却拥有内在的节奏和韵律，有一种形散而神不散的独特美感。莫言的《生死疲劳》不仅以六道轮回的形式讲述地主西门闹与土地、生存、农民的关系，同时章回体结构方式的运用也为中国当代乡土历史的叙事提供了一种崭新的视角和可能。杨争光的《从两个蛋开始》采用了长篇短制的结构，以一个人物或几个核心人物的人生故事反映一个时期历史的形式，完成了对20世

---

① 南帆：《剩余的细节》，《当代作家评论》2011年第5期。

纪中国乡土历史的回顾，这显然是对《儒林外史》等古典小说结构的继承，这种片段连缀式的结构，带给小说一种"大珠小珠落玉盘"的美感。林白的《妇女闲聊录》，则以语录体、对话体的形式结构小说，在形式上它其实有传统笔记小说的痕迹，但是它去除了笔记体小说的精致和优雅，以一种野性的、原生态的方式呈现农村最本真的生活，难怪林白自己都认为"《妇女闲聊录》是我所有作品中最朴素、最具现实感、最口语、与人世的痛痒最有关联，并且也最有趣味的一部作品，它有着另一种文学伦理和另一种小说观"[①]。

在语言层面，新世纪乡土长篇小说尝试摆脱新时期以来的西语化的趋势，在充分挖掘母语特色和优势的基础上，融入地方戏曲、民间歌谣、方言、口语等元素，让新世纪乡土长篇小说的中国味、乡土味得到淋漓尽致的表达。

贾平凹的《秦腔》有效地接续中国民间文化血脉，不仅有纯粹的秦腔戏文入小说，而且大量的韵文式语言在小说中比比皆是，《秦腔》中戏曲语言的融入，增强了小说的节奏感和韵律，使小说充满了陕西地区独特的韵味，极大地增强了小说的可读性。雪漠的"大漠三部曲"中，对流行于甘青宁等地的民间歌谣"花儿"有较为集中的表现，小说中人物的悲剧与花儿的唱词相呼应，增加了小说悲剧的力度。郭文斌《农历》中大量穿插的地方戏曲的唱词、节日习俗中的歌谣，不仅增加了中国节日的文化蕴涵，也使整部小说洋溢着浓郁的传统味。

除此之外，地方方言与口语写作在新世纪的乡土长篇小说中也有出色的表现。向春的《河套平原》、杨争光的《从两个蛋开始》、铁凝的《笨花》、林白的《妇女闲聊录》中，方言与口语杂糅成为

---

① 林白：《后记一：世界如此辽阔》，载林白《妇女闲聊录》，新星出版社2005年版，第226页。

小说富有个性的语言特点，形成了平民化十足的小说风格。诸如在《河套平原》中，向春用河套地区常见的植物、农作物、食物作喻体，塑造出一个美丽动人的花旦亲圪旦的形象。林白的《妇女闲聊录》，通篇都是名为木珍的乡村女性的闲言碎语，而诸如"嘎姑、瘌痢、蜡烛姑、润得、苕、一点苗没有、捂饭、做俏"等浠水方言的合理运用，让小说的表达更加合乎讲述者的身份、情感，更加切合叙述者想要传达的意思，对小说审美风格的形成也具有特别的意义。

在小说的美学风格上，新世纪的乡土长篇小说在关注本土文化的基础上，自觉地继承了本民族的传统美学精神，主要体现在传统小说的美学神韵被复现，小说的诗性特质得到彰显，由此构建了乡土小说美学风格的多样化面貌。

以作诗、作文的笔法写小说，这是中国小说抒情传统形成的主要原因。20世纪二三十年代，废名、沈从文、萧红等的"诗体小说"都可以看作抒情传统的延续。进入新时期以后，孙犁、刘绍棠以及汪曾祺的小说中，田园之美与人情之美被抒情性极强的语言诗意地表达了出来，抒情传统的流风余韵得到很好的展现。新世纪以来，我们惊喜地发现，乡土长篇小说的创作继续继承了这种抒情传统，文白语体的杂糅、意象的选择和意境的营构，形成了小说丰赡华美的审美风貌。

总体而言，小说创作的价值与意义，在于它表现社会生活的复杂性与多样性，而这种复杂和多样，恰恰能够证明世界的丰富性。这样的写作实践，又是作家基于个体独特的审美经验来完成的。纵观新世纪乡土长篇小说创作，无论是多元复合的乡土历史叙事，还是多维立体的乡村现实形象的构建，抑或是历史与现实中乡村主体精神图谱的绘制，都显示出作家重述或重建乡土叙事的雄心壮志。在小说中，作家能够克服现实生活的种种屏障，用极富生命力与质感的语言，书写乡土社会的前世今生以及对乡村未来的期盼。新世纪乡土小说的价值也就在于此，它既是乡土小说自身发展的需求，也是时代赋予乡土小说的神圣使命。

第二节 乡村镜像的"传统"书写

百年中国乡土社会的沧桑巨变，为小说家们的文学创作提供了无比丰富的创作素材。进入21世纪之后，作家对于乡土中国书写的热望不减，他们分别从各自独特的体验出发，对中国乡村的历史记忆、文化镜像以及现实经验以小说的形式呈现，形成了乡土小说创作"一江春水向东流"的滚滚浪潮。在这一浪潮中，贾平凹的乡土小说创作极具代表性，这主要表现为，在他的笔下，中国乡村的历史和现实以一种"传统"的方式被呈现，这种"传统"是指对中国古典小说的叙事经验进行创作性的转化，从而形成一种"乡村镜像"的新表达。

一 传统"小说"精神的复归

关于小说，庄子说"饰小说以干县令，其于大达亦远矣"（《庄子·外物篇》），班固认为："小说家者流，盖出于稗官，街谈巷语，道听途说者之所造也。"（《汉书·艺文志》）显然，此种关于小说的定义和表述是片面的，受到了梁启超等人的诟病。而且，小说的文体功能和分类标准也早已与这两句话相去甚远。但是，毫无疑问，中国传统小说的创作还是受到了这种观念的影响："中国传统小说植根于乡野间巷。在中国传统文体分类中，最高贵的是文，其次是诗，诗文是文人士大夫的专利文体，而戏曲、小说尤其是古典白话小说，则更多地与下层百姓同呼吸共命运。嘈杂、贫困的乡野间巷，是故事的集散地，是生活细节的稠密地带，也是古典白话小说生长的沃土。如果说早期古典白话小说主要出自说书人之口，内容尚不离史传，而至晚从《金瓶梅》开始，充满着家长里短生活细节的白话小说便主要出自低等文人或不第文人之手。"① 可以看出，从《金瓶梅》到《红楼梦》这些传统世情小说，小说家都推开了"经国大事"来写作小说，而且大多都注重从平凡事、日常生活入手来写社会人情，而且着意写出"细密真切的生活质地"。就这个层面而言，贾平凹新世纪书写乡村历史与现实的数部长篇小说，复活了传统小说的精神。

从篇幅上来说，《秦腔》是长达 50 万字的皇皇巨著，作家借《秦腔》为自己的故乡作传寄托自己的一腔乡情。《古炉》则有朝花夕拾之感，写的是作者少年时对"文化大革命"的记忆。在《山本》中，贾平凹坦言："山本的故事，正是我的一本秦岭之志。"② 虽然三部小说的题材、内容和主旨都相去甚远，但采用的叙事手法却惊人的相似。作家都采用了"密实流年式"的写法，通过呈现清风街和古炉村的日常生活细节，还原历史与社会的本来面目。

《秦腔》中的清风街，实指贾平凹的故乡棣花街。作者用"镜花水月"的隐喻方式，为自己的故乡奏响了一曲意味深长的挽歌，而绵延不尽的挽歌情怀和文化没落的伤感情绪的表达，是通过清风街一年四季中普通寻常鸡零狗碎的泼烦日子体现出来的。贾平凹在《秦腔》的后记中坦言，他是有意采取了一种无中心情节和中心人物的叙事方式："我不是不懂得也不是没写过戏剧性的情节，也不是陌生和拒绝那一种'有意味的形式'，只因我写的是一堆鸡零狗碎的泼烦日子，它只能是这一种写法，这如同马腿的矫健是马为觅食跑出来的，鸟声的悦耳是鸟为求爱唱出来的。"③《秦腔》中，贾平凹事无巨细地描写了清风街一年之中的诸多小事：白雪、夏风结婚，夏天义卸任，夏君亭上任，建立农贸市场，开酒楼，计划生育抓人，

---

① 刘淑欣：《从本土中吸收文学特性 文学创作要重视古典传统》，《人民日报》2013 年 8 月 6 日第 14 版。
② 贾平凹：《山本》，作家出版社 2018 年版，封底。
③ 贾平凹：《秦腔》，译林出版社 2012 年版，第 480 页。

县剧团的倒闭,白雪与夏风的矛盾,白雪生出有残疾的孩子,夏天智、夏天义的死亡。充塞于这些小事中的,是大量富有生活质感的日常生活细节。这种生活细节的描写,看似随意、轻松,但事实上却是四两拨千斤,以自然的、平静的"轻"反衬出社会的凝重。在清风街生老病死、婚丧嫁娶、戏曲娱乐的日常生活的涓涓细流中,涌动着中国农村在工业化、城市化进程中逐渐没落的暗潮。《秦腔》寄寓着贾平凹对于乡村、土地和农民的深刻思考和认识,而这些思考和认识,又恰恰是由平凡人的普通事和日常生活构成的。在这里,小说摘下了教化的面具,复原了传统小说的叙事功能。

《古炉》主要写"文化大革命"的历史,却没有落入以往此类历史叙事的窠臼,而是另辟蹊径。作家根据自己少时的记忆书写历史,因此这段历史变成了"一团混沌的令人迷惘又迷醉的东西,它有声有色地充塞在天地之间,当年我站在一旁看着,听不懂也看不透,摸不着头脑,四十多年了,以文学的角度,我还在一旁看着,企图走近或走进,似乎越更无力把握,如看月在山上,登上山了,月亮却离山还远。我只能依量而为,力所能及的从我的生活中去体验去写作,看能否与之接近一点"①。小说的叙述主体是一个名叫"狗尿苔"的孩子,因此我们可以将整部小说看成一个特殊的历史事件与一个小村庄、一个孩子的相遇。小说由"冬""春""夏"和"秋",以及第二个"冬"和"春"六个部分组成,主要以古炉村中夜姓家族和朱姓家族之间的矛盾冲突来构建全文。从表面来看,小说在对一系列的"文化大革命"的历史符号书写中,我们可以清楚地感受到乡村社会固有的传统伦理秩序失范,正常的生活节奏被打乱。然而,孩子身份和童年视角的介入,让整部小说关于历史事件的叙述都汇入古炉村凡俗的日常生活之中。在鸡飞狗跳、邻里口角、杀猪

---

① 贾平凹:《古炉》,人民文学出版社2011年版,第604页。

宰羊、磨面舂米等绵密细节组成的生活的涓涓细流之中，我们洞悉了一段历史的本真面貌，在高亢的政治喧嚣声中听到乡土生活和乡村文化的轻声细语。

《山本》的叙事，是紧贴着人物与日常生活叙事，同样也是以丰富、细致、饱满的生活细节构建起了一幅幅秦岭的乡野生活图景，这一点独到与成功的匠心无疑汲取自《金瓶梅》《红楼梦》的养分。小说中有一节内容，特别具有代表性，陆菊人十月一日给井宗秀包饺子，从捡地衣、剁馅儿到揉面、包饺子的整个过程都写得极其生动、细致，日常生活的仪式感渲染得恰到好处。接着写陆菊人心疼井宗秀，专门另给他换了碗包得好的饺子，这种隐含的深情厚意被日常笔调轻轻点染出来，颇有一点《红楼梦》中妙玉换给宝玉的那只绿玉斗的味道。

整个中国古代文学中，小说并不是经国大事、不朽伟业的载体，它是小道，是不能登大雅之堂的街谈巷议，其主要功能是娱乐和消遣。因此，传统小说写家常事、生活情，表现的是一种世俗精神。贾平凹通过古炉村和清风街与涡镇，完成了对乡村历史和乡村常态世界的构建。古炉村、清风街以及涡镇，无疑都是乡土中国的缩影，叙说涡镇、古炉村和清风街就是在叙说中国的历史和现实。但是，贾平凹的乡土中国不是宏大叙事视野统摄下具有主流意识形态的乡土中国，而是带着温度、充满烟火气的世俗化的乡土中国。通过此种世俗化本乡本土、吾国吾民的书写，表现中国人的生活状态、价值取向和情感诉求。从这个层面上讲，贾平凹的小说复活了中国传统小说的精神。

二 乡村镜像中的"志怪"与"传奇"

魏晋南北朝时期，中国古代文学进入一个自觉发展的阶段。其中一个重要的表现就是出现了现在意义上的小说。这一时期的小说以"志怪"与"志人"为代表，但不管是干宝的《搜神记》还是刘义庆的《世说新语》，书写天地两界中的奇人怪事是其核心的内容。到了唐代，唐传奇在接续这种书写传统的同时，侧重于书写现实生活中的"传奇"，思想情感也进一步世俗化。因此，我们可以认为，志怪与传奇是中国古代小说的重要叙事特征和"传统"，而这种"传统"在明清之际得以发扬光大。晚清以来，以梁启超为先导拉开了"小说革命"的序幕。"五四"以来的小说创作中，最显著的特征莫过于由"传奇""志怪"到普通人、日常事的转变。然而，中国传统小说中"志怪""传奇"的特质，在20世纪中国小说中并没有就此消亡，而是得到了相应的继承和创造性转化。在鲁迅以历史和古代神话题材为主体创作的《故事新编》中，沈从文构筑的充满着巫风楚雨、神奇与传奇并存的"湘西世界"中，"十七年文学"的"革命英雄传奇"中以及新时期以来的知青、寻根、市井等不同类型的小说中，都存在着志怪与传奇的叙事特征。

贾平凹出生于商洛，商洛地处陕南，这里既得关中之古朴，又得江汉之清雅。钟灵毓秀的山水，亦真亦幻的民间神话、传说，浓郁的巫术文化遗风都滋养着贾平凹。他的小说，从一开始就带上了浓厚的神秘和传奇特性。总体而言，贾平凹对传统小说志怪、传奇叙事特征的复现，主要体现为以下三个方面。

其一，书写日常生活环境中的"异事"与"异人"。贾平凹的许多小说，往往能够在对日常生活普通事件的观照中，从"常"中取"奇"，瞩目商洛乃至秦岭大地的神秘性和特异性。《秦腔》中，在清风街一年四季、生老病死的生活流之中，隐现着312国道改造，白果树上的鸟奇异死亡；白雪与夏风结婚后，生下了没有屁眼的孩子；夏天智死了以后，脸上的麻纸盖不上，后来换成画了脸谱的马勺就可以；在七里沟淤地的夏天义，突然间被山地滑坡的泥石流淹死了；等等一系列奇异的事件。《古炉》中，"文化大革命"到来之前，村子里面的猪接二连三病倒；村人立柱，说死就死，他死了之后，穿走了他母亲的寿衣，原本生病的立柱妈，病反而好了；夜霸槽无意间挖出了太岁,"文化大革命"就开始了。新作《山本》中,在充满着飞禽走兽、魑魅魍魉的秦岭山地中,各种奇事、异事更是频频出现。贾平凹小说中的异人,又可以分为两类:一类是身体有缺陷或者残疾的孩子,却天赋异禀,能够预知生死祸福,看到前世今生,这类人物以《秦腔》中的引生、《古炉》中的狗尿苔为代表;第二类则可以被称为乡村中的贤者或智者,《古炉》中说病的"善人",《老生》中穿越生死两界,长生不死的唱葬歌的唱师,《山本》中安仁堂的陈先生和130庙中的宽展师父都是此类人物的代表。鲁迅先生曾经在《中国小说史略》中谈到《三国演义》中人物形象的塑造,认为"至于写人,亦颇有失,以致欲显刘备之长厚而似伪,状诸葛之多智而近妖"[1],姑且不论鲁迅先生的批评是否有理,我们至少可以从他的论断中看出,传统小说塑造"半人半神"的"近妖"式的传奇人物并不鲜见。贾平凹的《老生》中,书中的核心人物——唱师,就是这样一个半人半神式的人物:

> "二百年来秦岭天上地下的任何事"都知道,比如冯玉祥带兵北上时来过,李先念从鄂豫去延安时也来过,梅兰芳坐着滑竿来看过金丝猴……说得镇上的人都觉得唱师有点"妖",不仅因为唱师相貌古怪,"高个子,小脑袋,眼睛瓷溜溜的,没一根胡子",还因为唱师貌似长生不死,在棒槌山上放羊的老汉说,小时候他被唱师架到脖子上时,唱师的头发就是花白的。而关于唱师的传说,更是玄之又玄,比如他天、地、神界无所不知,比如他从不生病,比如他像传说中的济公那样,总爱从怀里掏出个酒壶抿上一口,酒壶里总是有酒……不过,当有人问"酒完了吗"时,酒壶莫名就空了,再倒不出一滴来……[2]

---

[1] 鲁迅:《中国小说史略》,中华书局2016年版,第78页。
[2] 贾平凹:《老生》,人民文学出版社2014年版,第1—2页。

贾平凹说:"陕西这地方土厚,惯来出奇人异事。"① 他的小说中出现的一系列奇人与异人,大都能在现实生活中找到原型。在小说中,这些乡村社会中的智者形象,往往与前文所述的天赋异禀的"孩子"形象互为补充,共同构成了小说叙事的志怪、传奇的特性。

其二,极具神秘色彩的民俗文化全面呈现。在对待传统文学的态度上,"五四"时期的文学革命者们也不尽都是否定的态度,在对待民间文化上,他们往往能够网开一面。周作人就曾说,认为作家应该"跳到地面上来,把土气息泥滋味透过他的脉搏,表现在文字上,这才是真实的思想与文艺"②。在他的倡导下,"五四"乡土小说家们叙述"水葬""冥婚"等家乡习俗,使小说带有了奇特、神异的色彩。事实上,凡是在乡土社会中生活过、有过乡村经验的人都会发现,中国的乡土世界的一个非常突出的特征,就是日常生活、民俗事相中都笼罩着一层非常强烈的神巫化的氛围和气息。贾平凹关于自己小说中神秘民俗文化的书写,曾有这样的说法:"在我的家乡,秦岭深处,小盆地被山层层包围,以前偏僻封闭,巫的氛围特别浓,可以说我小时候就生活在巫的环境里,那里人信儒释道,更信万物有灵,什么神都敬。"③ 在《山本》中,开篇就写到了统摄全篇的极具神秘色彩的民俗——赶龙脉。小说中这样写:

> 她听见赶龙脉的一个说:啊这地方好,能出个官人的。一个说:这得试试,明早寅时,看能不能潮上气泡。就把一个竹筒插在地里……第二天四更,她是先去萝卜地,果然见竹筒上有个鸡蛋大的气泡,手一摸,气泡掉下地没了。④

---

① 贾平凹:《古炉》,人民文学出版社2011年版,第605页。
② 周作人:《地方与文艺》,载周作人著,止庵校订《谈龙集》,河北教育出版社2002年版,第12页。
③ 贾平凹:《故乡是你身体和灵魂的地脉》,腾讯网,http://cul.qq.com,2016年4月30日。
④ 贾平凹:《山本》,作家出版社2018年版,第2页。

赶龙脉、看风水是中国农村最常见的民俗事相之一。在整部《山本》中，这一极具神秘意味的民俗既成为故事的起点，也是整部小说的隐含叙事线索，牵扯出陆菊人和井宗秀长达数十年的情感纠葛和人生变迁，也使整部小说笼罩着一层浓郁的传奇色彩。在《古炉》中，古炉村的猪接二连三地病倒，狗尿苔家的猪也不例外，蚕婆给猪喂了绿豆汤，不见效，只好给猪立柱子。但是作为柱子的筷子怎么也立不住，狗尿苔认为是见了鬼了。蚕婆让狗尿苔砍些柏朵，给猪"燎一燎"。在这里，猪生病了不去看兽医，反而采取"立柱子""燎一燎"的方式给猪治病。在这样一种与现代科学思维方式相悖的行为中，明显可以看出其所蕴含的原始神巫的特征。中国民间文化中最具代表性的表征之一就是人与人、人与物、物与物之间可以互相转化、互相渗透，人与物皆有灵魂，肉身可以死去，但灵魂不灭。在贾平凹的小说中，他一本正经、煞有其事地讲述这些奇人逸事，这些人与物在他的笔下灵动鲜活，他所呈现给我们的就是民间文化的本真面貌，即一个充满"鬼气"的生动盎然的乡土世界。

其三，浓厚的宿命意识营造出怪诞、传奇的小说氛围。中国的传统小说，带有浓厚的宿命意识，最典型的代表非《红楼梦》莫属。小说从一开始，就采用奇异的神话、瑰丽的梦境、谶语、诗词等形式，暗示出人物注定的命运和故事的最终走向。贾平凹的小说中，也有类似宿命意识的表现。《秦腔》以喜庆的结婚为开始，在锣鼓喧天的大秦之音中，清风街故事渐次铺展开来。以一代秦腔爱好者、一代土地守护者的死亡为结尾，夏天义、夏天智黯淡谢幕。一场大雨、一场泥石流之下暗示出清风街在城市化的进程中必然走向没落的结局。小说颇得《红楼梦》"好一似食尽鸟投林，落得个白茫茫大地真干净"的宿命意味。"一条龙脉，横亘在那里，提携了黄河长江，统领着北方南方。这就是秦岭，中国最伟大的山。"贾平凹在后记中说《山本》写的是"一本秦岭之志"，是在整理秦岭的"草木记"和"动物记"时意外收集到的"秦岭二三十年代的许许多多传奇",是他种麦子时割回来的"一大堆麦草"。①《山本》写秦岭的传奇故事,笔墨却落到书写"人的传奇史"上。井宗秀因为得龙脉庇佑,由涡镇上普通的画匠成为乱世中的一旅之长,风头日盛。然而,最后却还是死在了别人的枪炮之下。小说用人事的沉浮变迁,折射出秦岭之永恒,有着"是非成败转头空,青山依旧在"悲凉的宿命色彩。《古炉》中,作者表现外来力量对乡土社会传统伦理秩序的破坏和对人性的异化,思考历史进程、政治事件之中人物的宿命,强势如夜霸槽、朱大贵,善良如蚕婆,弱小如狗尿苔,他们无一例外地陷入"文化大革命"的罗网之中,欲离而不能。这种宿命意识在小说中的介入,为贾平凹的小说营造出浓厚的传奇氛围。

三 "传统"书写回归的文学意义

20世纪90年代以来,在"表意的焦虑"的影响下,中国作家对于小说文体形式实验的热情经久不衰,从现代主义到后现代主义,中国小说呈现的繁复多样的文体形式令人应接不暇。进入新世纪以来,作家们开始放慢脚步,更为理性平和地思考文学内容与形式的关系,在长篇小说的创作上,整体表现出一种向传统的回归。从对本土文化的探究入手,作家们尤其注重对民间文化资源和民间文学艺术形式的借鉴。莫言的《檀香刑》和《生死疲劳》中都写到了山东的地方小戏——"猫腔",尤其是《檀香刑》中"猫腔"唱词、韵律和节奏的有机融入,有力地推动了小说情节的发展,也使小说人物形象更加立体丰满。格非说:"我以前不大喜欢中国传统小说,但经过多年来的思考和阅读。坦率地说,我的观点有了很大变化,我觉得中国有些传统小说实在太了不起了。它跟西方文学完全不同,它早已突破了西方文学的很多界限。"②他在"江南三部曲"中书写

---

① 贾平凹:《〈山本〉后记》,载《山本》,作家出版社2018年版,第522—523页。
② 术术、格非:《带着先锋走进传统》,《新京报》2004年8月6日第4版。

新世纪中国长篇小说的地方书写

主人公对"桃花源"九死其犹未悔的追求,处处洋溢着古典小说的情致与韵味。王安忆的《天香》,将古典的诗词歌赋、名人典故以及野史传说融入人物造园游园、练字治墨、刺绣习画的日常生活中,不仅形神兼备地描摹出晚明之际闺阁女子生活的风情长卷,也使小说在字里行间中产生了抑扬顿挫的音韵美感。

"以中国传统的美的表现方法,真实地表达现代中国人的生活和情绪,这是我创作追求的东西。"① 贾平凹在20世纪90年代就曾如是说。近年来,他以旺盛的创作力,连续推出了数部长篇小说,这些小说在艺术形式和审美追求上,都体现出一种向传统小说叙事经验回归的趋向。《秦腔》以绵密的日常生活细节之流构筑起巨大的网状结构,写法上明显受到了《金瓶梅》《红楼梦》日常生活叙事的影响。《古炉》写古炉村的"榔头队"和"红大刀"残酷激烈的"武斗"场面,借鉴了《水浒传》的结构方法,《古炉》获得了首届施耐庵文学奖,就在于它在叙事艺术上的新异性。此外,陈晓明认为:"《古炉》是落地的叙述,落地的文本。"② 认为《古炉》能够"随物赋形",是"汉语小说写作的微观叙述的杰作"③。而他的《老生》"以解读《山海经》的方式推进历史"④,小说讲述了20世纪百年历史长河中陕南山村中发生的故事。时间、地点、人物均迥异的四个故事,由一个游走于阴阳两界、长生不死以唱葬歌为生的歌者来叙述。全知视角的介入,使小说能够完整而清晰地通过时代的变迁,村庄、个体命运的变化,呈现整个中国在20世纪的风起云涌的历史中沧海桑田的巨变。这与《山海经》

---

① 贾平凹:《"卧虎"说——文外谈文之二》,载雷达主编《贾平凹文集》(闲澹卷),中国文联出版公司1995年版,第242页。

② 付国乐:《悲悯的情怀,落地的文本——贾平凹〈古炉〉北京研讨会纪实》,《出版广角》2011年第8期。

③ 付国乐:《悲悯的情怀,落地的文本——贾平凹〈古炉〉北京研讨会纪实》,《出版广角》2011年第8期。

④ 贾平凹:《老生》,人民文学出版社2014年版,封面。

"在表象上是描绘远古中国的山川地理,真实意图在描绘记录整个中国"① 有类似的地方。从《秦腔》到《老生》,贾平凹都以传统小说的叙事方式汲取灵感,使小说呈现出古典小说的审美意趣。关于新作《山本》,贾平凹意为秦岭作传,通过写人,想写出山的本来样貌。他秉承了"史传"手法,采用纪传体的形式,为井宗秀作传。由这个中心人物,引出涡镇乃至整个秦岭地区的人物故事。作者使用的是皴法,从涡镇上不同的人、事一点一点地渲染、描摹出井宗秀这个核心人物,最后以他的死亡为终点成为整部小说的结尾。而且,在对井宗秀的人物塑造上,作家采取了传统小说"花开两朵,各表一枝"的叙述手法,并行书写了井宗秀和哥哥井宗丞的故事。表面看来井宗丞加入了共产党,成立了游击队,井宗秀发展地方武装力量,成为一旅之长,两个人的人生似乎并无交集,事实上,整部小说是以此故事照应彼故事,作家正是在两个故事的讲述中,完成为秦岭作传的愿望。

贾平凹的小说,还可以看作一部书写乡村风俗史的杰作。中国传统的笔记体小说,最擅长的就是将故事、民俗、历史及考辨杂糅。在贾平凹的小说中,商洛乃至整个秦岭地区的饮食服饰、婚丧嫁娶、交通建筑、曲艺杂耍等风俗进入不同的小说文本中。这种自然地呈现众生喧哗的人间百态,作家主观情感加入甚少的写法,是最具代表性的传统笔记的写作手法。不加褒贬,直书其事,但字里行间有春秋大义,这是中国古代文人最为欣赏和得意的地方。贾平凹正是借鉴传统笔记小说的写法,在对乡村风俗史、文化史的书写中,揭开了历史和现实的本来面目。

在小说的叙述语言上,贾平凹说:"几十年以来,我喜欢着明清以至三十年代的文学语言,它清新,灵动,疏淡,幽默,有韵致。我模仿着,借鉴着,后来似乎也有些像模像样了。"② 近

---

① 贾平凹:《老生》,人民文学出版社2014年版,封面。
② 贾平凹:《带灯》,人民文学出版社2013年版,第361页。

年来，他坦言更想学学"沉而不靡，厚而简约，用意直白，下笔肯定"①的西汉风格。因此，他似乎有两套笔墨，在《秦腔》《古炉》中，他显然更倾心于"西汉风格"，尤其是写人物对话，加进了许多秦地方言，使小说显得野趣横生。在《带灯》《山本》中，他往往能够于明白晓畅的现代汉语叙述的基础上，画龙点睛地加进华美丰赡、典雅动人的古语，小说语言因此呈现出文白相间、含蓄蕴藉的中国传统文学的审美韵味。试举两例：

> 带灯越来越要求着去下乡，天一亮就出门，晚上了才回来。她喜欢在山上跑，喜欢跑累了就在山坡上睡觉。她看见过盈川的烟草在风里满天飞絮，她看见过无数的小路在牵着群峦，乱云随着落日把众壑冶得一片通红。北山的锦布峪村有梅树大如数间屋，苍皮藓隆，繁花如簇。南沟的骆家坝村，曾经天降五色云于草木，云可手掬，以口吹之墙壁而粲然可观。发现了水在石槽河道上流过那真的是滚雪，能体会到堤坝下的潭里也正是静水深流。②

> 陆菊人说：这是有多少炮弹啊，全都要打到涡镇，涡镇成一堆尘土了！陈先生说：一堆尘土也是秦岭上的一堆尘土么。陆菊人看着陈先生，陈先生的身后，屋院之后，城墙之后，远处的山峰峦叠嶂，以尽着黛青。③

在"五四"文学革命对传统文学摧枯拉朽的浩大声势中，中国现代白话小说开始登上文坛并崭露头角。现代白话的成长，得益于对西方小说体式和叙事经验、模式的学习。然而，综观现代白话小

---

① 贾平凹：《带灯》，人民文学出版社2013年版，第361页。
② 贾平凹：《带灯》，人民文学出版社2013年版，第15页。
③ 贾平凹：《山本》，作家出版社2018年版，第520页。

说的发展过程,发现它与传统小说之间的纽带并不像文学革命者想象的那样,可以一刀两断。相反,现代白话小说与传统小说总有着这样或那样的联系。即便是作为反传统小说先驱的《狂人日记》,其开篇的文言小序,就颇似中国志怪小说的写法。20世纪40年代沦陷区女作家张爱玲,则曾多次谈及古典小说对她的影响。由此可见,在现代白话小说发展的滚滚洪流中,西方小说对它的影响是显性的,而中国传统小说的叙事方式、审美趣味对它的影响则形成了一股无声的暗流,这种影响有时候可能是在不自觉的状态下进入他们的创作。进入当代尤其是新时期以来,在孙犁、汪曾祺、冯骥才的小说中,我们可以明显地看出中国传统笔记小说、传奇小说对他们的影响。"寻根小说"的创作中,韩少功等作家更是旗帜鲜明地表明文学之根应该深植于民族文化的土壤,应该从本民族、本土的文化资源中获取写作的灵感和素材。纵观贾平凹新世纪以来的长篇小说创作,大体可以分为两大类:一类是全景式的历史经验书写,比如《秦腔》《古炉》《老生》等;一类是聚焦中国社会的当下现实经验,讲述小人物在大时代中的波折命运遭际,比如《极花》《高兴》《带灯》等。无论是宏阔的历史经验还是具体的当下现实经验,在贾平凹的小说中,首先都是以个体经验为切入点,最终立足于个体的体验与感受,同时每部小说又都是以诗性思维方式建构中国经验的整体隐喻。他诸多优秀小说创作的实践表明,对中国传统小说精神复现和对其叙事经验的借鉴,会为当下的小说创作提供更多的经验,开辟更为广阔的视野。

第三节 多维文化映照下的中国之村

中国文学地方性的特征,在古代表现得尤为明显。刘师培认为:"南方之文,亦与北方迥别。大抵北方之地,土厚水深,民生其间,多尚实际;南方之地,水势浩洋,民生其际,多尚虚无。民崇实际,故所著之文，不外记事、析理二端；民尚虚无，故所作之文，或为言志、抒情之体。"① 他将南北两地的地理特征与文学体裁、文学风格相联系，指出了中国古代文学浓厚的地方性特征。然而，学者开始对文学的地方性发生浓厚的兴趣，大致始自现代文学时期。鸦片战争以来，中国的国门被迫打开，自给自足的经济体渐趋解体，国家不可避免地被卷入世界一体化的进程中去。一体化的进程要求以标准化、统一性来取代地域性和差异性。正是处于一体化的焦虑中，现代文学家开始正视文学尤其是小说中的地方性，鲁迅认为，"五四"乡土小说流派最典型的文学特征，是"土气息，泥滋味"。随后，不管是沈从文供奉人性小庙的"湘西世界"，还是萧红承载童年记忆的呼兰小城，抑或老舍笔下的皇都北平，张爱玲书写传奇人生的上海，无不带有鲜明的地方性特征而走入读者的视野。而且，这种地方性特征的书写，绝不是偶然为之，而是基于作家对某种地方文化认同基础上形成的一种自觉的地方意识。地方意识的勃兴，使不同时代、不同文本中"中国形象"的建构具有了更为丰富的意义和色彩。

新世纪以来，中国以大国形象崛起于世界，极大地激发了国人的文化自信心。然而，世界一体化进程的加剧，也使本土文化受到前所未有的冲击。新的社会文化语境，深刻地影响着作家的文化选择、文学经验和文学情怀，乡土成为许多作家关注的焦点，迟子建笔下的额尔古纳河，阿来笔下的藏地村庄，红柯笔下神性与野性交织的新疆大漠，宁夏作家的黄土高原，这些丰富、博大的乡土意象，成为承载作家想象、经验与思考的文学中国图志。

作为宁夏作家群中的一员，郭文斌于20世纪90年代登上文坛，他的文学创作，是植根于故土的，带着鲜活乡土气息的写作。在他以及以他为代表的宁夏作家群的不懈努力下，一个宁静祥和、充满

---

① 刘师培：《南北文学不同论》，载郭绍虞、罗根泽主编《中国近代文论选》（下），人民文学出版社1959年版，第573页。

诗意的西部小山村的形象跃然纸上。这个充满了独特文化韵味的山村形象，也是特定时期中国形象的代表。

一 节庆文化中的乡土记忆

"形象作为一种文化隐喻或象征，是对某种缺席的或根本不存在的事物的想象性、随意性表现，其中混杂着认识的与情感的、客观的与主观的、个人的与社会的内容。"[1] 郭文斌小说关于西海固形象的形塑正是如此，它是虚实相生的，鲜明的地方色彩和地方文化与作家的心象、想象抵牾融合，生息消长，共同体现出一种极具立体感的"中国之村"的形象。

他最具代表性的作品应该是入围茅盾文学奖的长篇小说《农历》，细读小说文本就会发现，整部小说是以追忆的方式完成，小说附录中的《望》一章中谈到，因为诸种现实原因，无法回老家过年，因此只能"以一种书写的形式温习大年"[2]。由此可以看出，整部小说中过节的时间、地点都与作家的现实生活拉开了一定的距离，是一个成长者对故土节日的回顾与反观。追忆是文学作品中地方性因素得以呈现的重要方式，通过追忆，作家复现了另一个时空维度中的人物世象、地域景观，在彼一种文化的参照比对下，此一文化空间的呈现有了多重丰富的意义。

整部小说用了节日志式的手法，以十五个农历节日过节的时间为经，以过节的各类风俗习惯为纬，共同绘就出一幅恬淡浪漫的民俗风情长卷。在小说中，每一个节日的来源、过节的各类习俗仪式都采用工笔细描的方式呈现。在作家的笔下，无论是我们熟悉的元宵节、中秋节、端午节，还是陌生的干节、小满、中元等节日，每一个节日都是西海固农村日复一日、年复一年的日常生活的一部分。

---

[1] 周宁编：《世界之中国：域外中国形象研究》，南京大学出版社2007年版，第7页。
[2] 郭文斌：《望》，载《农历》，长江文艺出版社2016年版，第348页。

在这些节日中，包含着作家对中国人民族心理、道德伦理、精神气质、价值取向和审美情趣的认知，是作家在天与地、人与物、道德与信仰的诸般联系中，对中国人生命之根的深层探究。因此，是一种鲜明的、洋溢着浓郁中国乡土气息的地方形象的塑造。

这一立体鲜明地方形象的呈现，在很大程度上得益于作家独特的叙事方式。小说有两个叙事空间，外显于小说的是乔家庄，以乔家庄为叙事空间，以五月、六月一家为主要叙述人物，讲述乔家庄人一年四季时序更替中过节的林林总总。内隐于小说中的另一个大的叙事空间，是乡土中国。乔家庄的农历节日，就是整个中国的节日："十五个节日，每个都有一个主题，它是古人为我们开发的十五种生命必不可少的营养素，也是古人为后人精心设计的十五种'化育'课。"①因此，乔家庄不仅是一个地理意义上的现实之乡，更是一个具有特定文化意义的虚实相间的审美之乡。

作家在小的叙事空间中书写农历节日，采用的是化简为繁的方式，十五个节日，过节的礼俗、仪式都各不相同，作者从容不迫、优裕自如地出入于文本之中，在日常生活的点滴之中将各类习俗娓娓道来。作家对于乔家庄人过节仪式的书写，充满了由衷的眷恋与赞美，那些相关的仪式描写是多姿多彩和充满感情的。比如，小说之始写"元宵"，首先从元宵节的前期准备工作写起，写娘和五月如何用荞面做灯坯，剪灯衣，如何做灯捻，在吃过荞麦长面、月上天空的时候开始敬灯神，一家人一起供灯、守灯，小说中着重通过对六月感受的描写，写出了"守"的意义："守着守着，六月就听到了灯的声音，像是心跳，又像是脚步……六月第一次体会到了那种'看进去'的美和好，也第一次体会到了那种'守住'的美和妙。"②在这样的文字中，我们往往会体会到一种天人合一、物我相融的美

---

① 郭文斌：《想写一本吉祥之书》，载《农历》，长江文艺出版社2016年版，第4页。
② 郭文斌：《农历》，长江文艺出版社2016年版，第11页。

好境界。除了元宵节、端午节、中秋节这样一些读者耳熟能详的节日,《农历》中还写了一类读者相对陌生,但与农业生产与农事活动紧密相关的节日,诸如干节、龙节和小满。过干节的时候,要打树上的干梢、集干堆、读祭文、燎干、跳火,而后最重要的一项工作就是扬灰,需要根据灰落下来的形状判断当年的收成。二月二,龙抬头,"龙节"意味着春天即将来临,人们换夹衣,围仓,唱《一把灰歌》,以此来祈求风调雨顺、五谷丰登。最有意思的是,在《小满》这一章中,作家以五月、六月的嫂子生孩子开篇,小满在农历节气中意味着水稻灌浆、麦穗小满。小说将农作物的稳穗与女性的孕育繁衍相关联,小满,意味着收获与希望的开始。上述两类节日之外,小说中的"清明"和"寒节"是两个重要的与中国传统的祭祀文化相关的节日,五月、六月的父亲用一整套娴熟而流畅的祭祀礼仪,告诉孩子"祖宗虽远,祭祀不可不诚"的道理。整部小说以"上九"结尾,在热闹喧天的社火表演和皮影戏中,中国的节日就是扎在大地最深处的根,它滋养着一代又一代的中国人。

在小说外显的叙事空间中,作家充分调动两个乡间少男少女的感官、语言、行动,传达出对西部农村每一个节日的认知和感受。而当小说进入隐含的大的叙事空间时,作家的叙事焦点发生了变化,不再是活泼明亮的乡间少年,而是以一个乡村智者形象出现在小说中的人物,通过对他言行举止的评说,作家完成对乡土中国的具象化表达。可以看出,《农历》中主要展示的是一个自给自足的、充满了礼俗仪式的乡土社会。《农历》的写作时间是新世纪以后,这一时期,整个中国社会以前所未有的速度发展。城市化进程的加剧,让中国的许多村庄成为"空心的村庄"或者面临"消失"的窘境,因此,许多作家的乡土叙事自然而然地就带有了怀旧情绪。其实,新世纪以来乡土小说中的挽歌情调,是对20世纪以来"将乡土作为审美对象而非现实对象,通过牧歌与挽歌化的怀乡恋旧式书写来寄托对传统的温情眷恋"① 写作的继承。《农历》与上述小说的不同之处在于，作家有意弱化了这种怀乡恋旧的情绪，小说中对节日仪式、礼俗的详细呈现，竭力营造出一种"在场感"。"礼俗作为一种特殊的行为通过外在的符号、工具、程序以及组织者的权威而具有强制性，会营造出特殊的氛围，使参与者在哀伤、敬畏、狂欢与审美的不同情境中获得行为规范、道德训诫和心灵净化。"② 在作家的笔下，中国传统节日中的仪式、礼俗文化对乡民确实发挥了强大同化和规约作用，西海固这个贫瘠的小山村由此散发着强烈的西北农村的气息，小说也在自我想象、自我审视中建构出一个审美化的乡土"中国之村"的形象。

二 饮食文化中的传统风味

中国自古"民以食为天"，饮食文化是节日文化中一个重要的组成部分。中国人的节日，意味着美食与游戏。《农历》中就写到了不同节日中极具地方色彩的饮食习俗，这些饮食习俗与西海固的天时地理、历史传承、生活环境紧密相关，比如，小说中写五月、六月一家人在元宵节吃的荞麦长面，端午节吃的甜醅子、花馍馍，中秋节的月饼，冬至节的扁食，腊八节的腊八粥，这些食物的原料，诸如做甜醅子的莜麦，花馍馍的白面、蜂蜜和清油，都是西海固农村常见的农作物。除此之外，小说还不厌其烦地描写了这些食物的制作过程，比如"甜醅子是莜麦发酵的，不用吃，光闻着就能让人醉。花馍馍当然不同于平常的馍馍了，是娘用干面打成的，里面放了蜂蜜和清油，爹用面杖压了一百次，娘用手团了一百次，又在盆里饧

---

① 邓小琴:《文化怀乡与自我想象——论文化守成小说中的"中国形象"建构》，载吴秀明主编《文化转型与百年文学"中国形象"塑造》，浙江工商大学出版社2011年版，第325页。

② 汪政:《乡村教育诗与慢的艺术——郭文斌创作谈》，《南京师范大学文学院学报》2008年第4期。

第三章 现代转型与乡村镜像

了一夜,才放到锅里慢火烙的。一年才能吃一次,嚼在口里面津津的,柔筋筋的,有些甜,又有些淡淡的咸,让人不忍心一下子咽到肚里去"①。《农历》里将食物的制作过程、享用食物的过程写得极富仪式感,一方面表现出农民对粮食的珍视,另一方面也表现出农民对节日的重视。食物与节日的礼俗,氛围融合为一体,使得这些植根于西海固大地上的每一个节日、每一种食物都鲜活生动、情趣盎然,拥有着斑斓多姿的地域色彩。

《农历》以十五个节日为核心串联起整部小说的叙述,这部类似散文的小说,没有一以贯之的中心情节和激烈的矛盾冲突,叙事的时间也不长,从元宵之始至上九结束,十五个节日,构成了小说圆融的结构。然而,在这并不是很长的叙事时间中,作者却铺展出西海固人过节林林总总的具体形貌,小说由此形成了一种巧妙而别致的叙事效果,作家站在一个全知全能的视角上,在对西海固节日饮食文化全方位的评析中,其文化立场逐步显露。小说中的饮食不仅是独特的西海固地域风情和民俗文化的反映,同时,作者在对一个地方节日饮食文化的书写中,传达出作家对于传统文化的感知和认同。《农历》中的西海固,实际上处于一个由前现代迈入现代的历史进程。然而,作家笔下的西海固,传统文化的精髓及其强大的同化作用,在西海固人的每一个节日的饮食文化中体现得淋漓尽致。在《中秋》一章中,开篇就写五月、六月的父亲在树上摘梨,摘下了的八十五只梨,父亲做主分给村里的十二户人家,五月和六月一开始不乐意,在父亲的说服下,两人出门送梨,结果回来的时候"厨房的面板上少了六十只梨,却多了数不清的番瓜、菱瓜、苹果、花红、玉米,等等。阳光从窗户里照进来,落在这些瓜果上,有一种别样的味道"②。这种味道,就是分享的喜悦。众所周知,西海固荒寒、

---

① 郭文斌:《农历》,长江文艺出版社2016年版,第94页。
② 郭文斌:《农历》,长江文艺出版社2016年版,第167页。

135

贫瘠，农牧产出极其有限，可是，《农历》中西海固的百姓，却在不同程度上表现出了一种安贫乐道的生活韵味。再比如，《冬至》一章中，六月在吃扁食的过程中，想起父亲说的只有专心吃饭才能对得住美味，不然就是错过，错过就是辜负。因此，他摒弃杂念，专心致志地品尝美食。这一段近乎铺陈的文字让一个日常的冬至节吃扁食的过程变得文化意味十足，散发出迷人的魅力。作家的描述让人感受到这个小山村无处不在的文化魅力，带着难以言明的怀旧气息。也可以说，《农历》里的西海固，就是传统中国的象征。许多评论家认为，《农历》的很多篇章中，大量地引用了诸如《弟子规》《朱子家训》《太上感应篇》《孝经》《论语》等儒家的文化经典，认为小说"体现儒家价值伦理体系在乡土与民间叙事的重要作用。因此，他的小说自然显出一种浓厚的道德力量，呈现出一种有意味的说教色彩"①。然而，个人认为，《农历》中最引人入胜的地方，恰恰是作家在平凡的日常生活的衣食住行中融入了对儒、释、道文化的阐释，颇有一种自然意趣。

将地方饮食作为文学的一种表现对象，在中国现当代文学中并不鲜见。以鲁迅为例，首先，饮食是他批判国民性的切入点，《孔乙己》中的茴香豆，《药》中的人血馒头，在小说中都承担起了此类的叙事功能。其次，饮食也是作家表达怀乡恋旧情绪的一种载体。周作人的《故乡的野菜》《北京的茶食》，汪曾祺的《故乡的元宵》《昆明的吃食》等作品中，都寄托着作家对一方水土的忆念。而郭文斌在《农历》中对西海固饮食习俗的表现，与上述两种路径均有不同，饮食与节日相互映照，传达出的是作家对于传统文化的认知。弗·杰姆逊认为："第三世界的文本，甚至那些看起来好像是关于个人和力比多趋力的文本，总是以民族寓言的形式来投射

---

① 孙纪文、王佐红：《传统文化精神的自觉表现与表达效果——郭文斌小说创作新论》，《文艺评论》2012年第7期。

一种政治。"① 在全球化、城市化进程日益加速、传统文化逐渐式微的当下，郭文斌对节日文化中饮食的关注与表达，就带有更深长文化认同的意味，这个偏僻闭塞的小村庄中的烟火人生、饮食习俗，体现出的都是中国味道和中国精神。

三 审美文化下的诗意传续

20世纪中国文学发展的过程中，地方书写形成了两条比较明晰的写作路径，一条路径以鲁迅、王鲁彦、台静农、柔石、赵树理等为代表的作家，侧重对凋敝、闭塞"村庄"的书写，有着明显的理性色彩和现实主义风格。另一条路径以废名、沈从文、汪曾祺、孙犁等为代表，他们审美视角之下的"村庄"，带着田园牧歌式的优美与浪漫，与前一种写实派一起构成了中国现当代蔚为大观的乡土文学。郭文斌的小说，从表面来看，无论是对受到传统文化濡染的农民形象的塑造，还是对日常生活中节日文化、礼俗文化的细致呈现，都表现出一种对乡村生活审美、诗意的观照，因此，有人评价郭文斌，说他是"北方的汪曾祺"②。可是，笔者认为郭文斌小说中独特的叙事方式，并不是对某个作家简单的模仿或者套用，而是基于自己文化认同和文学选择上的某种神奇的耦合，他们共同穿越时代与环境的阻隔，成就了一种诗意盎然的文学"中国之村"的想象。

郭文斌的小说，大多以西海固为叙事基点，在人们惯常的认知里，西海固是干旱、贫瘠的代名词。然而，郭文斌小说中的西海固，剥离了它尖锐、苦烈的一面，呈现出一片宁静和安详。这是交织着作家童年经验和生命体验的地方书写，字里行间洋溢着浓郁的诗意。作家在回溯自己创作经历的时候曾经说："我想我是在前世就走上文

---

① [美]詹明信著，张旭东编：《晚期资本主义的文化逻辑：詹明信批评理论文选》，陈清侨等译，生活·读书·新知三联书店1997年版，第523页。
② 田频、郭文斌：《最可怕的是假醒——郭文斌访谈录》，《小说评论》2016年第3期。

学道路了，对我影响最大的应该是'农历'，还有'农历'中的父老乡亲，还有生我养我的那片土地。"① 其实，作家所谓受到"农历"的影响，更多是指一种"农历精神"。"农历精神"包含有复杂的内容，但其核心部分，应该是儒、释、道文化影响之下而生成的一种顺其自然与生命的时序更迭，饱含悲悯和感恩的精神。在《农历》的附录《望》中，作者通过一个场景，给予"农历精神"形象的阐释。作者身居城市，深情地回忆起故乡过春节的林林总总，在作者的笔下，节日不仅充满了仪式感，同时也让我们感到一种天与地、世界万物与人类相容相生的美好。诸如他写到大年三十的晚上，一家人守夜至鸡鸣时分，全村人赶着牲口迎喜神："初阳融融，人声嚷嚷，牛羊撒欢，每个人都觉得喜神像阳光一样落在自己身上，落到自家牲口的身上，那该是一种怎样的喜庆。……那一刻，让人觉得天地间有一种无言的对话在进行，一方是大有的赏赐，一方是众生的迎请。一个'迎'字，真是再恰当不过。立着俯，跪着仰，正是这种由慈悲和铭感构成的顺差，让岁月不老，大地常青。"② 汪曾祺认为："作家的责任是给读者以喜悦，让读者感觉到活着是美的，有诗意的，生活是可欣赏的……小说的作用是使这个世界更诗化。"③《农历》无疑是契合了汪曾祺"诗化小说"的精髓，一种洋溢于天地万物之间的和谐、宁静、安详的大美让人陶醉不已。这种弥漫于整部小说中的诗意氛围，正是审美视角之下诗性中国的典型体现。

从艺术手法上而言，郭文斌的小说，是具有诗性气质的散文化小说，因此，它也具有散文"形散而神不散"的韵味。以《农历》为例，小说的开篇写"元宵"，以"上九"结束，从开始到尾声，

---

① 郭文斌：《文学最终要回到心跳的速度——答姜广平先生问》，载《我们心中的雪》，作家出版社2018年版，第263页。

② 郭文斌：《望》，载《农历》，长江文艺出版社2016年版，第346页。

③ 汪曾祺：《使这个世界更诗化》，载汪曾祺著，梁由之编《两栖杂述》，中信出版社2017年版，第212—213页。

第三章 现代转型与乡村镜像

小说结构谨严,自成体系。开篇的第一段,小说的小主人公登场,写五月、六月和娘一起准备做荞面灯盏的过程,这些灯盏是元宵节用来敬神的。接着,五月、六月的父亲登场,这是全书的核心人物,他既是佛法道法的参悟者,也是儒家伦理道德准则的践行者,同时还是农历节日仪式的主持者。全文以节日命名的各个章节之间是平行关系,但是以五月、六月一家尤其是他们的父亲为中心。这种串珠法的结构是传统章回体小说常用的模式。可是,在《农历》中,外显的小说结构是服务于整体内容的,这个乡村中"先生"的形象不仅贯穿了叙事的始终,他的言行举止,也潜移默化地影响了整个村庄,使它成为一个安贫乐道、和睦亲善的圆融的集体。叙事的结构与叙事内容交相辉映、两相切合,这是《农历》结构上的匠心独运之处。

除此之外,儿童视角的娴熟运用,也是郭文斌小说常常为评论家所关注的另一个叙事特点。《农历》之中,两个花朵一般的乡村少年,小说通过他们的眼睛、他们的话语,将农历节日的来历、节日的礼俗仪式以及节日中包含的儒、释、道文化娓娓道来,使得农历的节日鲜活灵动、富有生活气息,同时也充满了文化蕴涵。当然,作家更深远的思考,应该是在这样的"农历精神"中成长起来的孩子,从身体到心灵,都应该是健康且对世界充满祝福的孩子。20世纪30年代,沈从文小说中书写寄托自己"爱"与"美"的边城,他塑造的充满血性的湘西汉子和灵动如小鹿的湘西少女,成为现代文学人物画廊中的经典形象。沈从文想通过这些形象,给老态龙钟的中国以新鲜的血液和力量,从而使民族和国家获得新生。那么,郭文斌在精神家园失落的今天,他塑造的以五月、六月为代表的独具审美魅力的乡村少男少女形象,无疑是作家对未来中国的期许,从这一点上而言,两位作家心意相通,有着异曲同工之妙。

对于小说的语言,郭文斌认为:"作为一个作家,需要时刻检点自己的文字,收敛我们放纵的习气、卖弄的习气。要使自己手中的笔具足方便之德。"① 这种要求落实到具体的小说创作中，我们发现作家往往能够在诗意缱绻、轻灵优美的字里行间，通过清新淡雅的意象，营造出天高云淡的意境，使人物、景物与情感融为一体，试举一例：

> 月亮就从幸福的黑眼仁里升起来了。
> 六月飞速跑到上房，把早已准备好的供桌抱到院子里，又反身，一丈子跳回上房，爹已经在炉子上给他把水温好了。他几下子洗过手脸，转身飞到厨房。大姐已经把供品准备好了。六月怀着无比的神圣感把供品盘子端到院子里。爹已经把香炉摆在供桌上了。
> 供献开始。供桌上有五谷、瓜果、蜂蜜、净水，有热气腾腾的月饼，有姐夫拿来的水烟，还有月光，西瓜瓤一样的月光。②

这段文字，将人物过中秋节内心喜悦、幸福的感受，通过一系列的动词如"跑""抱""跳回""洗""飞"等传达出来，语言极富跳跃性。而对桌上各种供品，以及月光的描写，虚实相生的一组意象，产生了一种奇妙的组合，将农历节日的庄重感与乡村日常生活的素朴感，以及热烈而赤忱的乡土情怀完美融合，举手投足之间，乡土中国浓郁的诗意汩汩而出！

总体而言，郭文斌在《农历》中借十五个农历节日，为我们塑造了一个充满诗情画意和传统文化韵味的乡土中国之村的形象。这一形象的塑造，有助于我们对现代化和工具理性所带来的一系列可能出现的负面因素保持警醒，在喧嚣浮华的消费主义时代，《农历》中充满安详和祝福的生活观，也有助于我们反思自我、重建精神家

---

① 郭文斌：《如莲的心事》，载《永远的乡愁》，长江文艺出版社 2016 年版，第 215 页。
② 郭文斌：《农历》，长江文艺出版社 2016 年版，第 172 页。

园。从这一意义而言,《农历》的出现,是我们这个时代的幸事,值得我们阅读且尊重。

第四节 绘制当代新乡村的心灵版图

中国百余年的现代化进程中,最令人瞩目的社会转型发生在有着悠久农业社会形态和以儒、释、道兼容互补的传统文化为内核的乡村,乡村遂成为现代文学的叙事原型和母题。以鲁迅为代表,对20世纪前半期停滞、凝重的乡村生活图景的书写,传达着比乡村生活表象更为严峻理性的思考——如何在解剖保守扭曲"国民性"的基础上,探寻民族与国家的新生。与鲁迅不同,20世纪二三十年代的废名、沈从文以及其他京派作家,在他们的笔下,乡村呈现出另一派优雅、浪漫、明丽的风貌,充满诗意与隐逸气息田园牧歌般的乡村,成为承载作家"爱与美"的人性、具有特定文化意义的虚实相生的审美空间。此后,这两种关于乡村的写作路向,在不同的历史文化语境中,乡村具象与作家的心象、想象抵牾交融,生息消长,共同衍化出乡村世界的绚烂画卷。

21世纪来临,随着社会转型的加剧,乡村正经历着巨大的变革。"中国社会转型的主旋律有三。"其中"第一个主旋律是从农业社会转向工业社会","第一个转型还在进行着"。[①] 在广袤的农村大地上,这种正在进行的现代性转型不断冲撞着生于斯、长于斯的农民,新一代农民的生长环境、教育背景以及认知方式都不同于以往小说中"老中国的儿女",在全球化、经济体制、多元文化的多重作用下,他们的世界观、人生观、价值观都发生着激烈的裂变。感应着这种变动,2000年,孙惠芬的《歇马山庄》出版,时隔六年,周大

---

① 秦晓、金耀基、韦森等:《社会转型与现代性问题座谈纪要》,《读书》2009年第7期。

新的《湖光山色》问世，两部小说都以处于历史巨变中的农村为叙事基点，通过对一系列生动鲜活的农民形象的塑造，写出了他们在历史变革中复杂的心路历程，由此绘制出当代新乡村的心灵版图。

一　城市与乡村：不同选择中的心灵裂变

新时期以来的乡土小说中，城市与乡村似乎成为一个相互具有悖论的存在，"城市已经成为一种新启蒙的表征，一个充满诱惑力的所在，而农村则成了有待启蒙、亟欲远离的对象"①。高晓声的《陈奂生上城》，路遥的《人生》《平凡的世界》，贾平凹的《浮躁》中，高加林、孙少平、金狗们如同于连和拉斯蒂涅一样，急切地想投入城市的滚滚洪流中去实现自身的价值。虽然高加林、金狗们的奋斗最终功亏一篑，但是他们奋力拼搏的姿态却犹如勇士，虽败犹荣。这些小说的确也指出了当时城与乡之间存在的难以逾越的鸿沟，"在户籍、粮油供应、教育、就业等方面的城乡二元制度安排"，"使得个人在面对集体'大局'时被迫做出牺牲"②。20世纪80年代后期，随着农民入城合法性的确立，大批农民入城，他们的身份由原来的"农民"变成了"农民工"，有关农民"入城"的母题成为当代小说书写的重点，然而，此类小说中关于入城农民形象的塑造，大多依然沿袭着老舍《骆驼祥子》中的"祥子"形象，农民在城市惶惑游离、迷茫抗争乃至最终失败的命运让无数原本应该鲜活生动的"这一个"成为面目模糊的"这一类"。

21世纪以来，城市与乡村的界限日益模糊，很多作家充分意识到城与乡的血缘关系，"城市是由农村发展而来的，城市和农村有着千丝万缕的'血缘'联系，它们本来就不是对立的，而是一个联系的过程，是历史进化的过程，这样一个'进化'过程的'历时'性

---

① 刘大先：《三农问题与"社会分析小说"的得失——公私之间的高晓声》，《中国现代文学研究丛刊》2018年第2期。
② 刘大先：《从后文学到新人文》，上海文艺出版社2021年版，第173页。

第三章 现代转型与乡村镜像

又被现实存在赋予于一种'共时'的空间中……又成为一种相互依存状态"①。当城市资本进入农村，农村逐渐焕发新颜：纵横阡陌的公路，四通八达的网络，整齐划一的"新农村"屋舍，形态各异、功能齐全的现代化农具、交通工具，农村正以崭新的面貌林立于小说文本。当然，在农村物质生活表象书写的同时，作家将更多的笔触深入农民深层的心理结构中，写出他们在时代洪流中的精神嬗变的整个过程。

孙惠芬《歇马山庄》和周大新的《湖光山色》中，都出现了在农村与城市之间进行抉择的女性，虽然她们的人生际遇、性格品质以及对待爱情、婚姻的态度迥然不同，但是，她们在城与乡的选择中所折射出的复杂的情感态度和心路历程却成为新时代农民青年的典型代表。

《歇马山庄》中的小青，在整部小说中，她是区别于女主人公翁月月的一个配角。但是每一位读过小说的读者，都无法忽视小青的存在。因为相比于翁月月，小青身上体现出更多农村女性的新特质。这是一个典型的于连式的人物，对爱情毫不含糊，主动进攻，为了达到自己的目的，也敢于破釜沉舟。小说中对于小青的人物塑造，始于她的少女时期。相比于歇马山庄其他的女孩，殷实富庶的家境让她有着更多人生选择的可能，所以，父亲四千元的学费，让她能够以"自费生"的身份进入县城的重点高中就读。进入县城之后，小青以超乎常人的毅力，一路从"自费生"考到了各科的前三四名，成为校长口中的优等生，让所有城里的学生都对她刮目相看。然而，第三学期末她的成绩急剧下降，因为她恋上了语文老师房一鸣。对老师的相思之火焚烧了小青，她高考落榜，却意外在老师的帮助下进入卫校。相比于读高中时期的小青，在失败的单相思中她悟出"没有男人拒绝爱情，不管相差层次多高"的人生哲理，就立马化身为勇敢的女战士，

---

① 张德祥：《厚土薄收望文坛——二十世纪农民形象在文学中的沉浮》，载李复威编选《世纪之交文论》，北京师范大学出版社1999年版，第421页。

显示出不达目的誓不罢休的劲头。她以青春的身体为诱饵，以爱情为名义，俘获了年过半百的老校长，她最终的目的就是通过俘获校长继而留在县城，远离歇马山庄。然而，她的愿望却最终落空了。为了留在城市，小青付出的代价不可谓不沉重。可是，区别于80年代乡土小说中费尽心思想要立足于城市完成自己人生愿景，却被沉重的现实一次又一次打回原形，最后只能匍匐于黄土地上忏悔的高加林们，在孙惠芬的笔下，小青的回归反而带着戏谑和荒诞的色彩，她将成功地挑起老校长的欲望后顺利撤退看作一种对其不遵守诺言的报复，然后在父亲的安排下，顺利地接任了乡村卫生站的大夫一职。

　　小说前半部分关于小青在城与乡选择的勾勒中，作家看似主要从人物的言行举止、穿衣打扮等外部因素进入，然而孙惠芬认为："文学要反映人的心灵，心灵涉及到强者也涉及到弱者。"① 同时，"最好的小说，是写出了素常日子中素常人生的素常心情，是写出素常心情中蕴含着的素常人性"②。所以，孙惠芬从外部刻画人物的同时，极其巧妙地在小说的字里行间用白描的手法写出了小青复杂的心理，我们因此能够清晰地读出她以女性的身体为诱饵留在城市时的心理动机，也能够察觉当目的没有达成之后，她又以展示自己成熟女性的身体魅力而征服同是城里人许强的快感，以此来填平心里巨大的空虚。在与嫂子的交谈中，她对自己不是处女这一事实供认不讳且没有任何的羞愧与不甘。凡此种种，不必说与鲁迅笔下因为"不洁"而决定捐献门槛的祥林嫂相差十万八千里，就跟新时期的巧珍、兰花们这些还处在连刷牙都被看作怪事的前现代的征途上的女性也大相径庭。我们不禁会问，谁给小青如此的自信，让她能够自如地在城与乡之间切换，究其原因，最大的可能是原本横亘在城乡之间无法逾越的鸿沟已经被填平，孙惠芬无须像路遥一样，需要在

---

① 孙惠芬：《自述》，《小说评论》2007年第2期。
② 孙惠芬：《让小说在心情里疯长》，《山花》2005年第6期。

第三章　现代转型与乡村镜像

小说中构筑出"城乡交叉地带"来安放这些上进却又不得志的青年的身体和灵魂。新世纪的小青们，身处乡村而遥望城市，城市已经不是一个遥不可及的辉煌梦境。她们坚信，只要付出相应的努力和代价，就一定能够扎根城市。她们与城里姑娘一般无二的前卫的梳妆打扮、淡薄的贞操观念，以及自由自主把控人生之路的信心，都表明她们已经是走在现代化之路上的新乡村女性。

如果说，《歇马山庄》中的小青是作家用现实主义的笔触塑造出的乡村真实典型的"这一个"，那么《湖光山色》中的女主人公暖暖，则沾染着作家理想主义的笔墨进入我们的视野。小说一开始，周大新首先写暖暖的愿望："暖暖那时最大的愿望，是挣到一万元钱。存折上的数字正在缓慢地向一万靠近，有几个夜晚，暖暖已在梦中设计这一万元的用法了。"① 相比于《歇马山庄》中家境富庶的小青，暖暖的愿望更实际也更具代表性。然而，父亲的来电打破了暖暖的理想，母亲病重，她不得不中断在北京的生活，回到故乡楚王庄。因为母亲的病，暖暖一家花光了积蓄，而暖暖只能留在她一直想逃离的楚王庄。

高考落榜后，暖暖的人生终极理想就是在城市里打工、挣钱，然后邂逅一个和她两情相悦的小伙子，结婚生孩子，在城里买房，继而成为名正言顺的城里人，这是她为自己设定的人生目标。"城市既是人类解决共同生活问题的一种物质手段；同时，城市又是记述人类这种共同生活方式和这种有利环境条件下所产生的一致性的一种象征符号。"② 城市这一象征符号，对于大多数农村青年有着致命的吸引力，所以才会有中国当代文学中醒目的"进城青年"群像的出现。可是，也正如现实生活中许多欲离村而不能的农村女性，暖暖不得不留在楚王庄。

---

① 周大新：《湖光山色》，人民文学出版社2014年版，第2页。
② 刘大先：《城市的胜利与城市书写的再造》，《小说评论》2018年第6期。

然而，相比于新时期乡土小说中对此类女性的结婚—生子—老去的人生规划，周大新《湖光山色》的叙述此时显示出了新质。暖暖没有屈从命运，虽然出现的除草剂事件造成了暖暖难以言喻的伤痛，因为这次被骗的经历也导致了她后来的失身。可是，她并没有因此一蹶不振，而是反思自己急于致富逃离农村的急功近利的心理，在种地—打渔中回归波澜不惊的生活。

生活的转机出现在她邂逅谭教授之后，她迅速地在谭教授探访楚长城的过程中获得商机，开始以楚长城为契机，兴办旅游业，整个乡村的命运都被她改变。小说的结尾，暖暖以导游的身份，带领来自不同国家、不同地区的游客登船游览：

> 暖暖这时用她刚学到的英语说道：女士们，先生们，请把你们的目光移向烟雾的上部，在那儿，你们会看到你们心中特别想看到的东西。众游客闻言，便都抬眼看去，很快，人们就不断地或用英语或用汉语叫道：我看到了两辆奔驰轿车……我看到了一个巨大的葡萄酒窖……我看到了一座庄园……我看到了一群美女……①

小说的结尾，作家用理想化的笔触，在现实与幻境的结合中，将一个处于商品经济大潮中能够紧抓机会、自主奋进的乡村女性的形象鲜活地勾画出来。小说立足于新世纪城市化进程中乡村社会转型的事实，在对暖暖奋斗历程的书写中，呈现出植根于乡土文化土壤中中国农民的心灵史。在暖暖的心理结构的深层，对城市生活的渴望和对农村固有生活方式的排斥构成了她寻求机遇、尝试变革的原动力，但是在变革的途中，她并没有像詹石磴和旷开田那样利令智昏，而是在抵御城市的奢靡之风中谨守道德底线，维护乡村纯净、

---

① 周大新:《湖光山色》，人民文学出版社 2014 年版，第 344—345 页。

和谐的环境。这是《湖光山色》的过人之处，小说通过对一个处于时代变革之中年轻乡村女性心灵曲折变化的过程的书写，告诉读者，乡村的振兴绝非一朝一夕，也绝对不是将其改造为另一个城市，乡村只有在遵循其自身特点和规律的基础上才能健康发展。

二 传统与现代：当代农民精神图谱的绘就

《歇马山庄》与《湖光山色》中，两位作家以开放性的精神探索，解开了20世纪八九十年代小说中对传统乡土的悲悯、赞美以及向往的古典情结，也突破了以往乡土写作中在道德观念和文化心理上的单一和狭隘，以更加宏阔的精神视野，在传统与现实的两级维度中完成对当代农民精神图谱的绘就。在权力、欲望以及人性等多个层面展现中，表达着作家对乡村现代转型的理性审视与切实思考。

两部小说中的叙事基点都是村庄，作为中国最基层的单位，村庄曾经在20世纪中国文学中扮演了极其重要的角色。在鲁迅、沈从文、废名、赵树理、李锐、郑义、阿来的笔下，出现了未庄、茶峒、黄梅村、刘家峻等一系列风格各异而又发人深思的"村庄"。可是，《歇马山庄》与《湖光山色》中的村庄书写，从小说中人物对村长一职的追逐中，可以看出传统文化心理结构中对权力的崇尚与认同。

《歇马山庄》以月月和国军的婚礼开篇，而后紧接着写到了月月的婆婆古淑平和公公林治帮数礼金的场景。这本是乡村人情来往中常见的一幕，"广阔的土地，日头连着月亮没有变化的苍郁和寂寞，实在需要人情的搅动，到别人家去搅动是出礼钱，把别人唤到自家来搅动是回收礼钱，一出一收，便是乡村相对永恒的生活主题"[①]。可是，林治帮家的礼金远远超出了他们的预期，究其原因，是因为林治帮是歇马山庄的村主任，"林治帮看重这一万二千块钱的分量，

---

① 孙惠芬：《歇马山庄》，人民文学出版社2000年版，第6页。

是因为它展示了山庄人对村主任的尊重，展示了他作为一个农民儿子办事过日子的宽阔道路"①。从这段关于林治帮的心理的描述中，我们可以看出他的成就感和满足感。从前文的叙述中我们知道，林治帮十年之前曾经走出山村，作为基建队的包工头挣过大钱，这也是他回到歇马山庄之后能够当上村主任的主要原因。由此可见，能不能挣钱，是不是有钱成为歇马山庄人衡量一个男人是不是"有脓水"的重要标志，金钱与权力依然是占据乡村生活的主潮。然而，一场突如其来的大火打破了林治帮家的平静与和谐，紧接着，噩运似乎一波接一波地光顾着他们家，先是儿子被一场大火烧出了"性无能"；紧接着儿媳在新婚后回娘家的晚上，受到不明之物的袭击；女儿小青留在城市的梦想破灭，只能回乡。为了家宅的安宁，他在儿子、儿媳的劝说下，准备辞去村支书一职，让更年轻也更富有干劲的买子继任。

在不断加速的"去乡村化"的过程中，对乡村权力的书写因为联结起乡村深层的文化心理积淀、价值取向、伦理观念以及风俗习惯等不同的侧面而成为新世纪乡土小说中作家着力表现的对象。相比于李佩甫《羊的门》中的呼天成、贾平凹《秦腔》中的夏天义，林治帮的形象只能是众多村支书或村主任形象中泯然于众人的一位，但是，因为他的决定牵扯出了整个歇马山庄人情世故以及风俗习惯的改变，由此可见乡村权力的致命诱惑力！

> 买子当上村长之后，四瓶酒便仿佛是四颗炸弹，一下子炸乱了山庄人心里的平静，它先是滚雪球一样由四瓶酒变成八瓶酒，而后由八瓶酒变成送给干爹的厚礼，再后，由并非"答人情"变成"浇油"。在歇马山庄，事成之后答人情送礼是一个亘古不变的风俗习惯，买子的四瓶酒，让他们突然发现了在他们

---

① 孙惠芬：《歇马山庄》，人民文学出版社2000年版，第7页。

第三章　现代转型与乡村镜像

惯常不变的生活机制里，潜藏着一种他们一直未曾觉悟的方式，那便是"浇油"。浇油工程是车行之前的工程，是先于目的的工程，浇油的灵感也许来自于某一个赶车人偶尔的联想。"浇油"风鼓噪着歇马山庄，水库两岸的所有人家都被一种欲望滋润着，就像春雨复苏了土地，家家户户都在毫不相干的村干部乡干部身上收索着希望。在歇马山庄的新时期里，"浇油"事件其实早就有过，林治帮从镇基建队队长手中敲下第一个工程，古本来为了两个儿子，每年下苹果时把老师请来家吃一顿而后载走一筐苹果，包括那些年想出民工的男人年底杀猪请林治帮到家里吃猪肉，都属"浇油"，只是有的进行在暗里，不被乡亲知道，或者即使知道，也因为那目的太遥远，浇的油太少太不起眼，而阻隔了大家的思索。买子由一个野人似的窖民一跃而为村长，"浇油"这种无中生有的魔力便如歇马山庄生命力顽强无比的爬墙虎，在曲折的街脖上伸展、攀爬。[1]

从上述引文中我们可以看出买子当选村主任在歇马山庄引起的震动，让整个歇马山庄的人由原来的"答人情"一变而为"浇油"，"答人情"既是歇马山庄的一种风俗习惯，也是一种传统的交往模式，亦即在别人帮忙之后对人的一种回报，这是一种典型的传统乡土社会人与人交往的习俗。"浇油"则是为了达成某种目的而事先送礼，有着很强的功利性。费孝通在《乡土中国》中认为，传统的乡土社会由于语言、环境、风俗的共同性，乡民们有着"持久的真正的共同生活"，这种基于地域限制的共同居住极易形成一种"地缘共同体"[2]。这种因熟悉而亲密，因亲密而产生的患难与共的乡土人情构成了传统乡土社会的基本底色。然而，买子的

---

[1] 孙惠芬：《歇马山庄》，人民文学出版社2000年版，第128—129页。
[2] 费孝通：《乡土中国》，上海人民出版社2007年版，第9页。

当选,以及村民口中他送给林治帮的四瓶酒,彻底地打破了歇马山庄原有的温情脉脉的人际交往,金钱取代了一切!这也为后文歇马山庄的众多女性青睐买子埋下了伏笔,金钱与权力胶合,正以迅雷不及掩耳之势冲击着传统的乡土社会,它分崩离析的声音如此震耳欲聋!

与《歇马山庄》中侧重从伦理制度、风俗习惯以及人际交往等方面切入权力对乡村社会的侵袭书写不同,《湖光山色》中作家主要从人性方面入手,书写人在掌握权力之后萌生的欲望,欲壑难填中人性被扭曲、被戕害的整个过程。周大新以一种宏阔的时代意识,不仅从精神向度和价值选择两方面书写掌权者的隐秘心理,同时也对笼罩于权力之下的普通民众给予观照,从而写出乡民们在传统官本位、权力崇拜以及现代思想意识之间的犹豫、徘徊乃至觉醒的精神历程。

《湖光山色》中,楚王庄的支书名为詹石磴,这是一个将手中权力能够最大化利用并为自己谋取福利的人。"主任家的房子是一座两层楼,这是楚王庄最好最气派的房子了。""他家地里的活也有人抢着干。"于是他觉得"楚王庄能把我扳倒的人只怕还没生出来!"[①]这种来自传统文化心理结构之中对于权力的认知和崇拜,让一个普通人成为掌权者之后,自我满足感和认同感迅速膨胀,因此,以权谋取私利和仗势欺人的行为时时发生。因为除草剂事件,开田被抓去派出所,暖暖为了开田去求詹石磴,结果他阳奉阴违,背地里使坏,最后还乘机凌辱了暖暖作为对她没有嫁给自己弟弟的报复。偶然的一次机会,暖暖抓住了以楚长城为目标兴办楚王庄旅游业的机遇,为了扩大经营规模,暖暖去求詹石磴批宅基地,结果他又一次以此为要挟侮辱暖暖,还大言不惭地说:"回去告诉开田,让他盖房子吧,就在你们现在的院子前盖,想盖多大就盖多大,没人会拦你

[①] 周大新:《湖光山色》,人民文学出版社2014年版,第52页。

第三章　现代转型与乡村镜像

们。实话跟你说，没有啥子表格，也不需要填啥子表格，只需要我说一句'行'，你们就可以盖房子了！""我早就给你说过，在楚王庄，凡我想睡的女人，还没有我睡不成的！这下你信了吧?！你一次次地躲我，躲开了吗?"① 由此可见，权力和政治话语权的耦合成为一种强大的力量，让长期受到传统"官本位"思想影响的农民不得不屈从于他们的权威。小说通过对詹石磴形象的刻画，对于肆意蔓延的乡村权力予以理性的批判。

《湖光山色》中詹石磴的形象，是一个在乡村权力与传统思想意识中浮沉的典型一村之长，他与新世纪乡土小说中为数众多的村长一样，从日常生活到个人欲望，权力被他们无所不用其极地利用。可是，小说更为独到之处在于，作家充分地沉入人性的底层，突破新时期以来乡土小说城乡二元对立的思维模式，以更深入、更透彻的笔触塑造了一位新村长的形象，写他从一个老实、憨厚的农村小伙一路通过发家致富继而登上楚王庄权力顶层的过程，以及这一过程中他性格的变化以及由此引发的人性的异化。从而突破"按照一个简单的意念或特性而被创造出来"② 人物形象的窠臼，塑造出了一个充满多义性的"圆形人物"。

旷开田和暖暖，因为楚地居丰厚的收入，引来詹石磴的不满，他以破坏楚王庄的生态为由，禁止他们搞旅游。为了彻底扫清障碍，在妻子暖暖的帮助下，旷开田成功地将詹石磴挤下权力的宝座，他也由原来一个连媳妇都娶不起的农村穷小伙一跃而为楚王庄的掌权人，于是便陷入权力的幻境中无法自拔。小说真实地书写了旷开田本身性格中的"狠"与权力相结合后人性的异化，他的所作所为比詹石磴有过之而无不及：得知暖暖曾经失身于詹石磴的事实，他不顾往日情义对妻子大打出手；为了争取更多的游客，他放任薛传薪

---

① 周大新：《湖光山色》，人民文学出版社2014年版，第108页。
② [英]爱·摩·福斯特：《小说面面观》，苏炳文译，花城出版社1984年版，第58页。

151

将"赏心苑"变成了寻欢作乐的场所;为了报复詹石磴,他让詹石磴目睹他人对其女儿润润的凌辱。由此可见,即使已经进入21世纪,权力意识依然沉积在乡民们心理结构的深层,成为一种时代相传的因袭的重负。更为可怕的是,当资本涌入农村,金钱与权力的结合以更为复杂更为强大的力量异化着人性,影响农村向着健康文明的路向发展。

值得庆幸的是,在权力、金钱、欲望的阴霾笼罩下的楚王庄,出现了一位能够拨云见日的女性。作为有着一定城市生活经历的女子,暖暖的个性中融合了传统女性的吃苦耐劳和现代女性的独立上进,因而她能不断在人生的困境中坚强突围,继而开创属于自己的事业版图。更难能可贵的是,暖暖坚守人性中的美好和善良,感召、引领和修正了人性中的丑恶与兽性,换来了楚王庄健康、和谐的发展之路。正是在对人性深度的拓展中,《湖光山色》在多元化的现实视野中完成了对乡村人性的书写,从更深更广的程度上拓展了小说的意义内涵。

城市与乡村、传统与现代的冲突是乡土文学书写的重点,亦是一个永恒的主题,但是"一元化的审美或批判成为'五四'以来乡土作家难以摆脱的创作枷锁"[1]。孙惠芬的《歇马山庄》和周大新的《湖光山色》突破了上述乡土文学创作的窠臼,两位作家清醒地认识到"乡村中国深层结构的坚固和蜕变的艰难"[2],从而在传统与现代、城与乡的冲突中完成了对新世纪农民精神图谱的绘制,由此昭示出在全球化、城市化进程加快的今天,当乡村的"超稳定文化结构"逐步解体,如何在法治的基础上,建立公平、民主的新的乡村伦理秩序是当下乡村面临的首要问题。

---

[1] 丁帆:《中国乡土小说生存的特殊背景与价值的失范》,《文艺研究》2005年第8期。
[2] 孟繁华:《乡村中国的艰难蜕变——评周大新长篇小说〈湖光山色〉》,《名作欣赏》2009年第3期。

三 感知到认知：乡村写作经验的形成与表达

全球化、城市化进程中的乡村正经历着前所未有的变动，许多一直以来坚守乡土，以对乡村进行追踪描写为己任的作家，在新世纪中国乡村的剧烈变动中都开始感到茫然惶惑，贾平凹曾坦言："农村的变化我比较熟悉，但这几年回去发现，变化太大了，按原来的写法已经没办法描绘……起码我记忆中的那个故乡的形状在现实中没有了，消亡了。"① 其实，有此困惑的不仅贾平凹，因为中国乡村新世纪以来在深度与广度上呈现出的新变化、新特点，让既往的乡村写作经验失效，乡村的变化已经完全超出作家的经验范畴。有学者认为，"我们讲述中国乡村的故事就是在讲述中国的故事，只有中国乡村的故事才是最为深刻丰富的'中国故事'"②。然而，如何在全球化、城市化的背景之中讲好乡村故事，不仅关涉到作家如何进入乡村、如何获得乡村经验的问题，同时也关涉到如何讲、怎样讲的问题。事实上，乡土写作中写出乡土生活的表象并不难，难的是如何透过表象深入乡村的深层，写出社会转型期中国乡村变化中隐藏的心灵裂变，这是摆在每一位乡土写作者面前的挑战。值得庆幸的是，我们在孙惠芬和周大新的小说中看到了他们卓有成效的探索。

首先，两位作家都能够应和急剧变动的乡村社会，在"常"与"变"之中思考乡村的现实与未来，及时更新自己的写作经验，而这种更新，很大程度上依赖于他们与自己的故乡建立了血肉联系。孙惠芬认为，每个人都对自己的故乡情有独钟，故乡的一山一水、一草一木都已经沉积在自己的精神与血脉中。因此，她笔下的歇马山庄虽然是虚构的，但是小说中的人物的人生故事、他们的情感方式、生活态度，都打上了自己故乡的烙印，成了自己小说中的故乡。周

---

① 贾平凹、郜元宝：《关于〈秦腔〉和乡土文学的对谈》，《上海文学》2005 年第 7 期。
② 李云雷：《如何开拓乡村叙述的新空间？——以世界视野考察当代中国文学》，《江苏社会科学》2013 年第 4 期。

大新自述写作小说的缘由："由于城市化的进程和城市资本向乡村的流入，中国的乡村正发生着巨大和深刻的变化，身为一个农民的后代，我热切地关注着这种变化。在我的故乡，这种变化，使我的父辈、平辈和晚辈们既感到高兴和充满希望，又感到惶惑、不安和痛楚。为了表现出这种心态和心境，我写了这部书。"① 由此可见，对于变动中的故乡与故乡发生变动的深入了解，是两位作家能够栩栩如生地绘制出当下乡村日常生活图景以及乡民心灵之象的主要原因。具体到小说写作中，这种写作经验就变成了乡村书写中情感的升华："我的《歇马山庄》是带着对乡村的怀念来写的，因为这种怀念太巨大了，内心的这种渴望太巨大了，我写得很有激情，而恰恰是因为这种激情，调动了我多年来乡村生活的体验、感受，和整个对乡村生活的认知。"② 正是在这种乡村生活的认知和情感的升华中，两位作家刻画出了在城市与乡村、传统与现代之间徘徊的乡民的群像，再现小说人物的情感命运，展现当代农民生活的本质特征。

其次，具体到小说的创作中，两位作家都表现出将乡村写作经验与乡村故事结合的卓越才能。两部小说都从普通、平凡的日常生活起笔，在对乡民们"一日三餐""婚丧嫁娶""是非纠葛"的日常生活琐事的叙写中，在对他们悲欢离合、爱恨情仇和生老病死的铺叙中，作家将处于历史变动时期的乡间小人物的人生状态和盘托出，以小见大地折射出整个乡村社会的人际关系、伦理秩序以及民风民俗。同时，两位作家在客观写实的基础上，充分发挥主体精神，发现了隐藏在乡村生活表象之下的潜流，以对他们心理的深度描摹，写出了他们精神嬗变的整体过程。《歇马山庄》中，孙惠芬写月月、国军和买子复杂的情感纠葛，作家毫不避讳地写到打破月月与国军幸福、美满生活的主要因素，就是国军的"性无能"。小说以近乎西

---

① 仲余：《第七届茅盾文学奖授奖辞及获奖作家感言》，《中学语文：读写新空间（中旬）》2008 年第 11 期。

② 孙惠芬：《自述》，《小说评论》2007 年第 2 期。

方现代主义"意识流"的表现方法,写出了女主人公月月由费尽心机给国军治病到出轨买子这一过程中矛盾、复杂、痛苦的心理,呈现出对乡土生活与生命本义的描摹。《湖光山色》中,暖暖让开田扮演情景剧《离别》中的楚王,从他一开始的不情愿到后来越来越积极,越来越顺畅的书写,以及对他"就是心里觉着很快活,眼见得那么多的人都簇拥着你,都对你毕恭毕敬,无人敢对你说半个不字,他们都是你的臣民,你可以随意处置他们,这让人心里特别顺畅、高兴"[1]心声的描述,反映出权力对人性异化的真相。

最后,小说在理性的乡土现实的书写中,以满腔的情感构建出承载作家一己乡情的具有浓郁地域色彩的时空体。孙惠芬的歇马山庄和周大新的楚王庄,成为中国文学版图上又一独特的存在。《湖光山色》之中,作家用中国画的泼墨写意的手法,画出了长满绿树青草的山坳,一望无际的丹湖,绵延的伏牛山峰以及林海,营构出一幅典型的中原地区的风景图。而在暖暖和开田家里,首次来到楚王庄的谭教授受到夫妻俩的热情招待,小说以工笔描摹的技法,详细地书写暖暖给谭教授准备的晚餐:"一个油煎干南瓜花,一个辣椒炒干豆角,一个韭菜炒鸡蛋,一个蒸马齿菜。饭是暖暖自己和面擀的长面条。"[2]小说中这顿典型的农家饭让谭教授胃口大开,而我们通过作家的笔,也似乎闻到了小说中饭菜诱人的香味。《歇马山庄》中,孙惠芬以充满情感色彩的、抒情的语言书写歇马山庄的山山水水、一草一木、一砖一瓦,塑造出了多维立体的"歇马山庄",完成了她努力用笔"打开一个乡村通向城市的秘密通道,使人们能够在一个相对封闭的地方,看到一个相对通透的世界,看到人类所能有的生命的秘密和命运的本质"[3]的书写初衷。

---

[1] 周大新:《湖光山色》,人民文学出版社2014年版,第225页。
[2] 周大新:《湖光山色》,人民文学出版社2014年版,第88页。
[3] 孙惠芬:《乡村生活进入了我的灵魂》,中国作家网,http://www.chinawriter.com.cn,2007年3月19日。

第四章　个体记忆与边地形象

第一节　新世纪长篇小说中的边地形象及其美学

进入21世纪以来，虽然北京、上海等现代化的大都市依然在小说的生产传播、标准确立以及解释与经典化等方面发挥着持久的影响力，但不可否认的是，小说中"边地"形象的崛起成为一种令人瞩目的现象。所谓文学的"边地"指处于文学话语"中心"和"集散地"之外的区域。西藏、新疆、青海、甘肃、内蒙古、宁夏以及云南、贵州、四川、东北的边疆和边区在21世纪之后都出现了新兴的作家群体，整个中国文学的地图日益成为一张由各个不同平衡节点所构成的复杂网络。究其原因，一方面是艺术生产与物质生产的不平衡关系造成的：经济基础薄弱、发展落后的地区，文学的发展不一定落后；反之，经济基础雄厚、发展良好的地方，文学发展未必一直处于领先地位。另一方面，也与作家对边地的重视有关，当社会以前所未有的速度向前发展时，边地也逐步被纳入现代化的进程中去。"所谓现代性、世界性和全球化这些东西，说穿了，就是均质化。某些地方被定义为世界和中心，大多数地方的地方性则失效，成为中心的边缘。"① 正是在被"均质化"的焦虑中，红柯从故乡关中大地出走，跃马天山十年，在边疆建立自己的"大美"文学世界。

---

① 何平：《引言：地方的幻觉》，《花城》2021年第3期。

梅卓、董立勃则坚守边地，在追溯西北大地历史与现实的过程中，表达着他们对生命强力、温暖人性的赞颂。阿来、王华、肖江虹在对西南边地命运流转与迁徙的书写中，寄托对故土的深思与忧思。迟子建守望在东北的额尔古纳河右岸，以温暖诗意的笔触，讲述一个古老民族的历史文化变迁。值得一提的是，这些作家在书写边地的异质和独特的同时，都表现出一种相似的文化认同：在传统"大一统"思想的影响下，在作家对迥异于"中心"区域的"边地"形象的塑造中，内在层面都指向一种"中国形象"的形塑。

一 边地风景：自然物象的复魅或返魅书写

现代工业文明的发展带来的直接后果，是在科学与理性精神的烛照之下，原先笼罩在自然之上的原始、神秘的面纱被揭开，人与自然的和谐关系被打破，自然被"祛魅"。列维·布留尔认为，在诸神和上帝还未从人们心中退隐之前，自然界还受到宗教和神话的保护，而在诸神和上帝被技术理性杀死之后，自然界的万事万物不再受到神圣者的保护，丧失了任何魔力，只能听人宰割。[①] 当然，这种"祛魅"是人类的伟大进步，也是人类发展的一种标志。它在一定程度上消除了人对自然的非理性认知，从而以更科学、更理性的态度看待自然万物。然而不可否认的是，人类在对自然"祛魅"的同时，对自然的敬畏与信仰也因此被去除，人类开始随心所欲地利用和改造自然，从而满足自己的欲望。人类对自然无节制的开发和利用，带来了自然环境的恶化，也使人自身陷入危机之中。较之中心区域的作家，边地作家更为清晰敏感地感知这种情况，尤其是自然祛魅带来的一系列诸如土地沙化、水土流失、森林被乱砍滥伐等现象。于是，他们开始重新思考人与自然的关系，在小说中对自然进行"复魅"或"返魅"书写，以此来对抗对自然的工具理性态度。

---

① ［法］列维·布留尔：《原始思维》，丁由译，商务印书馆1981年版，第59—60页。

新世纪中国长篇小说的地方书写

关于自然的复魅和返魅书写，首先是作家对自然风景的"发现"和"人化自然"的过程。新时期以来，在反思、知青以及寻根小说中，有大量对于风景的"发现"，小说中的风景，往往作为一种沉积在作家创作心理和创作意识深层的情结，他们对于作为一种地域文化表征存在的自然风景，有着难以割舍的情感，边地的旷野、沙漠、林海、荒原、冰川、雄峰以及骆驼、马群、藏獒、野鹿等，因为作家赋予的"人化"观照而充满了灵性。作家梁晓声在《今夜有暴风雪》中的书写就极具代表性：

> 像台风在海洋上掀起狂涛巨浪一般，荒原上的暴风雪的来势是惊心动魄的。人们最先只能听到它可怕的喘息，从荒原黑暗的遥远处传来。那不是吼声，是尖利的呼啸，类似疯女人发出的嘶喊。在惨淡的月光下，潮头般的雪的高墙，从荒原上急速地推移过来，碾压过来。狂风像一双无形的巨手，将厚厚的雪被粗暴地从荒原上掀了起来，搓成雪粉，扬撒到空中，仿佛有千万把扫帚，在天地间狂挥乱舞。大地上的树木，在暴风雪迫近之前，就都预先妥协地尽量弯下了腰，不甘妥协的，便被暴风雪的无形巨手折断。暴风雪无情地嘲弄着人们对大地母亲的崇拜，而大地，则在暴风雪的淫威之下，变得那么乖驯，那么怯懦……①

对于荒原上暴风雪淋漓尽致的书写，其实隐含着作家将暴风雪"人化"的过程。在这样一种险峻、酷烈的自然环境中，知青们用年轻的生命和热血去征服自然，因此，北大荒的暴风雪与他们的热血青春形成了一种异质同构的关系，他们的生命在与边地自然的搏斗中显示出意义："大自然人格主题的确立，就是将人的主观意志灌输

---

① 梁晓声：《今夜有暴风雪》，中国物资出版社2008年版，第182页。

到自然的内核中,成为它生气灌注的灵魂。——'自然'不仅仅呈现出那种在知青文学第二次回顾中时常有的温柔、宁馨的韵致,还显现出了野蛮、狰狞、恐怖和血腥之气。当然不是那种令人厌恶的恐怖,而是令人赞扬和渴慕的狰狞。"①"正是由于边地具有'野蛮、狰狞'的特性,才能更加映衬出知识青年灿烂的青春之光。"② 由此,梁晓声等知青作家在边地的"风雪""荒原""高山"之上,演绎出他们的人生理想和追求,这些边地宏阔、壮伟的意象,也成为作家寄托理想主义和英雄主义的最佳着眼点。

在新世纪长篇小说的边地风景中,也有类似这样的书写,最典型的一个风景意象是沙尘暴。在大多数人眼中,沙尘暴无疑是一种自然灾害。而边地作家眼中的沙尘暴,却代表着一种野性和重生的力量。红柯小说中的"喀拉布风暴冬带冰雪,夏带沙石,所到之处,大地成为雅丹,鸟儿折翅而亡,幸存者衔泥垒窝,胡杨和雅丹成为奔走的骆驼"③ 的黑色沙尘暴就是一种爱情的风暴,因为它象征着一种经历痛苦之后的新生。红柯说:"我很喜欢草原人用喀拉布风暴来定义这一罕见的气候特征,从地精到燕子到黑风暴恰好是一个人情感和精神世界痛苦不堪的写照。""喀拉布风暴即黑沙暴就是爱情风暴,就是对人类心灵和精神世界永恒不变的探寻。"④ 在小说中,张子鱼就是经历了这样的风暴的洗礼,褪去了曾经在爱情中的重负,接受了叶海亚的爱情,获得了新生。除此之外,郭雪波的《沙狐》、京夫的《鹿鸣》以及雪漠的《野狐岭》中都有关于大风暴的书写,风暴袭来之时,天地一片混沌,仿佛世界末日:"末日来临的时候,我首先看到的,是一个巨大的黑熊,从野狐岭上,扑向天空,只一

---

① 宋耀良:《十年文学主潮》,上海文艺出版社1988年版,第145页。
② 雷鸣:《映照与救赎——当代文学的边地叙事研究》,人民出版社2013年版,第65页。
③ 红柯:《喀拉布风暴》,重庆出版社2013年版,扉页。
④ 赖义羡:《红柯:喀拉布风暴就是爱情风暴》,中国作家网,http://www.chinawriter.com.cn,2013年11月5日。

下，就咬去了天的西北角。然后，黑熊便开始喝天。它真的是在喝天，它张了大口，一吸，天就成了液体，流进了它的嘴。它就那样一口一口吸，只消几下，天就没了。"① 这应该是只属于边地的、带着毁灭力量的风暴，它在雪漠的小说中是一种死亡的象征，因为风暴就是这支驼队神秘失踪的原因，但是小说中让人恐惧的风暴中同样蕴含着爱与生命。人在这里是渺小的，可是人类的爱却是伟大的，唯其如此，小说中的主人公马在波虽然知道寻找"木鱼令"的历程固然危险重重，依然踏上不归路，他悲悯而宽容地注视着世间，以悲悯化解仇恨。而此处，自然的残酷、摧毁性的力量与人巨大的悲悯和救赎构成一种鲜明的反差，我们在边地作家对自然风景"人化"的过程中，感受到了一种强力的生命与美。

其次，作家对边地自然的书写，经历了从刻意强调自然意识到本土意识的复苏，再到人类关怀意识觉醒，自然风景从幕后走向了前台，自然风景的主体形象逐渐确立。这种对"生命自然"的书写，包含着边地作家对人类生存的忧患意识，以及文化理念的先觉反映，由此折射出超越时空层面的具有现代性丰富内涵的多元认知。

迟子建在《额尔古纳河右岸》中，用大量的篇幅描写鄂温克族人生活的环境，在小说中，迟子建书写了人与自然和谐共栖的生活图景。在原始森林中，人们饲养驯鹿，逐水草而居。自然界的种种事物，诸如风、雨、雷、电、火、太阳、月亮、山、树木都是他们崇拜的对象。迟子建赋予额尔古纳河右岸的一草一木、一花一叶一种神性的存在：

> 额尔古纳河右岸的每一座山，都是闪烁在大地上的一颗星星。这些星星在春夏季节是绿色的，秋天是金黄色的，而到了冬天则是银白色的。我爱它们。它们跟人一样，也有自己的性

---

① 雪漠：《野狐岭》，人民文学出版社2014年版，第374页。

第四章　个体记忆与边地形象

格和体态。有的山矮小而圆润，像是一个个倒扣着的瓦盆；有的山挺拔而清秀地连绵在一起，看上去山上的树，看上去就像驯鹿伸出的美丽犄角。山上的树，在我眼中就是一团连着一团的血肉。[1]

无独有偶，阿来在其小说《空山》第二卷《天火》中，有关于机村的神湖色嫫措的描写，这段描写动静相宜，将藏族民众的神湖恰如其分地表现了出来。在阿来的神来之笔中，机村古老的神话与神秘、幽深的湖水浑然一体，分外引人入胜：

  一大片湖水，就在他们眼前微微动荡，不要照耀，也能在自身梦一般的漾动中微微发光！[2]
  溢出的湖水越过自然生成的堤岸，从脚下的山崖上飞垂而下，绿玉般的水一路落下去，落下去，在崖壁的巨石与孤树身上碰成白雾一片。[3]

新世纪长篇小说创作中，当许多作家将关注的目光投向都市与乡村，书写都市、乡村风景，尤其注重书写人的复杂情感，以及金钱对人的异化、物欲的膨胀导致人性的萎缩之时，还有一些作家则在高山大河、草原湖海之间找到了自己的审美观照点。他们用笔勾勒了一个适合我们想象与描摹的精神处所，将边地的高山大湖、森林小河、花草树木等浓缩成一个梦幻般的空间，承载了重大的历史变迁与现实际遇，表达了作家尊重生命、敬畏自然、坚持信仰等被现代性遮蔽的精神追求。而他们小说中千姿百态、具有生命力和主体形象的边地自然风景，在小说中担负起独立的表意和叙事功能，

---

[1] 迟子建：《额尔古纳河右岸》，北京十月文艺出版社2019年版，第170页。
[2] 阿来：《空山·天火》，人民文学出版社2005年版，第251页。
[3] 阿来：《空山·天火》，人民文学出版社2005年版，第253页。

161

获得了自身的存在价值和美学意义。

二 边地人物：以生命的伟力烛照边地历史与现实

中国的边地，广袤与荒寒并存，丰饶与贫瘠共处，这里既有沟壑纵横的黄土高原，也有"风吹草低见牛羊"的西部草原，更有"大漠孤烟直，长河落日圆"的浩瀚沙漠。自古以来，边地是多民族聚居区和融合区，众多民族在这里繁衍生息，共同造就了边地雄奇壮阔、金戈铁马的历史。

新世纪以来，红柯、梅卓都分别推出了书写边地历史的力作——《西去的骑手》，以及《太阳部落》《月亮营地》。两位作家都聚焦民国时期一段可歌可泣的历史，但是不同于革命历史小说对历史"史诗性"的呈现，也不同于新历史小说在历史的碎片与缝隙中寻找历史真相的努力，两位作家都以少年英雄个人成长为切入点，让个人与民族、历史与现实巧妙联结，在高扬主体意识的现实主义创作中，一段为岁月烟尘所遮蔽的边地历史熠熠生辉。

红柯是一位对历史、命运、人性有着深刻思考的作家，从他书写边地历史的《西去的骑手》到他去世之前结束的新作《太阳深处的火焰》，这些思考一直贯穿在他的创作中。表层来看《西去的骑手》讲述的是民国历史，但在整部小说的叙述中，历史逐渐隐退为背景，"尕司令"马仲英与族人，同国民党军官盛世才的对抗直至他被俘被杀的整个过程才是红柯关注的重点。整部小说用绚烂恢宏的语言、奇妙诡谲的语境、丰富多变的色调塑造了20世纪二三十年代驰骋于大西北战场，中外闻名的骑手"尕司令"马仲英的传奇形象。为了凸显马仲英身上的英雄特质，作家不惜曲笔，对他进行了净化处理，荡涤了史料记载中马仲英杀人如麻的匪性，也不似古典小说关于英雄美人、儿女情长的传统写法，而是在马仲英脱离家族、背井离乡、穿越沙漠与草原四处征战的过程中，写出了一个英雄洗涤旧我、重塑新我的过程。我们阅读小说就会发现，《西去的骑手》最

第四章　个体记忆与边地形象

令人感动的地方就在于此，在跟随马仲英走出神马谷，挺进塔克拉玛干沙漠，最后葬身黑海的过程中，读者也会为这种生命所迸发出来的伟力震撼，这是西北边地游牧文化孕育而出的英雄。红柯说："大戈壁、大沙漠、大草原，必然产生生命的大气象。"① 马仲英身上所显现的这种生命的大气象、绽放出的激情与勇气，带给我们动人心魄的力量，而边地的历史，也因为英雄人物生命的烛照而熠熠发光。

与红柯对英雄人物的神性、传奇性的彰显不同，新疆作家董立勃写作的重点是边地的当代屯垦史。中华人民共和国成立之后，留驻在中国西北地区的解放军部队和投诚的起义军，在新政府的指令下，成立了新疆生产建设兵团，昔日在枪林弹雨中生活的军人，变成了手持坎土曼的垦荒者。这本又是一段荡气回肠、可歌可泣的历史，但是，董立勃的着眼点落在了从全国招募而去参加开荒种田的女兵的身上，以婚恋为契机，书写她们在大漠戈壁的成长史，对年轻鲜活的女性的人生悲剧寄寓深深的同情，更对她们身上强大的反抗力量予以赞美。在董立勃的小说中，《静静的下野地》中的了妹，《米香》中的米香、《白豆》中的白豆、白麦，她们一开始被作为女兵招募到边疆，后来嫁给这些屯垦戍边者。"她们中少数幸运者自由恋爱两情相许，大多数是'服从组织介绍，个人同意'，'先结婚，后恋爱'的模式。倒锁新房，生米成了熟饭的有，原则上，是思想政治工作先行，'组织'一定坚持'介绍'到'个人同意'。"②《白豆》中的白麦，因为长得漂亮，一入疆就被首长老罗相中，成为老罗的续弦和老罗两个孩子的母亲。应该说，白麦比大多数的女兵都要幸运，因为从生活环境而言，她从一个普通的女孩一跃成为首长夫人，衣食无忧，而且，她的家人也受到老罗的不少照拂。可是，

---

① 红柯：《绝域之大美》，载《西去的骑手》，上海文艺出版社2013年版，第3页。
② 丰收：《西上天山的女人》，作家出版社1997年版，第17页。

老罗给了白麦妻子的身份,却没有给她相应的尊重。为了自己的孩子,他强行剥夺了白麦的生育权利。白豆来到下野地,有三个男人同时看上了她,在组织代表吴大姐的撮合下,她准备嫁给马营长。可是,在她被杨来顺设计强奸之后,马营长就抛弃了她,她只得嫁给了杨来顺。《静静的下野地》中的了妹,她喜欢小业主出身的白小果,可是下野地中其他的男性认为,了妹这样的女孩子理应嫁给他们,因此,要求了妹重新更换喜欢的对象。这些女性要获得婚恋的自由和权利,需要冲破传统观念和男性暴力的双重罗网。

董立勃真实地书写了她们突围抗争的整个过程,白麦坚定地与老罗离了婚,而且通过离婚,她获得了老罗前所未有的尊重和爱。白豆得知杨来顺强奸自己的真相,毅然离开了杨来顺,与真心爱她的胡铁走到了一起。《米香》中的米香,由于许明的背叛而深陷囹圄,可她并没有因此而沉沦,反而以自己的方式好好生活。最让人心潮澎湃的一幕发生在《米香》中的上海知青宋兰身上,宋兰被老谢强奸后与老谢结婚,可是老谢怕年轻漂亮的宋兰出轨,一直殴打她,宋兰逆来顺受之后觉醒,她举刀杀了与老谢同流合污的狗,宋兰的以暴制暴彻底让老谢臣服。至此,董立勃小说中的女性绽放出的生命之光让人不可逼视,她们不再是鲁迅笔下的祥林嫂、柔石小说中的春宝娘、萧红《呼兰河传》里的小团圆媳妇——面对被贩卖、被毒杀的命运要么逆来顺受,要么微乎其微的反抗依然难逃悲剧结局,也不像庐隐、茅盾、巴金、杨沫笔下的知识女性,她们的抗争经历了千回百折的心路历程。下野地的女性,她们的抗争方式最为直接有效,那就是释放生命原始力量,冲破重重包围从而重获自由,她们由此成为20世纪中国文学女性人物形象中不可或缺的一类。

从20世纪30年代开始,沈从文就立志书写生命的强力和野性,他在一系列的小说和散文中,推崇勇敢,肯定野蛮下的雄强——"他很想把这分蛮野的气质当火炬,引燃整个民族青春之焰,所以他把'雄强''犷悍',整天挂在嘴边。他爱写湘西民族的下等阶级,从他们龌龊、卑鄙、粗暴、淫乱的性格中;酗酒、赌博、打架、争吵、偷窃、窃掠的行为中,发现他们也有一颗同我们一样鲜红热烈的心,也有一种同我们一样的人性"[1]。老舍 20 世纪 40 年代写作的《四世同堂》中,新时代的人物祁瑞宣远走西北,看到秦岭和黄土高坡:"他想,新的中国大概是由这些坚实纯朴的力量产生出来,而那腐烂了的城市,象北平,反倒也许负不起这个责任。"[2] 老舍深切地意识到,老中国的主流文化过于烂熟,以致陷入琐碎、麻木和迂腐中——"当一个文化熟到了稀烂的时候,人们会麻木不仁地把惊心动魄的事情与刺激放在一旁,而专注意到吃喝拉撒中的小节目上去"[3]。沈、李写作的一个出发点,大概是想"取塞外野蛮精悍之血,注入中原文化颓废之躯,旧染既除,新机重启,扩大恢张,遂能别创空前之世局"[4]。历史是如此惊人地相似,新世纪以来红柯、梅卓笔下充满着血性与热情的英雄、董立勃小说中充满着反抗精神的女性——小说中张扬着生命伟力的人物形象,不仅在于这些人身上负载的历史,更指向未来:"在现代化的日程表上,边地作家写出了另一种时间——边地时间。相对来说,他们将根脉深扎黄土,坚守意义世界,表达着全球化背景下的本土经验,也不懈地雕镂着中华民族的新精神,提醒我们认识坚守文学'族别身份'的意义,其血性或平静为新世纪文坛提供了'大化淳流'的超越境界,酷烈的自然物象和人生际遇相结合产生的孤独感和悲怆感对于文坛的搔首弄姿、喧哗骚动是一种镇静,其'大地皈依'与'乡土亲和'的主题也是对人文主义话题的激活,这自然是西部文学特殊的价

---

[1] 苏雪林:《沈从文论》,《苏雪林文集》第三卷,安徽文艺出版社 1996 年版,第 353 页。
[2] 老舍:《四世同堂》,人民文学出版社 2001 年版,第 1026 页。
[3] 老舍:《四世同堂》,人民文学出版社 2001 年版,第 295 页。
[4] 转引自刘大先《从后文学到新人文》,上海文艺出版社 2021 年版,第 201 页。

值和地位。"①

三　边地文化：呈现多民族文化融通的壮美图景

从边地书写发生的历史进入，我们会发现正是在"不同文化交流碰撞尤其是现实地缘政治斗争中的文化与情感焦虑，进而促成了对于'中国'的空间与人文的再认知——当整体性的中国文化面临外来冲击的生死存亡关头，边地成为中国文化与文学想象民族共同体、凝聚团结民众、塑造认同、建构身份不可或缺的力量"②。无疑，这是边地书写的重要意义，但是，当边地书写聚焦地方或族群历史的时候，往往会形成一种单维度叙事——"边地在叙事中成为自足的存在，而缺乏他者的参照和互动，仅仅是讲述了某种地方性的往事，而看不到地方之外的宏阔政治、经济、文化变迁与之形成的互动关系，这就是使得重述边地的历史成了一种脱离了现实的神话叙事"③。21世纪以来，边地的书写者竭力突破了这种单向度的叙事方式，他们更多地关注边地文化的多样性，以理性之光烛照边地文化的流转与转化，由此形成了一种迥异于新时期边地书写的独特风格。

阿来认为："使我们这个文化逐渐减去这种浮夸的、脱离现实的、喧嚣一时而不知道为什么喧嚣的现状，而变成一个沉静的、愿意内省的、思索自我、思索自我跟他人的关系，更要思索自我这个文化跟别的文化的关系，跟自然环境的关系的文化……只有这样，我们今天对于文化的书写，对于边疆的书写，才可能回到正轨的轨道。"④阿来的成名作《尘埃落定》获得了第五届茅盾文学奖，小说借麦其土司"傻子二少爷"的独特视角，以写实与象征表意的手法

---

① 黄轶：《"文化西部"的突围与边地文明最后的挽歌》，《扬子江评论》2009年第1期。
② 刘大先：《从后文学到新人文》，上海文艺出版社2021年版，第208—209页。
③ 刘大先：《从后文学到新人文》，上海文艺出版社2021年版，第219页。
④ 阿来：《消费社会的边疆与边疆文学——在湖北省图书馆的演讲》，《阿来研究》2015年第2期。

第四章　个体记忆与边地形象

展开叙述，将川北藏地的社会组织形式、政治经济生活、文化习俗都纳入小说之中，绘就了一幅色彩斑斓、雄伟壮阔的嘉绒藏地的历史画卷。作为一位穿行于汉藏两种文化之间的作家，汉文化的博大精深赋予他缜密的思维与开阔的视野，他利用汉语，吸收优秀的传统文化以及世界各国的优秀文化，以此来滋养自己的文化素养；同时，他能吸收藏地丰富的民间文化，史诗歌谣、神话传说、英雄故事都提供给他取之不尽、用之不竭的写作素材，因此，他能够将对藏民族历史与现实的书写，放置在整个人类发展的大格局中进行思考，由此显示出广阔的文学视野。进入21世纪之后，阿来接连创作了《格萨尔王》《空山》《瞻对》《云中记》等作品，阿来将对民族文化的热爱、对故土的依恋以及对部族乃至中华民族命运的思考融入这些作品之中，在充满诗性语言的叙述中，展示出汉藏文化交流、融通的壮丽图景。

作为一个在蒙古额仑草原生活了十一年的作家，姜戎在21世纪初出版了《狼图腾》，将他对草原游牧民族生存哲学独特的感验和认知、草原游牧文化以及对农耕文化的思考都灌注于小说之中。他以游牧文化的"狼图腾"精神对照农耕文化民族性格深处的弱性，以此来反思中国文化。但是，值得注意的是，姜戎在《狼图腾》中的"民族想象"，"在历史观、发展观和伦理观上有其极大的局限性，特别是充斥文本雄强话语背后的暴力迷雾怵目惊心，血腥和残忍并非代表阳刚大气和丰沛崇高的民族精神，恰恰体现了作家对草原文化的偏狭理解，对人性的贬斥、对动物性的神化带有强烈的反人类性质，对于自然生态和人文生态的重建都缺乏参照意义"[①]。

值得一提的是，新世纪长篇小说的边地书写中，女作家占据了

[①] 黄轶：《"文化西部"的突围与边地文明最后的挽歌》，《扬子江评论》2009年第1期。

半壁江山。虽然她们写作的视域或许没有男性作家宏阔，但是因为女作家拥有更为敏锐的感受和体验，所以她们笔下的边地文化呈现，更具感性特征。

仡佬族作家王华的长篇小说《傩赐》，讲述的是黔北地区一个大山环绕的名叫傩赐的小山庄，因为世代贫穷，这里形成了"一妻多夫"的婚姻习俗。然而，王华小说中的秋秋，已经受到汉文化的熏陶，所以她以各种方式抗争这种不合理的婚姻。巧妙的是，王华在小说中将秋秋的婚姻悲剧与傩赐庄的婚俗文化相连。小说以诗意的笔触描述傩赐庄的"桐花节"，每年4月中旬，傩赐庄的人通过"桐花节"来祭奠傩赐庄的祖先"桐花姑姑"。"桐花姑姑"与傩赐庄"一妻多夫"的婚俗相关，为了傩赐庄的繁衍，"桐花姑姑"自愿嫁给了三个男人，生下许多孩子。由此，嫁进傩赐庄的女子都变成了"桐花姑姑"，她们的一生，不管愿意与否，都必须与几个男性相守。在小说中，傩赐庄女性的悲剧与古老的婚俗文化相互映衬、互为表里，在奇特的民俗文化的书写中，女性的悲剧显得更加意味深长。

迟子建的《额尔古纳河右岸》，则以诗意优美的笔触，为即将消逝的文化韶光唱响了一曲深沉的挽歌。小说以一位90岁的鄂温克族酋长妻子的回忆开篇："我是雨和雪的老熟人了，我有九十岁了。雨雪看老了我，我也把它们给看老了。"[①] 在她的回忆中，传统的鄂温克人的生活方式、文化习俗、宗教信仰逐渐展开其色彩斑斓的画卷。小说中的鄂温克人，如同流淌在深山中的溪流，与森林厮守，与驯鹿相依相存，与自然相知交融，为了救助他人，可以不惜牺牲自己。然而，随着现代文明的入侵，鄂温克族延传了数百年的传统生活方式被修剪与切割。《额尔古纳河右岸》的下部《黄昏》中开始出现现代文明入侵原始古朴文明的信号，满归那里来了很多林业工人，

---

① 迟子建：《额尔古纳河右岸》，北京十月文艺出版社2019年版，第1页。

第四章　个体记忆与边地形象

他们开始进山砍伐树木开发大兴安岭。在作品的结尾部分迟子建写道:"我不敢相信自己的眼睛,虽然鹿铃声听起来越来越清脆了。我抬头看了看月亮,觉得它就像朝我们跑来的白色驯鹿;而我再看那只离我们越来越近的驯鹿时,觉得它就是掉在地上的那半轮淡白的月亮。"① 这写出了鄂温克族对于现代文明的入侵感到无可奈何,每个人不得不因为种种原因"被迫"离开部落,最后营地里只有"我"和安草儿。现代文明本身是一把双刃剑,它的到来促使人类社会向前发展,但同时现代文明的进程正在静悄悄地扼杀着原始之美、粗犷之美。现代社会的加速发展的确给我们的生活带来了很多益处,但却使得我们逐渐远离大自然,使得我们与大自然不再亲近地交流与沟通,由此原始之美只能离我们越来越远。迟子建以温婉优美的笔触,讲述了在现代文明猎猎飘扬的高尚先进的旗帜下,带有原始色彩的生活方式、民俗文化被切割的痛楚,为那些永逝的文化韶光唱响了一曲动人的挽歌。

刘小枫认为:"当人们感觉自己的生命若有若无时,当一个人觉得自己的生活变得破碎不堪时,当我们的生活想像遭到挫伤时,叙事让人重新找回自己的生命感觉,重返自己的生活想像的空间,甚至重新拾回被生活中的无常抹去的自我。"② 在 21 世纪文坛上,许多作家借文学重返自己诗意与哲理并存的"边地世界",他们在充满着雄性与神性的边地自然风景的书写中驰骋想象,以充满生命强力的人物形象塑造烛照西部的历史和现实,在民族文化交融的壮美图景中展示他们对边地文化或理性或感性的认知和感受。应该说,他们的"边地形象"以其独特的美学风貌,给人带来震撼的力量与美。

---

① 迟子建:《额尔古纳河右岸》,北京十月文艺出版社 2019 年版,第 249 页。
② 刘小枫:《沉重的肉身——现代性伦理的叙事纬语》,上海人民出版社 1999 年版,第 3 页。

第二节　边地诗性世界的追寻与想象

进入 21 世纪以来,在全球工业化、城市化强势推进的背景下,乡土家园日趋沦丧,人类因此面临"失根"的威胁。在"危机寻根"浪潮的推动下,涌现出一批以精神寻根、文化寻根为主要写作诉求的"边地小说"。在怀旧力量的牵引下,以寻根方式完成了对边地历史与文化的追溯,从而在"神秘、纯洁、博大、涵藏着生命终极意义的性灵之地","救赎在现代生活中迷失了的灵魂"。[①] 红柯的小说无疑是其中极具代表性的作品。十年之前,红柯从关中平原走向新疆大野,十年之后,红柯回归故乡。然而,天山的长河落日,戈壁绿洲,大漠雄风,马背上民族的英雄神话、史诗、歌谣,成为红柯挥之不去的生命印记。于是,他执笔纵情书写,《西去的骑手》《大河》《乌尔禾》《生命树》《喀拉布风暴》五部长篇小说相继问世。对红柯而言,天山或新疆是他生命中洋溢着浓郁诗意的彼岸世界。[②] 红柯对彼岸世界的构建,一方面,侧重于对人与自然关系的书写,将"追寻"作为一种重要的艺术手段完成对精神原乡的返归;另一方面,他从小说文本世界的历史和现实两级维度,完成了对小说人物理想人格的建构,因此,生命神性的塑造更具人的主体性,也更富有人文性和现实感。而对这一诗性世界的建构,同样也得益于神话、历史故事和歌谣的文本介入。

一　边地自然风景的主体形象

"绝域产生大美"[③],红柯如是说。红柯对"大美"精神原乡的呈现,首先通过对人与自然和谐关系的表述来传达,以"追寻"作

[①] 费勇:《零度出走》,广东旅游出版社 2003 年版,第 157 页。
[②] 红柯:《绝域之大美》,载《西去的骑手》,上海文艺出版社 2013 年版,第 2 页。
[③] 红柯:《绝域之大美》,载《西去的骑手》,上海文艺出版社 2013 年版,第 3 页。

第四章 个体记忆与边地形象

为其重要的艺术手段。追寻起因于人类对自身生活现状的不满或对理想生活的期待,人类通过想象来构建种种理想境界,并将其作为一种寻找和探求的动力。2004年出版的《大河》,是"红柯对人类理想的'黄金时代'的追寻与凭吊"[1]。在并不恢宏的叙述格局中,小说讲述了白熊与女人的故事,呈现出自然与人和谐相融的美妙世界。在红柯始终濡染着温暖诗意的笔端,一个充满神性与诗意的美好世界跃然纸上,诗意中同时传递出些许神秘。《大河》中执拗的小女兵,为了逝去的情人,甘愿葬身熊腹。然而,白熊却不愿伤她,将她置于山洞。她在山洞里与逃亡的土匪一起生活,后来由于怀孕离开山洞,最后嫁给了炊事兵老金。仅从文本层面看,红柯讲述的是一个温婉的人生故事,而故事的更深层面却是表达一种自由、和谐、美好的自然生命状态。女兵与老金结婚后,将房子建在森林边上,夜晚伴着满天星星入眠,吃的是从森林里采摘的鲜嫩可口的蘑菇,喝的是自家牛身上挤出来的奶。他们相信万物有灵,热爱自然、敬畏自然,认为自然是他们唯一的家园。《大河》中的小女兵认为情人死后变成了白桦树,她之所以嫁给老金,是白熊做了他们的媒人。女兵的孩子从小就是大力士,还能和树、老鹰等说话,白熊能够与河里的鱼聊天,鱼甘愿被白熊吃。世间万物原本的分界线在《大河》中不再存在,物与物、人与物之间的阻隔被神奇的想象力打通,生命之门洞开,自由流淌。于是,人与万物诗意栖居在小说营造的文本世界里。沈从文曾经提出"自然即神"的观点:"神的意义在我们这里只是'自然',一切生成的现象,不是人为的,由于他来处置。他常常是合理的,宽容的,美的。"[2]"一个人过于爱有生一切时,必因为在有生一切中发现了美,亦即发

---

[1] 李遇春:《新神话写作的四种叙述结构——论红柯的"天山系列"长篇小说》,《南方文坛》2011年第4期。
[2] 沈从文:《凤子》,载《沈从文全集》第7卷,北岳文艺出版社2002年版,第123页。

现了'神'"①,"生命之最高意义,即此种'神在生命中'的认识"②。由此看来,神性和诗性是不可分割的一对双子座,它们相辅相成、共生共灭。从这个意义上说,红柯与沈从文关于自然的认识不谋而合。

《大河》中,红柯"在山川、河流、大地以及动物之间",追寻"到人真正找到了生命的根基"③。正是在对生命神性的敬畏中,"物"获得了与人等齐的灵性,自然不再是人的附庸或叙事的背景工具,而是推动人向善向真的拯救力量。红柯认为,"在人与物之间,不再把大自然作为背景作为风景,动植物应该成为一种精神存在,从背景走到前台"④。《生命树》中他将物的灵性发挥至极致,对人与物的关系重新定位,书写物对人心灵的抚慰及对悲剧人生的化解。《生命树》全文的中心意象是生命树,这是一棵神奇的树,它长于地心,每片叶子都闪耀着灵魂。围绕着生命树,作者还描写了洋芋、牛粪及和田玉,每一种不同的物体都对应着相应的人物,都体现着物与人之间奇妙而神秘的关系。小说中高才生马燕红人生遭遇重创,精神崩溃,终日恍惚,父亲将她送到老战友的村子里静养。她在村子里偶遇一个挖洋芋的小伙子,被其挖到的洋芋深深吸引。后来她沐浴阳光,穿越田野,洞穿了天地万物的秘密,身心都得到了自然的抚慰,终于抚平了内心的悲伤,与种洋芋的小伙子成家,生下儿子王星火。马燕红一家就靠种洋芋、卖洋芋为生。后来,她家那头通人性的老牛,在吃灵芝草死亡后,丈夫将它与洋芋一起葬在沙

---

① 沈从文:《美与爱》,载《沈从文全集》第17卷,北岳文艺出版社2002年版,第359页。
② 沈从文:《美与爱》,载《沈从文全集》第17卷,北岳文艺出版社2002年版,第360页。
③ 红柯:《大河》,中国作家网,http://www.chinawriter.com.cn,2006年12月29日。
④ 红柯:《在希腊书展会上的演讲》,中国作家网,http://www.chinawriter.com.cn/,2011年1月17日。

第四章　个体记忆与边地形象

漠里，长出一棵巨大的生命树。王星火一直观察着生命树，直到最后：

> 少女长大成人的那一天，生命树将高入云天，枝杈遮盖整个大地，长满灵魂的叶子跟星星一样吸引人类，树窟窿有房子那么大，美丽女子自己从房子里走出来，那一天，她就不再吃大洋芋了，生命树也不吃了，荒漠变成花园了。①

海德格尔说："拯救不仅是使某物摆脱危险；拯救的真正意思是把某物释放到它的本己的本质中。"② 洋芋不仅拯救了马燕红，而且将她的命运与生命树紧密联系在一起。生命树支撑着地球，大地荡涤了人内心的创伤，荒漠变成花园，人在花园中诗意地栖居。这是红柯的期许，也是他的写作理想。

红柯说："我的那些西部小说就是梦中惊醒后的回忆，《奔马》《美丽奴羊》《阿力麻里》《太阳发芽》《鹰影》《靴子》，这些群山草原的日常生活用品——闪射出一种神性的光芒。"③ 事实上，不仅中短篇小说是如此，红柯在其长篇小说中对新疆大野的想象和构建，从某种意义上说，也是完成了一次灵魂对记忆中诗意家园的追寻。"家园"一词在中国古典文学中是一个感性的存在，是对出生和栖居之地的经验性表达，其中寄寓着熟识、亲近、眷恋及舒适等情感因素。西方学者利奥塔也有类似的观点，他认为家是一个与自然、神、诗意亲密接触的地方。人类现代性的进程，实质就是一个不断对乡土家园瓦解的过程。乡土家园已无法修复，并在现代人的视野中渐行渐远。乡土家园的沦丧意味着地缘共同体的瓦解，相伴而生的即

---

① 红柯：《生命树》，北京十月文艺出版社2010年版，第319页。
② ［德］海德格尔：《筑·居·思》，载孙周兴选编《海德格尔选集》，上海三联书店1996年版，第1193页。
③ 红柯：《我的西部》，载《敬畏苍天》，上海人民出版社2002年版，第100页。

是身份认同的焦虑。在告别乡土家园之后，个体成长遭遇断裂，于是，"无家可归"的个体在延续性缺失的情况下开始于记忆中寻求认同。红柯用合于自然性情韵味的文字，构建出一种理想的诗学镜像，对"诗意栖居"时代内在的精神诉求予以响应。同时，表达他对原生态文化自然神性的尊崇和对人与自然关系的悲悯伤怀。他对乡土家园的追怀，传达着浓郁的精神乡愁和原乡意识，渗透着深刻的人文情怀，使之为现代人精神栖息的缺失疗伤。

二 边地理想人格的重塑

红柯说："在西域，即使一个乞丐也是从容大气地行乞，穷乡僻壤家徒四壁，主人一定是干净整洁神情自若。内地人所谓人穷志短，马瘦毛长，仓廪实而知礼节在西域是行不通的。大戈壁、大沙漠、大草原，必然产生生命的大气象。"[1] 正是对这种生命气象的敬畏和尊重，使他超越了阶层、民族和政治的历史沟壑，将生命还原为具有永恒光泽的艺术形象。红柯笔下的人物兼具神性、血性和雄性的特征，散发着迷人的人格魅力，对理想生命的倾心表达，成为红柯小说诗性建构的表征之一。

《西去的骑手》是一部充满英雄主义神性气质的作品，在苍凉而厚重的历史和浪漫而旖旎的情怀中，红柯塑造了20世纪二三十年代驰骋于大西北战场上中外闻名的骑手"尕司令"马仲英的传奇形象。红柯说："英雄关乎人类进步，是对他者的肯定。"[2] 为了彰显马仲英身上的英雄主义特质，红柯进行了净化处理。一方面，红柯回避了民间传说中关于马仲英与不同女性的情感纠葛，荡涤其所有现代意义上的英雄美人儿女情长。对马仲英娶妻的情节和后来其妻隐姓埋名蛰居大漠的情节，也进行诗化处理。另一方面，红柯有意剥离史料记述中

---

[1] 红柯：《绝域之大美》，载《西去的骑手》，上海文艺出版社2013年版，第4页。
[2] 张雪艳：《自然与神性的诗意追寻——红柯访谈录》，《延河》2009年第11期。

第四章　个体记忆与边地形象

马仲英杀人如麻的匪性色彩，刻画出一位在金戈铁马、碧血黄沙的战争场景中铁骨铮铮的英雄。"战刀寒光闪闪，骑手被炮火击中，落马，战刀在空中飞翔尖叫。"①"头屯河根本不是河，全是冰块和血肉之躯。那是中亚大地罕见的严寒之冬，炮火耕耘之下，冰雪竟然不化，壮士的热血全都凝结在躯体上，跟红宝石一样闪闪发亮。"② 在辽阔苍凉的大地上，战争成就了神采奕奕的生命——"自然生命的力量在这些野性十足的汉子们的狂喊咆哮和刺杀战斗中挥洒得淋漓尽致，如鲲鹏之翅击水三千，又像黄河之水飞泻九天。这些充满血性的骑手跃马天山如一股强烈的冲击波，读来使人不禁血脉贲张，卑琐、柔弱和犹疑不决被一荡而尽，只想长啸九霄，横行天下"③。这是属于红柯的马仲英，一个"古典游牧民族的英雄"形象，寄托着红柯对英雄的向往和渴慕。

作为一个古典的理想主义者，红柯在马仲英形象塑造中放纵着自己的诗意激情，同时，也在这一形象塑造中注入了神性元素。《西去的骑手》中，红柯用富有音乐感的语言、绚烂纷呈的色调和奇谲瑰异的语境，让我们明显感受到马仲英传奇人生释放出的奇诡与浪漫。诚然，红柯对马仲英的性格弱点未有遮掩，在马仲英背井离乡，征战南北，穿越瀚海沙漠，直到最后投身于黑海的过程中，爱与恨、正义与邪恶、勇敢与懦弱、善良与残暴，在两个极点的对抗中，一个单纯、勇往直前、闪耀着诗意的血性男儿的光辉形象出现。在《西去的骑手》的文本阅读中，读者为之震撼的，不是那些正义战胜邪恶的无数重复的寻常故事，而是在一种不同寻常的阅读体验中跟随马仲英一起开启精神远征。因此，马仲英不仅是一个英雄，更是一个能够不断反思、不断超越的精神领袖，这也是文本中最动人心

---

① 红柯：《西去的骑手》，上海文艺出版社2013年版，第6页。
② 红柯：《西去的骑手》，上海文艺出版社2013年版，第12页。
③ 朱向前：《黄金草原——心灵的牧场——读红柯小说集〈黄金草原〉》，《小说评论》2003年第4期。

魄的力量，为当今陷落在精神真空时代的人们，燃起了一缕充满诗意光辉的希望。

如果说红柯在《西去的骑手》中演绎了一段古典英雄主义的浪漫传奇，那么他在《喀拉布风暴》中是将小说的故事背景从民国拉回到了当代，主人公也由不同类型的骑士英雄变成了当代新疆形形色色的知识分子。迥异于《西去的骑手》中洋溢着阳刚之气的男性的叙事，《喀拉布风暴》中的红柯变得深情，他讲述了三个青年的成长故事，借助主人公的爱情成长经历，寻求一种本真的生存状态，解放或拯救被压抑的人性。

《喀拉布风暴》中，红柯为一号男主人公张子鱼设置了两个不同的生存空间，少年时期的张子鱼生长于"关陕空间"，而青年时期的张子鱼为寻求救赎来到了"新疆空间"。小说中出现在读者面前的张子鱼，是在叶海亚的望远镜下由远而"拉近""放大"的一个在沙漠戈壁游荡的"幽灵"形象，这个脸被风沙打磨得毫无血色、眼睛空洞而焦灼的"沙漠幽灵"让叶海亚想到了阿拉山口。张子鱼后来以一曲苍凉粗粝的情歌——哈萨克民歌《燕子》，俘获了少女叶海亚的心，两人闪电结婚，而后遁入沙漠深处度蜜月。然后，顺着叶海亚前恋人孟凯的视角，徐徐展开了张子鱼在关陕空间的前世今生：从小在郊区生活，体验到城乡之间的巨大差距。虽然通过发奋读书离开原来的生存之地，但这种差距却成为他心灵上挥之不去的创伤和阴影。中学至大学时期的张子鱼，不乏漂亮优秀的女性追求者，他凭着自身的魅力赢得了画画少女叶小兰、医生的女儿姚慧敏及省城知识分子家庭出身的大学同学李芸等人的好感，然而苦难造就的自卑心理使他没有勇气和信心面对爱情。于是，结局或是女性黯然离去，或是他在紧要关头下意识地采取"保护自己的姿势"而惯性退缩，心里这种"让人不寒而栗的阴影"让他不堪重负。于是，张子鱼来到精河沙漠空间里的"今生"寻求救赎。在遮天蔽日的喀拉布风暴中，他与天地融为一体，变成了真正的"沙漠之子"。他勇敢

第四章　个体记忆与边地形象

地收获了"沙漠女儿"叶海亚的爱情，完成了身心的第一次成长。在叶海亚的精心呵护下，尤其是在情敌孟凯报复似的追溯他的家族渊源、追踪他的少年苦难、回溯他的情感"前史"的历程中，张子鱼终于卸下了身上的重重盔甲，完全清醒地认识到孟凯对他所说的一席话的真正含义：

> 真心爱一个人，毫无保留地爱，就像沙漠，到了沙漠才明白要爱就毫无保留，一点不剩地把自己最真实的东西交出去，梭梭红柳骆驼刺在沙子里吸不到水分就在空气里吸，空气里吸不到就在太阳一起一落的温差里吸，吸到的都是真实的东西，一点假都掺不了，沙漠里都是真实的东西，再没有比戈壁沙漠更真实的地方了。①

在叶海亚"快绷不住了"的夜晚，在历经了又一次昏天黑地的喀拉布风暴后，张子鱼向叶海亚完全敞开了他那颗深沉的心，完成了身心的第二次成长。同样是从关陕空间中走出，西去大漠的农家子弟——张子鱼的身上有着红柯自身的投影。《喀拉布风暴》对张子鱼理想人格的构建，是以张子鱼对爱情完全敞开心扉和重获爱的能力为基础。在红柯看来，生命只有经历黑色的、席卷一切的喀拉布风暴，才能获得真正的成长。作为小说中以配角身份出现的两个人物形象，孟凯的成长归功于因失恋而重新补回人生苦难的一课，并由此重获生命的激情；武明生的成长焦点落在克服童年的创伤性体验，消解人生过于精明和功利的一面，以及弥补人生的厚重博深。他们成长的人格化过程表现出共性的一面，那就是逃离现代人的生存困境，重拾遗失的自然精神，选择一种"可能成为自己"的生存方式，抵达本真的生命状态。这既是成长的救赎，也是被压抑人性

---

① 红柯：《喀拉布风暴》，重庆出版社2013年版，第98页。

的拯救。

20世纪90年代以来，随着中国消费型社会的渐趋成型，中国大地上，特别是经济文化的中心发展地带，躲避崇高、信仰失落、英雄隐退、道德沦丧，共同构筑了一个精神贬值的文化景观。红柯坦言："内地哪有什么孩子，都是一些小大人，在娘胎里就已经丧失了儿童的天性。内地的成人世界差不多也就是动物世界。"[1] 正因为如此，红柯浓墨重彩塑造的理想人物，都是奔涌着血性力量和生命激情的西部汉子，都成长或脱胎于西部游牧民族的文化氛围中，显示出一种异于中原文化的生命意识。而表现人的神性、血性及其无所畏惧的生命意识和精神气质，正是红柯的审美理想之所在。"理想之为理想就因为它并不现实存在，而只是作为人的一种精神目标来引导，完善和改进人生，使之趋于完美。"[2] 红柯将自己的理想人格投射于小说人物身上，使他们绽放出无限的激情、华丽和庄严。红柯的写作，是将血性和雄性的血液注入萎顿的大地之上，让生命恢复应有的高贵与尊严。

三 边地诗性建构的叙事特征

红柯文本世界的诗性建构，就审美品格而言，得益于他在小说中对不同国家、不同地区、不同民族神话传说、历史故事、史诗、歌谣的文本介入。而注重意象的选择与意境的营造，将叙事与诗意并重，则可以看成红柯对古典美学神韵的内在追求。

在红柯的小说世界里，新疆乃至整个中亚细亚地区的蒙古族、藏族、回族、哈萨克族、维吾尔族、汉族等不同民族在不同时代关于神马谷、北极熊、放生羊、大公牛、神龟以及生命树的种种神话传说，成吉思汗、努尔哈赤、左宗棠、斯文·赫定等不同的英雄、

---

[1] 红柯：《绝域之大美》，载《西去的骑手》，上海文艺出版社2013年版，第2页。
[2] 张汝伦：《理想就是理想》，《读书》1993年第6期。

第四章　个体记忆与边地形象

探险家的故事,哈萨克的《燕子歌》、伊斯兰古文献《热什哈尔》的经文、蒙古族的歌谣《波茹莱》、维吾尔族的《劝奶歌》,等等,都笼罩着一层神秘梦幻的诗意色彩,它们或担当起小说的叙事母题和故事原形,或作为人物行动的叙事背景,有时还直接或间接地参与到小说故事情节的叙述之中,成为小说文本中不可分割的组成部分。

《西去的骑手》中,回族伊斯兰古文献《热什哈尔》的第一句经文穿行于整部小说,成为支配主人公命运的一种话语仪式。年幼的马仲英,在与哥哥们比试刀法胜利后,跟随大阿訇来到祁连山深处的神马谷。神马谷里无数骏马的灵骨化为一片沃土,长出如血的玫瑰。马仲英打开大阿訇送给他的生命之书,读到了那句与他生命历程形影相随的神秘经文:"当古老的大海朝我们迸溅涌动时,我采撷了爱慕的露珠。"[①] 大漠就是西部骑手心灵深处的大海,马仲英率领他的骑手们奔赴新疆,骑手们手中的河州短刀如同船桨,在塔克拉玛干沙漠掀起层层波浪。在手刃骑兵师师长的辉煌后,与随之而来的苏联大部队交锋,但以失利告终,马仲英便从大漠来到了辽阔的黑海。当他在苏联被人暗算服毒后,他和他的大灰马一起跃入黑海之中。生命如同西部高原上烁亮的露珠,虽然短暂,却辉煌绚烂。红柯用苍凉的文笔,将马仲英的传奇人生勾勒得荡气回肠。神秘的经文是贯穿全文的核心线索,冥冥之中支配着主人公的命运,让马仲英的身上笼罩上一层宿命般的迷雾。作为一种"好奇中冒险"的写作,红柯在蕴含丰富而神秘的马仲英形象的塑造中,折射出其丰富的神性魅力。

在《大河》中,红柯让白熊和像熊一样的男人交替出现在小说文本中。从北冰洋沿着额尔齐斯河顺流而上,在阿尔泰山完成神奇之旅的白熊与棕熊的奇妙情缘,与小女兵的奇遇,最后葬生于猎枪之下,魂归大地的悲怆结局,与老金、与土匪托海的命运相互辉映。

[①] 红柯:《西去的骑手》,上海文艺出版社2013年版,第50页。

作为一种神话动物的原形，白熊成为小说中象征着男性和雄性的一种图腾，它的出现使《大河》呈现出童话般的诗意色彩。《乌尔禾》中，草原古老的放生羊的传说成为贯穿全篇的核心意象和主题成分，以失实而得"意"的象征成为提示作品意义和经验的标志符号。全书七章中有四章的题目与羊直接相关（《放生羊》《黑眼睛》《刀子》《永生羊》），为了避免长篇写作中容易出现的主题游离和结构松散，红柯自觉以羊为核心线索和母题，将基于宗教层面对羊的放生/永生与主人公围绕着羊展开的感情故事娓娓道来。参加过朝鲜战争的退伍军人刘大壮，与王卫疆母亲在夜晚的一次尴尬际遇，使刘大壮与王卫疆一家结下了不解之缘。刘大壮替代王卫疆一家去最偏僻的连队牧羊，羊进入刘大壮的生命，汉人刘大壮从此变成了能听懂兽语的蒙古人海力布。王卫疆在海力布的抚养下长大，在懵懂的少年时期，他放生了两只羊。而长大后他的爱情，也都为这两只羊所牵引。收养了他放生的羊的燕子，与王卫疆、朱瑞以及像羊一样的白娃娃之间的恋情，都在冥冥之中与羊有不可分割的联系。在小说的最后，为了化解王卫疆失恋的忧伤，海力布讲了属于自己的"三秒钟的幸福"和西域的古老神话。至此，以永生羊和草原石人等现代神话的原型意象的小说主调渐次清晰，而承载这一主调的乐符（燕子、王卫疆、朱瑞、刘大壮等）个个鲜活清亮，他们共同成就了《乌尔禾》的诗意存在。

红柯认为："艺术家首先是个手艺人，手艺人面对材料，不会那么'立体性'，也依物性而动。"[①] 在新作《喀拉布风暴》中，红柯突破以往英雄与历史题材的书写，开始关注爱情和成长。他接续了中国传统的艺术智慧，用不同的意象结构全文，呈现出小说的诗性意境。《喀拉布风暴》中出现的"冬带冰雪，夏带沙石，所到之处，大地成为雅丹，鸟儿折翅而亡，幸存者衔泥垒窝，胡杨和雅丹成为

---

① 张雪艳：《自然与神性的诗意追寻——红柯访谈录》，《延河》2009年第11期。

奔走的骆驼"的黑色沙尘暴，与勇敢地飞翔于沙漠瀚海之间的"黑色精灵"燕子相映成趣。两个意象在文中频繁出现，前者凸显了西域自然的荒凉、粗犷和狂暴，折射出伟力和重生等意蕴；后者则成为水与女性的象征，"大西北干旱荒凉，燕子那种湿漉漉的影子与河流湖泊泉水有关，很容易成为一种永恒的集体意象与神话原型"[1]。哈萨克民间认为："每个男人都有属于自己的燕子"，只有经历人生和爱情的"喀拉布风暴"，男性才能真正成长起来，才能获得沙漠女儿燕子的爱情。而贯穿小说文本的哈萨克民歌《燕子》，也成为主人公爱情的一种媒介和隐喻。

在追寻彼岸世界的过程中，红柯运用的神话、史诗、歌谣书写，成为其回返自然、接近灵魂的有效途径。在一个个未被现代狼烟污染的文学世界中，颂赞自然、祈祷神佑、书写英雄、礼赞爱情都离不开这些艺术元素。而作为诗歌修辞特征意象和意境的文本介入，为小说叙述注入了极富个性化色彩的抒情风格，带有苍凉绚烂的美感特征。红柯说，文章写作中最愉快的时候在于结尾："如同秋天的大地，落叶缤纷，果实归仓，宁静中的丰收的喜悦，即便是泪水，也是一种满足。"[2] 他的彼岸文学世界的诗性建构，何尝不是如此？

第三节　边地生命的哲性思考与表达

红柯出走新疆十年，他的一系列长篇小说构建起充满诗意的边地世界。甘肃作家邵振国在新世纪创作了 30 多万字的长篇小说《若有人兮》，在小说中，他表达出对边地生命的高度关注和哲理思考。这部小说先后耗时七年之多，四易其稿。面对这位在 20 世纪 80 年

---

[1] 红柯：《喀拉布风暴》，重庆出版社 2013 年版，第 159 页。
[2] 张雪艳：《自然与神性的诗意追寻——红柯访谈录》，《延河》2009 年第 11 期。

代就凭借短篇小说《麦客》而蜚声全国文坛的作家,我们不禁会问,是一部什么样的小说让作家如此耗神费力,他想要表达什么?当读完整部小说,掩卷长思之时,读者会豁然开朗,作家是用一部小说探讨着人"存在"的问题,表达他对文学形而上的一种思考。学者王春林先生认为:"衡量评价一部文学作品尤其是大中型文学作品优劣与否的一种重要标准,就是要充分地考量作家在这部作品中是否成功有效地传达出了某种浑厚深沉的命运感……其中,不仅仅有作家自己对于人类命运问题的索解与思考,更为关键的问题是,通过作家自身的思考还能够激发起广大读者对于命运问题进行深入思考的强烈兴趣来。"[①] 从这个意义上说,《若有人兮》无疑是一部探讨人类存在的本源并追问其存在意义的,蕴含着深厚命运感的佳作,它的问世,标志着邵振国从《麦客》起步的乡土文学创作,历经30多年的创作历程,已经走向了更为辽阔深邃的艺术空间。《若有人兮》的诞生,也意味着新世纪边地小说在"诗性建构"和"现实观照"之外,出现了追问和书写人存在意义的佳作,为边地书写增添了深沉而别致的哲性特征。

一 边地书写的新异叙事——性爱叙事、隐喻及象征

新世纪长篇小说的边地书写,大多数作家采用的是现实主义的叙事手法。然而,邵振国在《若有人兮》中却能够突破传统,表现出一种对现代主义叙事手法的借鉴,在小说中主要表现为通过性爱叙事组织故事情节,以隐喻、象征等手法传达出对人物悲剧命运的认知。

作为人类一种基本的生存和生活体验,性爱贯穿着人类文明的整个进程。古希腊人认为饮、食、色是人最基本的三大欲望、三

[①] 王春林:《日益走向开阔与浑厚——评迟子建〈候鸟的勇敢〉及对"大中篇"的思考》,《上海文化》2018年第9期。

第四章　个体记忆与边地形象

种快感。中国则有"饮食男女，人之大欲存焉"之说。毋庸置疑，形而上的"灵"与形而下的"肉"是人类性爱得以实现的两种基本形式，人类总是在灵与肉的统一中把握更为真实可感的自我存在。对自我存在的追问，恰恰是存在主义哲学的一个永恒命题。整部《若有人兮》中，作家以性爱为生命存在的基本表征，生命个体透过这种表征寻求自我身份的认同，证明自我存在的价值和意义。

在整部小说中，女主人公史淑芬无疑是最具亮点的一个人物形象，也许我们阅读小说之始就被这个美丽的女性吸引，这个"臀腰脸庞飘过来馨馨柔软气味"的漂亮女人，她的女性诱惑力也承担了小说的某种叙事功能。然而，从另一个层面来讲，性欲的萌动、生发以及两性交合的过程，也恰恰是史淑芬寻找自我认同的过程。美国心理学家弗洛姆认为，"为了防卫、为了工作、为了性的满足、为了玩、为了养育下一代、为了知识的传播和物质的占有，他必须与其他人发生联系"[1]。从这个层面而言，我们就不难理解小说中这位美丽的女性的人生选择了。小说中的史淑芬，作家并没有直接描述她的美丽，但她对男性无疑是有着强烈的吸引力的，她自己也能够清晰地认识到这一点。小说从写她嫁给第一任丈夫时对性的抵触，到她在劳改途中对第二任丈夫的渴望，真实地叙述了女性身体成长的自然反应。后来，她委身于孙志福，看似是出于生计，但其实也有来自自身对于性的渴望。尤其是她后来与躲藏在自己家中避难的小叔子的交合，更能够反映出她是借着性，寻找一种自我身份与情感的认同。她的一生，作为利益的工具、生殖的工具，辗转于不同男性之间，从来没有获得过真正的爱情。而被打成右派的张青山的到来，点燃了史淑芬对爱情的渴望："淑芬活到今天好像才尝嚼到爱

---

[1] ［美］埃·弗洛姆：《为自己的人》，孙依依译，生活·读书·新知三联书店1988年版，第71页。

一个人是啥样,爱得想死去,不想再活了!好像她这才发现自己原本是那么爱做这炕上的事!"① 史淑芬在突如其来的爱情中获得了对自我存在的认知,又在性爱的快感体验中进一步加深了这种认知。所以,当张青山再一次被抓走时,她感受到了一种生命无所适从的失落和痛苦。后来,她对于年轻儿媳妇的抵触,对于会读书的小儿子异乎寻常的依恋,以及与比她小很多岁的屠夫张胜功、陌生的麦客等发生关系,都可以看作她寻求自我身份认同的方式。"作者对性的描写,不是采用自然主义的手法,而是通过含蓄朦胧的意境描写来营造一种氛围。作者是在写性,但这个性已经不是现实层面上的'性',小说中的'性'已经成为一种象征和隐喻的功能。"②

事实上,不仅仅只有"性"承担起了这种隐喻和象征的功能。阅读整部小说,我们能够清晰地发现,《若有人兮》中存在一个巨大的隐喻场。邵振国把每个人物的命运都放置于这样的场之中,前后隐喻彼此互映,共同完成了对人物命运的呈现。

小说一开始描写史淑芬在饥饿的眩晕中回忆往事,想起曾经穿着洋绸小褂、半袖露出藕段样细嫩的胳膊的她,童年时期跟着父亲读书的情形。小说的结尾,老年的史淑芬又一次回忆起儿时的诗:"若有人兮山之阿,被薜荔兮带女萝",想起她当年问父亲诗中"兮"的意思,他的父亲微笑着说:"'兮'就是你个小丫头'笑嘻嘻'嘛!"邵振国在谈到自己作品命名的缘由时曾说:"我为我这部小说的题目苦恼着,一是我对这种'宿命'也尚未思考透彻,二是不知该给它起个什么名目,总觉得无论起个什么名都不能贴切。后来我想到屈原的《九歌·山鬼》,感觉到那个有着作者自喻的'女鬼',在那'山之阿'苦苦等候着什么人,但一直没有等来,她自身也飘飘惚惚觉着自己若有若无样,她所等候的那个人,她的生命价值的对象,

---

① 邵振国:《若有人兮》,敦煌文艺出版社2009年版,第55页。
② 彭青:《形而上的文学追求精神——读邵振国小说〈若有人兮〉》,《飞天》2010年第13期。

第四章　个体记忆与边地形象

实际上也不存在。我这时想，就把我这部小说叫做'若有人兮'吧！"①《山鬼》中"既含睇兮又宜笑，子慕予兮善窈窕"的精灵一般的女子，她的追寻、渴望以及归途难觅的失落，正是史淑芬的人生隐喻，也是《若有人兮》中所有人物的人生隐喻。

评论家刘俐俐认为，邵振国能够"从独特的西部人文情感出发，去寻找富于表现力的艺术形式，是近年来邵振国小说创作的轨迹。他对西部人的生命力和人生的感悟与思考，使他天然地接近了象征性艺术构思"②。从《河曲·日落复日出》《内陆河》等中篇小说开始，象征成为邵振国小说创作中惯常使用的一种艺术手法，《若有人兮》自然也不例外。

> 史淑芬听见自己身体扑通——响了一声，倒在地上。
> 那倒地的声音好像有回音，回音荡荡。那倒下去的地方很陌生，好像她从未来过一样。大坡斜挂着一块块光秃的田地晃动，深沟撕扯着天空翻覆旋转。听不见一声鸡鸣狗叫，听不到地窟窿里一只田鼠蹿动，听不到一株包（苞）谷秆子风吹摆动。只感觉在她的体内有一片无限开阔的无比陌生的大地，黄土泛着潮气和土腥味，地面尚存活着一棵树，枝枝叶叶尚且茂盛，冠顶飘着柔软的阳光。③

因饥饿倒地的史淑芬觉得自己的体内有一棵存活的树。克罗齐认为"每一个真直觉或表象同时也是表现。没有在表现中对象化了的东西就不是直觉或表象，就还只是感受和自然的事实。心灵只有

---

① 邵振国：《跋——他们作为一个"存在"》，载《若有人兮》，敦煌文艺出版社2009年版，第318页。
② 刘俐俐：《走向形式的西部人文情感——邵振国小说创作论》，《文学评论》1996年第4期。
③ 邵振国：《若有人兮》，敦煌文艺出版社2009年版，第1页。

借造作、赋形、表现才能直觉"①。这棵树正是史淑芬潜意识中强烈的生存欲望的象征。纵观史淑芬的人生历程，她的确像生长于西部边地大地上的树木，不畏严寒，不惧风雨，沉默而朴实地成长。而男主公孙志福，作者则将他的形象充分符号化，使小说要表达的意义与形象紧密结合。孙志福一生坎坷，为了家庭、孩子辛苦付出，晚年时期更是不辞辛劳地修建鱼塘。然而，他的鱼塘在暴风雨之夜被洪水淹没，他自己曾经在山沟里看到的红色的狐狸，他养的猪变成了面目狰狞的野兽，这些都预示着他走到了生命的尽头。在小说中，鱼塘、狐狸、猪等一系列自然物象都远远超越了其本身的含义，成为作家表达情感的独特符号，孙志福的悲剧命运因此具有了形而上的意义。

二 边地形象凸显的媒介——富于形象质感及艺术表现力的语言

小说是一种语言的艺术，不同于历史学、社会学、哲学等语言体系，小说语言是一种具体的、形象的、有着丰富的艺术表现形式的语言。因此，一部好的小说，不仅表现在作家题材选择上的用心、结构安排上的巧心，寻找属于自己的语言表达，以独特的语言方式完整地呈现小说的面貌，也是非常重要的。所以，老作家汪曾祺曾说过，"写小说就是写语言"，"我们也不能说这篇小说不错，就是语言差一点。……语言的粗糙就是内容的粗糙"。②邵振国的《若有人兮》是一部蕴含着深刻理性的作品，作者借此小说，探讨着哲学层面关于人存在的命题。但是，当我们一旦开始阅读小说，便很容易会被作家带进西北黄土高原上原生态的日常生活场景中去，会为渭河流域这个小小的村庄中几个普通农民的悲剧命运感动，小说中细

---

① ［意］克罗齐:《美学原理 美学纲要》，朱光潜等译，人民文学出版社1983年版，第13页。
② 汪曾祺:《中国文学的语言问题——在耶鲁和哈佛的演讲》，载汪曾祺著，梁由之编《两栖杂述》，中信出版社2017年版，第138—139页。

第四章　个体记忆与边地形象

腻真实的现实主义笔触，使得作家形而上的彼岸观照有了充满烟火气、人情味的现实生活的支撑。而这种阅读感受，主要得益于通篇小说细腻真实、富于形象质感及艺术表现力的语言运用。

语言的形象质感，主要来源于两个方面，一是作家高超的细节描写技能；二是西部方言的娴熟运用。细节描写的技能，首先，在于作家不厌其烦地、细致生动地对普通人日常生活图景的展示，如小说第三章描写农村开批斗会的场景：

> 庄北麦场民兵警戒森严，场院大门和院墙下五步一岗十步一哨，黑压压蹲卧坐满全大队的老少男女，马玉凤和一群公社干部、大队干部步入会场，嗡嗡的声浪顿时肃静下来。主席台桌前有块空地，堆积烂撒着好大一堆从各家搜来的迷信活动的器具，布缝的、泥塑的、草扎的"老家"人儿……媳妇怀里抱着碎娃呱喂几嘴奶水，怕娃儿放出哭叫，民兵呵斥："把娃抱好——"男人们抽烟，纸条儿卷着旱烟渣子，吭咔几声单调的咳嗽。①

这段描写非常传神，昂首步入会场的干部与抱着孩子的农妇、抽着烟的农夫形成鲜明对比，会场周围堆积的农民进行迷信活动使用的各种器具消解了原本严肃的会场氛围，日常生活化的细节描摹真实地凸显了特定时期农村生活的一个侧面。

其次，对人物语言、动作、心理细致入微的刻画，是其细节描写成功的另一个标志。小说中有一段描写的是孙志福的妻子刘月萍因饥荒远嫁他人，现在又重新回到孙志福家的情形：

> "娃妈妈，我知道你这多年苦坏了，怪我没有照看上你和娃子。"

---

① 邵振国：《若有人兮》，敦煌文艺出版社2009年版，第102页。

月萍眼泪就静悄悄地流下来。"头两年，一直东讨西讨的，后来实在是活不下去，我就跟了一户人家，娃大大，你别怪怨我……"

月萍刚才梳洗过，油灯黄黄的光亮映着她脸庞额头上几根细细的皱纹。她缓缓地说："他大，我知道你能活下来，你是个有福命的人，所以我没想留在那边，只想把娃给你带回来……"①

这一段对话，使一个再嫁他人的女性面对自己前夫时的内疚、尴尬、忐忑不安的痛苦处境和心境表露无遗，她渴望丈夫能够认同她、接纳她，可是内心深处又充满了惶恐。刘月萍很容易让我们想起柔石《为奴隶的母亲》中的春宝娘，牛正寰《风雪茫茫》中的金牛媳妇，在饥饿、灾难袭来之时，女性以自己的身体为代价，换取全家人生的希望，却又在"从一而终"等观念的桎梏下背负起沉重的十字架。

在《若有人兮》中，邵振国大量使用了西北地方方言及俗语。这些方言俗语的使用，大大增强了小说的艺术感染力。小说中方言的使用，最典型的表现在人物称谓上。小说通篇采用现实西北农村惯常的一种称呼方式，即孩子的名字加上"大大"或"妈妈"来称呼大人，如称史淑芬为"嘴大妈妈"，称呼孙志福为"莲花大大"，而夫妻之间，则常采用"娃大大""娃妈妈"这样的称呼。此外，人物的对话多用口语，其中不乏一些比较粗俗的语言，这些充满西北泥土气息的方言贯穿于小说中，将黄土高原上一个小山村中人的生生死死、喜怒哀乐真实地呈现于文本之中，让我们看到了一个充满独特地域文化色彩的乡村世界。

迟子建认为，当代小说的语言存在这样的问题："我觉得现在小说的语言是一种倒退。中国小说语言不是今天这个样子的，它特别讲

---

① 邵振国：《若有人兮》，敦煌文艺出版社2009年版，第29页。

究平白有韵味和对语言的推敲,遣词造句特别精细,而现在的小说语言特别乱。"① 然而,在《若有人兮》中,我们看不到这种缺憾。相反,这部小说的语言经常为评论家们所称道:"邵振国的小说《若有人兮》一个鲜明的特色,或者说优点,就是他的小说语言好,十分出色。"② 出色的原因在于作家能够在平白晓畅的现代汉语的使用中,恰如其分地点缀进古语的雅言,使小说拥有了中国式的独特韵味。"他独自走在前面,月萍和娃跟在后面。他两腿打战发软,却又发硬发狠,歪邪邪地使劲,像要把土路踏裂开一条地缝,戳破成一个黑穴,土路便翻旋震动牵着天空太阳气喘粗粗,不知伸延到哪个路段。他已把女人和娃子落得很远,回头望大坡斜斜陡陡地在上方,他就停下脚步候她和娃像两粒羊粪蛋样从坡上滚下来。候着,他眼睛就黑了,就吱——吱——颤响起来,像割麦时的镰刀刃子嚓嚓地撞击在麦杆上。"③ 目光有了声音,用景物描写代替了心理感受,用恰当贴切的比喻表现人物隐秘复杂的情感,这虽不是邵振国的独创,但却使《若有人兮》的语言有了别样的特点。

文学自产生之初到现在,书写人的生活样态、探讨人存在的价值和意义,是其吸引人的根本魅力之所在。然而,20 世纪 90 年代以来,在世俗化浪潮的侵袭之下,文坛上出现了"美女写作""下半身创作"等创作潮流,文学也逐渐趋向媚俗,文学的烛照作用和精神不复存在。因此,"文学意味着担当与责任,因为担当与责任,伟大的作品能够经久不衰、历久弥新。时代是文学的催化剂,伟大的文学,在急剧变动的时代和世界面前往往表现出雄浑博大的整合的力量"④。邵振国创作于新世纪的《若有人兮》,可谓正当其时,它所

---

① 迟子建、阿城、张英:《温情的力量——迟子建访谈录》,《作家》1999 年第 3 期。
② 唐翰存:《小说是这样面对存在的——评邵振国长篇小说〈若有人兮〉》,《飞天》2010 年第 21 期。
③ 邵振国:《若有人兮》,敦煌文艺出版社 2009 年版,第 38 页。
④ 陈树义:《文学:离不开责任与担当》,中国作家网,http://www.chinawriter.com.cn,2009 年 10 月 20 日。

体现的也许正是老作家的一种责任与担当!

第四节　边地现实与文化的"在场性"书写

20世纪中国小说中,边地书写是令人瞩目的文学现象。30年代,沈从文在闭塞的湘西建造了自己供奉"人性"的小庙;滇缅边地强者形象的塑造,使艾芜对黑暗社会的愤懑得到了淋漓尽致的表达;周文对川藏边地民情风物的书写、"知青小说"对北国边地鬼斧神工的自然环境的描绘,可以说,对边地的凝眸使20世纪中国小说获得了独特的文学价值。进入21世纪之后,范稳、阿来、迟子建、董立勃、红柯等作家,同样在远离中心地带的遥远边地,寻找自己心灵的皈依之处。纵观王华的小说创作历程,我们会发现这位年轻的仡佬族作家似乎对黔北边地情有独钟,从《桥溪庄》《傩赐》到《花河》《花村》,几乎每一部作品,她都能聚焦不同历史时期边地中国的社会现实,将理性的思考切入边地历史文化与现实生活的肌理,对乡野大地命运流转与迁徙的书写中,展示人生的苦难与人性的美好,形成了一种深邃丰富、层次清晰、别具一格的边地书写。吉尔兹曾经指出,地方书写有双重含义,其一为本地人对自己经历的书写;其二为观察者通过"深度描写"研究当地人的语言和行为,进而理解当地人那一借助其理解而显现出来的意义世界。① 因此,王华的边地书写,契合了吉尔兹提出的"地方书写"的双重含义,她既是当地人,有多年生活于黔北乡镇的经历;同时,她也是观察者,对云贵高原山川、村寨的审视,采取内外视界相结合的"深描",她用现代意识烛照村寨历史与现实,在地方生活经验的书写中显示出理性之光。因此,王华的边地书写,不仅具有地方文化的人类学价

---

① 张琪:《双重理解下的阐释——读吉尔兹〈地方性知识:事实与法律的比较透视〉》,豆瓣网,http://book.douban.com,2012年2月22日。

值，而且她对边地底层民众生活的呈现和对个体命运的关注，形成了一种特有的"疼痛书写"。而边地传说、仪式、民歌、方言和风景画、风俗画在小说情节中的有机融入，小说意象的选择、意境的营造以及诗化语言等因素又形成了王华小说诗意盎然的美学神韵。21世纪以来，随着全球化、都市化进程的加剧，许多作家尤其是年轻一代的作家，他们关注和写作的焦点"与时俱进"地发生了变化——由乡而城。王华一贯坚持的乡土叙事，以及主题的稳态和艺术追求的高度，都足以显示王华小说创作在当代文坛卓尔不群的价值。

一 乡土边地与疼痛书写

王华小说中的边地，是她生活过的黔北乡村，因此，她的边地书写，带有浓厚乡土特色。"我是一个现实主义作家，主要创作紧扣当代现实的作品。由于我生长在农村，对农民熟悉，所以我的创作对象一直都是农民。中国曾经是一个农业大国，在我童年时期依然是，因此农民这个庞大的群体为我提供了丰富的创作源泉。"[1] 中国现代小说的乡土叙事兴起于"五四"时期，以鲁迅为代表的乡土写实派一脉，将旧中国凋敝、衰颓的农村风物的书写与其国民劣根性的批判交织在一起，带着鲜明的启蒙、理性特征。另一脉则以废名、沈从文为代表，侧重于对诗意、浪漫乡土中国的呈现，作品有着明显的"乌托邦"色彩。但是，这两种看似截然不同的写作路向其实殊途同归，处于半殖民地半封建社会风雨飘摇历史时期的中国农村，普遍经历着从"乐园"向"失乐园"的过程，作家在书写这一过程中形成了小说独特的"疼痛书写"。进入当代——尤其是新时期以来，张炜、陈忠实、贾平凹都创作出了书写巨变中国疼痛的经典之作，王华的小说在继承这一写作路向的同时又能别出心裁。首先，

---

[1] 王华：《用文字守望乡土》（创作谈），搜狐网，https://www.sohu.com，2018年8月27日。

她自觉站在女性的立场上书写黔北边地，小说中的桥溪庄、傩赐庄、花村，都是带有女性体温和气息的村庄，《花河》的开篇写："我家乡那条河叫花河，两岸的女人都喜欢以花为名，比如红杏，比如白芍。"①《花村》写："花村以花为名，花村女人也以花为名。"② 她笔触所及，无论是以花命名的"花河"和"花村"，还是一年四季都笼罩在大雾中，总是给人一种湿淋淋感受的傩赐庄，无一不显现出强烈的细腻、感伤的女性气息。这些偏远闭塞的小山村，静静地矗立在黔北边地，形成一种鲜明的地方形象。

其次，她笔下的黔北山村不仅成为小说的叙事基点，也是承载小说人物尤其是女性人物思想和生活情态的文学地标。王华将女性人物性格、命运发展变迁的历程，放置在绵密的乡村生活之流中去展示，人物的形象、命运与黔北边地的村庄相互映衬，以人事命运的变迁烛照乡村的"静"与"常"，一动一静之间，处于历史变动中的女性随波逐流的悲剧命运昭然若揭。

《花河》中，王华在相当广阔的时代背景中去构建乡村女性的人生故事，从中华人民共和国成立前一直写到改革开放，但她无意于对小说宏大、史诗性品格的追求，她更关注的是不同历史境遇中女性的人生选择以及这种选择的后果，由此传达出作家对人生无常和命运荒谬的揭示。小说中的姐姐白芍，工于心计，13岁父母双亡之后，她确立的终极人生目标就是嫁给地主王土做小老婆，以此来保障自己和妹妹红杏的基本生活条件。她不动声色地接近王土，终于如愿以偿成了王土的小老婆。然而，时代发生了翻天覆地的变化，中华人民共和国成立后，王土家的土地被没收，王土被镇压。她不得不重新审视自己的生活。她以自己的身体为筹码，数次向她曾经抛弃的未婚夫王虫示好。然而，因为白芍曾经的背叛，王虫始终耿

---

① 王华：《花河》，人民文学出版社2014年版，第1页。
② 王华：《花村》，人民文学出版社2017年版，第1页。

耿于怀。她与王虫的婚姻，也是自己忍辱负重才得以保全的。白芍的一生，是充满屈辱的一生，她步步为营却往往事与愿违，看似主动争取，实则难逃命运的捉弄。她"用身体和性来换取命运转变的良机，但就在这人性发生扭曲的过程中，她恰恰失去了生命的本质和精神的原点"①。相比姐姐，红杏似乎是作家中意的女性。少女时期的红杏，娇憨天真，为爱情不计得失；成年后的红杏，虽然饱受生活的苦难，却能在困境中豁达乐观地看待生活，她的坚贞、坚持也为她赢得了花河村许多男性的爱慕与追求。小说采用全知全能的叙事视角，在将二位女性的命运和盘托出的同时，王华巧妙地将女性的命运与村庄相勾连。小说开篇的"花河"就带有明显的隐喻特征，以水来象征女性随波逐流，不能自己操控或把握自己命运的困境。河水与村庄、村庄与女性相得益彰，在"河水流，水中花，人命如水"的人生、命运的转换中，整部《花河》对女性悲剧命运的书写是一种有着切肤之痛的真实写作。

再次，王华不仅以知识者、启蒙者的立场展示作为"化外之地"的黔北风情，她的创作也带着文化怀乡的意味，她深刻地意识到自己与书写的边地、与边地的女性千丝万缕的联系，因此，无论是她对黔北边地村庄气候、地理环境、民俗风情乃至日常生活细致的"深描"，还是对乡村生活的形态和村民的生存样态的书写，都是她带着个人印记与人生经验的一次文学穿越。她笔下的乡村不再是废名、沈从文笔下浪漫诗意的唯美空间，而是安放心灵的精神宿地。也不像五四乡土小说家，当他们身居城市而回望乡村时，乡村的愚昧和落后成为他们集中批判的对象。她能够对乡村生活进行重新编码，在审视乡村的愚昧、落后的同时，发掘乡村人性的美与善，由此，小说中形成了一种意味深长的疼痛。《傩赐》是她非常有代表性

---

① 仲雷：《历史缝隙中的女性命运与身体叙事——评王华长篇小说〈花河〉》，《社会科学论坛》2015 年第 10 期。

的一部长篇小说，这篇小说采用第一人称限制叙事的视角，以傩赐庄唯一一个知识者蓝桐的视角，讲述了一个美丽、忧伤的让人心碎的故事。小说的情节并不复杂，是一个类似于"典妻"的故事。来自外乡的残疾的美丽女子秋秋，他的哥哥为了自己能娶上媳妇把她嫁到了傩赐庄。然而，娶她的并不是一个人，而是兄弟三人。等秋秋明白真相后，她为了争取到"一妻一夫"的权利，走上了决绝的抗争之路。然而，抗争的结果，是无可挽回的悲剧的发生。20 世 30 年代，鲁迅笔下的祥林嫂、柔石笔下的春宝娘，可以看作整个旧时代女性"被典卖"的代表。然而，在《傩赐》中，王华在书写傩赐庄落后、愚昧的"一妻多夫"的婚俗之时，也写出了这种婚俗背后的无奈与辛酸。娶秋秋的兄弟三人，都是爱秋秋的，他们对秋秋都非常体贴、呵护。为了满足秋秋"一妻一夫"的愿望，二哥麦冬落下终身残疾，弟弟蓝桐离家外出打工，大哥岩影在麦冬残疾之后，主动承担起照顾麦冬和秋秋的责任。小说正是通过这些平凡人物的人生故事告诉我们：没有坏人，好人却不断受到伤害；全是好人，悲剧却在不断发生。王华有意淡化小说的时代背景，读者无从知晓小说中的故事是发生在八九十年代还是 21 世纪的今天，正如傩赐庄中经年不散的大雾一样，这样的悲剧在王华的叙述中带有恒久的疼痛意味。

最后，进入 20 世纪 90 年代以来，在全球化的历史语境中，传统静态的乡村文明被现代文明打破，乡村固有的生活方式随之改变，进城务工成为农民的重要生活选择。王华清醒地意识到城市对农民巨大的吸引力，她的长篇小说《花村》以"花村男人进城"展开故事的叙述。然而，区别于其他作家此类小说以"农民工进城后的生活"为主体的讲述方式，王华小说叙述的立足点依然是乡村，她通过乡村来审视城市，在书写留守女性生存之痛与心灵孤寂的同时，反观进城后男性身体与精神的需求，以及他们抗争与堕落的过程。王华以悲悯的笔触观照当代农民生活与精神的双重困境，从精神、

第四章 个体记忆与边地形象

心灵的书写进入生命层面,"把对人类心灵意义的叩问作为自己的使命,把对人的命运和生存的思索当作自己的本原性问题,它在叙事中维护人类的基本价值,在对生命现实的深切反思中充满诗意光辉的憧憬"[①]。

《花村》的开篇,写花村男子即将去城市打工的前夜,他们各自与自己妻子的一场性事,延续王华小说一贯以身体为切入表现历史与人性的方式。在小说中,作家借助一场性事将花村成年男女必须面对的困境展示于读者面前。花村留下来的女性自然而然地承担起了家庭的重任,一方面,她们思念着在外打工的丈夫;另一方面,她们也承担着农村高强度的体力劳动,同时还要忍受生理和精神上对男性的双重需求,花村的女性无疑是孤独的,一如盛放在她们衣衫上的花朵——"寂寞开无主,只有香如故"。王华以女作家特有的敏感精准地捕捉到乡村留守女性隐秘的心理,将她们生命的苦痛恰如其分地传达了出来。"根据拉康的镜像理论,主体只有通过镜像阶段,只有将自己还原到外部世界的他人之间,才能在他人最自我的疏远中认识自己。"[②] 借用拉康的镜像理论,我们会发现王华立足乡土叙事的深意,小说中虽然以书写女性在乡村面临的困境为主,其实也从另一方面映射出男性的生活与精神困境。如果说小说中的百合、栀子、映山红等是中国现代化进程中乡村留守女性的代表的话,那张久久、李小勇等人无疑就是进城务工农民的写照,虽然"他们不再是在城市寻找类似土地的稳定可靠的生产资料,以维持其乡民式的生存原则和价值观念的'祥子们'"[③],可是他们在城市中感受到的世态炎凉、人情冷暖也给他们带来了精神上的长久的苦痛。王

[①] 邵子华:《生命叙事:生命的姿态与精神的出路》,《华中科技大学学报》(社会科学版) 2007 年第 5 期。

[②] 周文莲:《对雅克·拉康"镜像理论"的批判性解读》,《学术论坛》2013 年第 7 期。

[③] 丁帆等:《中国乡土小说史》,北京大学出版社 2007 年版,第 334 页。

华真实地书写了在城与乡之间穿梭的农民，他们身体、精神乃至生命的疼痛，是现代化进程中农民必须面对的困境。

二　黔北边地文化的"在场性"

20世纪中国文学研究中，文学与地域文化的关系是一个常说常新的话题，很多研究者从"影响"这一关键词入手，来谈论作家与某一具体地域文化的互动："对于20世纪中国文学来说，区域文化产生了有时隐蔽、有时显著然而总体上却非常深刻的影响，不仅影响了作家的性格气质、审美情趣、艺术思维方式和作品的人生内容、艺术风格、表现手法，而且还孕育出了一些特定的文学流派和作家群体。"[1] 在既往地域文化与文学关系的研究中，"影响论"成为重要的一种研究思路。然而，地域文化对作家的影响，绝对不是一种单纯、单项的影响，其中，作家作为一种创作主体，对特定地域文化在文学中的选择、表现也应该成为研究的重点。因为"如果忽视作家主体意识的作用的话，'影响'如何得以发生的问题就得不到充分的解决，也很难避免地域文化与文学之间的双向封闭互证"[2]。因此，当我们将作家的主体意识纳入研究范围，去考量作品与地域文化的关系时，就会发现王华对于黔北乡村自然地域景观和农民日常生活以及边地文化的呈现，呈现出明显的在场性书写的特征。

"在场性"（Anwesenheit）作为哲学概念，经由康德的"物自体"、黑格尔的"绝对理念"以及尼采的"强力意志"等阐释，在经验的直接性、去蔽性和敞开性中无限接近现实世界，从而以"澄明"的状态直接呈现面前的事物。从早期的作品开始，王华的笔墨就游弋

---

[1] 严家炎：《总序》，载费振钟《江南士风与江苏文学》，湖南教育出版社1995年版，第3页。

[2] 唐利群：《现代文学的地方性与中国形象——以对三个文学文本的解读为中心》，《人文丛刊》2007年第二辑。

第四章 个体记忆与边地形象

于一个又一个黔北的边地乡村中,桥溪庄、傩赐庄、花村在她的笔下逐渐清晰,边地神奇壮美的自然地域景观与边地人平凡的日常生活、仡佬族的民族文化交织在一起,王华在当代文学坐标中建立起了她的黔北边地文学世界。

王华的每一部长篇小说,都是极具黔北地域意味的作品。她以近乎地方志的笔法,对村庄中漫天的大雾、奔流不息的花河、百花缭绕的村庄一一详细描摹,并在风景书写中呈现黔北边地村庄的特点。《傩赐》的开篇写漫天的白雾中的傩赐庄,春天总是比山外的村庄迟来两个月。这样一个笼罩在大雾中连太阳都失去光芒和温暖的村庄,带有鲜明的湿冷特征。《雪豆》中作者写桥溪庄:"黎明无风,茫茫雪野在朦胧中沉睡。但,桥溪庄无雪。一片茫茫雪野中,桥溪庄,一个方圆不过一里的村庄,仍然固执地坚守着它那种灰头土脸的样子,坚守着它那份坚硬的憔悴。"[1] 这些描写很容易让人联想起萧红在《呼兰河传》中对呼兰小城的刻画:"严冬一封锁了大地的时候,则大地满地裂着口。"[2] 有评论者认为,萧红在小说中不仅写出了东北自然环境的荒寒特征,同时也是20世纪三四十年代整个乡土中国的写照。从这个意义上说,王华小说中的湿冷、干旱的黔北边地村庄,在某种程度上也是当代中国村庄的写照。

风景除了具有渲染环境、引出下文的作用,在王华的小说中还承担着推动故事情节发展、暗示人物命运以及揭示主旨的作用,这是王华自然地域景观"在场性"书写的另一显著特点。《雪豆》中,桥溪庄的女人生不出孩子的怪事与桥溪庄六年来不曾下雪的天气融为一体,构成了小说开篇的巨大悬念。"天空变得很窄。灰头土脸的桥溪庄没有雪和雨的滋润,只能由着风把一种坚硬的寒冷挥劈。"[3]

---

[1] 王华:《雪豆》,中国电影出版社2007年版,第1页。
[2] 萧红:《萧红全集》(下),哈尔滨出版社1991年版,第706页。
[3] 王华:《雪豆》,中国电影出版社2007年版,第4页。

荒凉寒冷的氛围中，雪豆的母亲难逃病死的结局。"桥溪庄的天气。只要天上悬着个太阳，春天就跟别处的夏天一样，燥热。"① 燥热的不仅是天气，还有人们蠢蠢欲动的心思，有夫之妇的兰香和名为大树的石匠在这样的天气里萌发了爱情，私奔了。事实上，兰香之所以私奔，也与她对桥溪庄的绝望相关。《雪豆》中，王华关于天气的书写犹如一道谶语，预示着整个桥溪庄的命运。《傩赐》中，作家这样描写秋秋在出嫁路上看到的傩赐庄："前面再见不到明亮的色彩，天也似乎就在触手可摸的地方。天空跟前面的路一样，清一色的青灰色。回过头，太阳明明还在天上挂着，可秋秋这边就像有一种什么无形的东西在拒绝着太阳，抑或，太阳的法力还够不着秋秋这边。"② 此处的景物描写暗示了秋秋的悲剧命运。《花村》关于花的描写，带着浓郁的地域风情。黔北虽地处偏远、交通闭塞，但自然风光极其优美。小说中的花村，女子以花命名，村子里处处皆花。花村中的男子进城打工之后，小说用花的竞相开放反衬花村女性黯淡的人生，在写法上与蒲松龄的《婴宁》有异曲同工之妙。

自然地理风景之外，地域文化的核心是人文地理环境，边地的风俗民情、语言乡音、神话传说、民间故事等综合形成的人文环境是孕育故事的温床，不同的故事又包含着不同的人物和人生。黔北边地文化给予王华充分的滋养，因此，她小说中的故事、人物都带有鲜活的黔北边地文化的因子。《傩赐》是王华小说中书写仡佬族文化最充分的一部，她以轻盈优美诗一般的笔触，将大山环绕闭塞的傩赐庄原生态的生活工笔细描，贯穿小说全篇的主线是"一妻多夫"的故事，但小说通篇没有激烈的斗争，而是在普通日常生活的琐事和一年四季农村的耕作稼穑中，将一个沉重的悲剧和盘托出。同时，作家在《傩赐》中加进大量傩赐庄独特的风俗。傩赐庄的"桐花

---

① 王华：《雪豆》，中国电影出版社2007年版，第24页。
② 王华：《傩赐》，安徽文艺出版社2018年版，第6页。

节"是一个原始乡土的节日,在四月十二、四月十三两天中,傩赐庄的人会着盛装,到滩子地里唱情歌,吃黄豆,玩高脚狮子,以此来祭奠傩赐庄的祖先——"桐花姑姑"。"桐花节"不仅是一个节日习俗,同时它还与傩赐庄特殊的婚俗有关,传说中,"桐花姑姑"为了傩赐庄的繁衍,自愿嫁给了三个男人,生下许多孩子。正如小说中所言:"美丽的传说给我们留下了这么美丽的节日,却又给我们遗留下了一个严酷的现实。"① 嫁进傩赐庄的女子都变成了"桐花姑姑",她们的一生,不管愿意与否,都必须与几个男性相守。小说中,"我"的母亲——被唤作"素花"的女子——就有两个丈夫,一个是我的父亲,另外一个是管高山。"风俗总是关乎着一个地域的道德伦理观念,人也总是在伦理关系中呈现出其人格的伟大或者卑微。"② 在《傩赐》中,王华书写风俗不仅是将其作为一种"风俗画"展示于作品中,她笔下奇异的、原始的风俗和乡土生活是水乳交融的,它和故事情节发展相联系,在塑造人物形象、暗示人物命运方面有重要的作用。王华真实地还原出民俗的本相,写出"桐花节"欢声笑语、歌舞升平背后的无奈与苦难,尤其是它对傩赐庄女性强大的同化作用。她对风俗的祛魅处理,带有明显的"在地性"特征。

三 边地书写的叙事特征

20世纪90年代中后期,逐渐结束了80年代以来一浪高过一浪的西方各类文体的形式主义实验后,中国的长篇小说创作表现出一种明显的向传统回归的趋势。王华的小说,大多采取现实主义的写作手法,直陈生活的苦难与悲剧。但是,在艺术品格和特质上,她的小说在古典与现代之间找到了很好的平衡点,因此,她的黔北边

---

① 王华:《傩赐》,安徽文艺出版社2018年版,第121页。
② 唐诗人:《风俗、道德与小说——论迟子建〈群山之巅〉》,《文艺评论》2015年第5期。

地世界洋溢着浓郁的诗意。

王华书写黔北边地农村的生活，主要以丰富、绵密的日常生活细节编织起整部小说，青山绿水、薄雾轻雪、花树交织而成的风景画，婚丧嫁娶、节庆祭祀、饮食服饰等构成的风俗画，与农村人一年四季耕作稼穑、家长里短的生活画交织在一起，在农村生活的汩汩细节之流中，我们能够洞悉乡土人生的悲喜，听到乡村文化的轻声细语。这种关于生活细节的工笔描摹，让我们重温《金瓶梅》《红楼梦》等古典小说特有的美学神韵。

在边地人物形象塑造上，王华善于塑造受传统文化影响较深的人物，尤其是女性人物，在性格上，这些人物大都具有忍辱负重、温柔敦厚的特点。不可否认，王华非常善于表现农村生活的种种苦难，更善于塑造苦难中的人物形象。《傩赐》中的秋秋、《花河》中的红杏、《花村》中的栀子，都是承受生活的苦难而把自己与苦难融为一体的人。在承受苦难的同时，她们能够保持自己美善的本质。王华就像是一位勤勤恳恳的寻宝者，笔触所及，尽可能地挖掘这些处于生存与精神苦难中的小人物身上人性的光辉，寻找小人物的人生故事带给我们的温暖与力量。通过这样的人物形象，王华完成了其作品对"苦难"的诗意呈现，这不是粉饰苦难，而是在苦难中完成超越，从而实现本体意义上生命的救赎。

就王华小说的艺术风格而言，其接续了 20 世纪 30 年代以来乡土抒情小说的传统，在她的小说中，大量抒情意味浓郁的意象营造出小说诗一般的优美意境，同时，在洗练流畅的叙述语言中加进富有古典韵味的雅言，使她的小说诗情盎然。试举两例：

跟着秋秋来到清明的天空下，我顿时感觉到一种从心到脑的畅快。暖融融的粉色的阳光洒下来，在空气中弥漫着一股馨香。似乎，还因为这样的天空下站着秋秋，阳光比往日更温暖了，空气也比往日更清新了，脚下，那一层一层奇幻的美景也

第四章　个体记忆与边地形象

更美丽了。这个时候的秋秋，在我的心里注入了一种以前不曾有过的感动。①

雨就停了，媳妇们把洗好的鞋晾到院子里的花树上。因为是自家男人的鞋，就必须晾在自己的那一棵花树上。比如栀子是晾在一丛栀子树上的，映山红是晾在一丛映山红树上的。这两种花都属于灌木，长不高大。但她们嫁过来十几年了，树丛已经非常壮观了。而且这时候正是映山红开得最灿烂的时候，那席面大的花丛使院子看上去像着了火。②

上述第一段文字中，天空清明，阳光温和，空气清香，这些带着明丽色彩的意象不仅营造出了安宁祥和的氛围，也恰如其分地将一个青年面对心爱的女子隐秘的爱慕心理传递了出来。此时，秋秋对于自己即将被"过渡"给另外一个男人的悲剧一无所知，而蓝桐对秋秋的感情已然是爱情。此处澄澈、奇幻的意境与秋秋见到美景、蓝桐与钟爱女子单独相处时的雀跃心情相映成趣，也为后文二人的悲剧作了反衬。第二段文字中，通过对《花村》中花开得热烈、浓丽的景物描绘，以及花村女子晾鞋的动作描写，衬托出花村女子在丈夫进城后落寞、寂寥的心情。在这里，现实生活中的具象与小说中人物的主观情感相照应，情景交融，同时，也应了王夫之《姜斋诗话》中所谓的"以乐景写哀，以哀景写乐，一倍增其哀乐"的写法，王华对于中国传统美学资源的借鉴，使她的小说拥有了一种"言有尽而意无穷"的美感。

朱光潜认为："第一流小说家不尽是会讲故事的人，第一流小说中的故事大半只象枯树搭成的花架，用处只在撑持住一园锦绣灿烂

---

① 王华：《傩赐》，安徽文艺出版社2018年版，第99—100页。
② 王华：《花村》，人民文学出版社2017年版，第9页。

201

生气蓬勃的葛藤花卉。这些故事以外的东西就是小说中的诗。"[1] 应该说，王华以凝练蕴藉、富有张力的语言书写边地农民的喜怒哀乐、爱恨情仇，她对黔北边地的热爱、书写和表现，不仅体现了作家的责任与良知，也以文学的光芒烛照边地的历史和现实，显示出了文学伟大的救赎力量。

---

[1] 朱光潜：《朱光潜美学文学论文选集》，湖南人民出版社1980年版，第26页。

第五章　新世纪长篇小说地方书写的文学价值

第一节　地景书写与地方认同——认识价值

刘勰在其《文心雕龙·物色》中认为："若乃山林皋壤，实文思之奥府，略语则阙，详说则繁。然屈平所以能洞监《风》《骚》之情者，抑亦江山之助乎！"①刘勰以"得江山之助"论《离骚》风格之成因，论自然山水对文学的影响，他的这一论述得到了认可："历代文论、诗论、词论、曲论、乐论、画论等等，对'江山之助'的兴趣弥久不衰，论述不绝如缕，理论上不断深入、丰富和完善。"②江山之助也"演进为一个内涵丰富而意义非凡的光辉命题。它揭示了审美客体江山对审美主体作家的感召襄助作用"③。到了明代，李元阳进一步阐释"江山之助"说："山水与人文之间具有一种对应关系，所谓'人由地佐，地以人重'。这种关系又表现在两个方面——一是山水可以助人益文：'足迹遍天下而后其文益奇，虽其才本天纵，而山川风物固有以佐之。'二是人文可以助山水成名：'山水之

---

① 周振甫：《文心雕龙今译》，中华书局1986年版，第412页。
② 范军：《中国古代文论中的"江山之助"》，《湖北民族学院学报》（社会科学版）1992年第4期。
③ 章尚正：《"江山之助"论的拓展与深化》，《古籍研究》1999年第1期。

系人文，尚矣！'地以文显，景因人胜，固有不期然而然者矣。'"①李元阳在刘勰"江山之助"的基础上，提出了江山不仅能够成为文学的表现对象，而且其在题材选择、主题凝练、审美风格的形成方面有着重要的影响，同时，文学作品对江山形象的建构也可以使江山因之而"地以文显，景因人胜"。古人对于江山与文学关系的论述，实际上就是地方与文学的双向互动。一方面，文由地佐，文学因为书写地方而形成自己独特的审美风貌；另一方面，地以文显，地方因为文学的书写而得以扬名。古往今来大量的文学创作实践均表明，文学与地方，的确存在着非常复杂的双向建构的关系。进入21世纪之后，长篇小说的创作出现了不同凡响的日渐发展与繁荣的态势，从小说表现的内容来看，特定地方的历史与现实依然是新世纪长篇小说重点关注的内容，而且，小说触摸历史的视角显得更为平和，现实书写也充满了主体意识，小说对地方的书写也更多维、更立体，由此呈现出新世纪长篇小说中地方书写的新的文学价值。

在继承20世纪中国小说地方书写特质的基础上，新世纪长篇小说中的地方书写出现了大量关于城市、乡村以及边地不同地方风景和地方风物的描述，由此建构起鲜明的地方形象，这种地方形象的建构，又为我们认知地方提供了有效的途径。

一 地方风景的"去蔽"书写

新世纪长篇小说中的地方书写，最突出的一个特征就是去除对地方风景的"异景"书写，在日常化的笔触中，还原了地方风景本来的面貌。所谓"异景"书写，就是侧重罗列某个地方的新奇、罕见的风景。诸如艾芜的《南行记》中对滇缅边境神秘、多彩的自然风光的书写：

---

① 孙秋克：《明代云南文学研究》，云南人民出版社2010年版，第138页。

第五章　新世纪长篇小说地方书写的文学价值

  江上横着铁链作成的索桥，巨蟒似的，现出顽强古怪的样子，终于渐渐吞蚀在夜色中了。
  桥下凶恶的江水，在黑暗中奔腾着，咆哮着，发怒地冲打崖石，激起吓人的巨响。
  两岸蛮野的山峰，好像也在怕着脚下的奔流，无法避开一样，都把头尽量地躲入疏星寥落的空际。
  夏天的山中之夜，阴郁、寒冷、怕人。
  桥头的神祠，破败而荒凉的，显然已给人类忘记了，遗弃了，孤零零地躺着，只有山风、江流送着它的余年。①

  这样的描写，往往会给我们带来"异国情调、美丽的风景、难忘的回忆、非凡的经历"②的异乡的感受，然而，这种带着奇幻色彩的书写，往往与书写者、流放者、漂泊者的形象融为一体，形成了一种文化符号的叠加。久而久之形成了一种带有漂泊者主观倾向的文化模式和潜移默化的符号系统，根深蒂固地植入了读者的心理，容易形成一种思维定式。但是，这显然不是地方风景书写的应有之义。新世纪的文坛，虽然红柯、董立勃、范稳、迟子建也书写边地令人讶异的风景，但他们更侧重将地方风景与日常生活相结合，从而建立起地方风景与自身认知的联结，巧妙地借地方风景塑造地方形象，从而强化了读者对地方形象日常性的认知。
  范稳笔下出现了澜沧江两岸藏地民众的生活，在小说《悲悯大地》的开篇，有大段关于边地风景的描写：

  那个时候，在西藏东部蛮荒隐秘的雪山峡谷中，从青藏高原奔腾下来的澜沧江是下山的猛虎，把峡谷搞得森严肃杀，恐

---

① 艾芜：《山峡中》，载唐文一编选《艾芜》，华夏出版社1997年版，第53页。
② ［美］爱德华·萨义德：《东方学》，王宇根译，生活·读书·新知三联书店2019年版，第1页。

怖晕眩。江水如刀，大风似箭，从峡谷中穿越而过，塑造出这段鬼斧神工的大峡谷，也塑造出这峡谷中的人们，像悬崖一般挺立，如雪山一样骄傲。那个时候，大地经常发生轻微的颤动，这并不是地下的魔鬼大梦初醒后的翻身扭动，而是江底的巨石被洪水夹带，跌跌撞撞地往下游逃窜。它们身躯再庞大，也不是洪水的对手；就像人间一个再厉害的伟人，一个再智慧的高僧，也不是时间的对手一样。可就是时间，当它流淌到澜沧江峡谷里时，也不得不随着波涛翻滚的浪花沉浮、飞溅、跌落、消失。时间像江水，冷酷无情；江水也如时间，不舍昼夜。①

在这段充满神秘气息的边地叙述中，叙事者以散文的形式，图像式的文字排列，营造出具有特殊空间感的视觉画面：蛮荒隐秘的雪山峡谷、充满着阳刚之气的澜沧江，都散发着奇异而强大的生命力，吸引神灵日夜徜徉、不愿离开。所以，也充满着让我们讶异的元素。然而，范稳并不是为"神奇"而书写，而是在边地风情中逐步展开对边地民众日常生活图景的展示：他们如何耕种、如何经商，以及婚丧嫁娶的种种生活习俗。在此，险峻、巍峨的峡谷景观的全貌再现，使澜沧江大峡谷有了迥异于其他区域的独特标识。不独范稳如此，同样作为边地的书写者，梅卓笔下的边地风景又呈现出诗意柔美的一面：

> 那里长着白杨与松柏，在月亮下，透着迷人的光泽。每一声夜鸟的鸣叫，都会带来一片片树叶的低语。那朦胧的、令人心荡神驰的晚风，捎来山峦间黛色的气息。跳跃在年轻心灵上的光点，同样神秘、醉人地跳跃在这一片情人的栖息地。②

---

① 范稳：《悲悯大地》，北京十月文艺出版社2011年版，第13页。
② 梅卓：《太阳部落》，中国文联出版公司1998年版，第369页。

第五章　新世纪长篇小说地方书写的文学价值

这个如梦如幻的边地景物，是一对藏族青年男女在对歌、一见钟情之后眼中所见的景象，梅卓将少年男女初尝情爱的喜悦心情，投注在如梦如幻的景物之上，使主观的情感体验与外在的现实具象融为一体。月光、夜鸟、晚风、林木，形状、色彩、声音结合在一起，形成一组繁复的意象，与人物的内心感受交融在一起，形成了物我两忘的美好境界。由此可以看出，无论是西南边地还是西北边地，作家对边地风景的书写，都将其与日常生活紧密联系，于是，边地风景的日常性、生活性的特征映入眼帘。这样的书写，使小说中的边地风景不仅成为人物活动的环境，同时以本土情怀相融合，力图表现出边地风景的突出特征，从而使原本的穷乡僻壤之地，转身一变成为诗意与美融合之地。

二　地方风物的日常性书写

新世纪长篇小说的地方书写中，不仅边地小说中的地方自然景观改变了以往"异景"书写的模式，城市与乡村书写亦是如此，作家改变了20世纪小说中的"异物"书写，在对城市、乡村风物日常性的书写中塑造城市、乡村形象。

如前所述，王安忆的《天香》《考工记》中对于"上海"前世今生的回顾，注重从日常性的刺绣、建筑入手，而且，小说中的种种器物，不是冷冰冰没有感情的存在，而是在对小说人物日常生活的书写中，器物与上海历史、人物命运发生了某种奇妙的关联。对比30年代"新感觉派"笔下侧重于从夜总会、跑马场、舞厅、大马路表现"建造在地狱上的天堂"的上海，王安忆笔下的上海明显更具日常性与温情。同样，迟子建的《烟火漫卷》中，以富含历史感与日常性的大桥、音乐厅与榆樱院等推进小说情节的发展，她笔下的哈尔滨与冯至诗歌《北游》中"怪兽般的汽车""瘦马拉着的破烂的车""犹太的银行""希腊的酒馆""日本的浪人""白俄的妓院"中的"不东不西"的哈尔滨大相径庭。贾平凹的《暂坐》中以

207

古都西安的"茶馆"为核心意象,以茶馆里来来往往的女性人物为叙述对象,叙写出她们的人生命运。与此前他的《废都》中的西京的城市风物相比,《暂坐》中的城市风物明显更具日常性。由此,充满街谈巷议、烟火人生的上海、哈尔滨和西安成为新世纪长篇小说中典型的文本景观。

新世纪的乡村风物的书写,不同作家关注和书写的重点不同,但日常性是其共同的特征。诸如郭文斌的《农历》中,侧重从西海固小山村的衣食住行入手塑造审美化的乡村形象,小说中过元宵节的"荞面灯盏",过干节打的"干稍",二月二的"炒豌豆",清明节的"纸钱",端午节的"香包",中秋节的各式水果、月饼,寒节的"麻麸饼子",等等,都是中国传统节日的一个重要组成部分,它们与小说的节日一起组成了兼具诗意与审美的乡土中国的形象,成为承载作家乡愁的有效载体。而周大新的《湖光山色》则主要从楚王庄的历史遗迹——楚长城入手推动小说情节的发展,楚长城本是一种静态的存在,可是,小说中以暖暖为主体的新型农民,发掘了它的旅游价值,使其从历史遗迹变成了旅游景点。小说借楚王庄的历史风物与自然风景书写乡村的现代转型,乡村正在现代化的道路上大踏步向前,相比于20世纪中国小说中对农村风物或批判或赞美的单一书写,周大新呈现出明显的转变,赋予乡村风物以新的价值。

总体而言,新世纪长篇小说中不管对边地风景还是城市、乡村风物的书写,作家都没有将它们异化或者陌生化,而是以地方风物与本土情怀相融合,经由他们饱含着本土情怀的描写,边地、城市与乡土恢复了本来的平常面目。这种地方书写态度和模式的改变,具有重要的文化意义。在异物和他者书写模式下,没有主体情怀与地方风景、风物的深度融合,即使地方书写再多,也不过是风景或风物的罗列,难以发展出一个文化意义上的地方书写。而21世纪以来作家以小说为媒介所呈现的地方形象,体现出一种主体情怀与地方风景、风物的深度融合，构建了一种日常生活化的地方书写模式，这有利于地方形象摆脱"异景"和"异物"书写，恢复其固有的地域和文化标志意义，进而推动对地方文化特质的探寻，从而为文化上而不仅仅是地域上的地方书写的形成提供条件。一般情况下，我们探究地方与文学的关系，惯于从"影响论"的角度进入，重点探究地方对作家的"性格气质、审美情趣、艺术思维方式"和作品的"人生内容、艺术风格、表现手法"[①]的影响。然而，如果忽视作家的主体作用，"影响论"往往会大打折扣，因此，在这种充盈着主体意识的日常性的地方风景、风物的书写中，我们看到了地方与文学的一种双向建构的过程，地方形象越是鲜明多维地呈现于小说之中，越是有助于读者多元化地认知地方。新世纪长篇小说对地方风景、风物的书写，以及基于此的对于地方形象的构建，从认识论的角度而言，有着非常重要的意义。

第二节 地方文化与地方依恋——情感价值

文化地理学家爱德华·瑞尔夫认为，地方可以通过对环境设施、自然景物、风俗礼仪、日常生活习惯等一系列因素的感知理解而形成一种总体印象。[②] 可见，地方的概念至少包含三个层面："一是作为地理环境的地方，它是地球表面的一个点；二是作为人类活动的地方，它是日常工作和生活的空间场所；三是作为精神体验和心理想象的地方，它是能让人产生依恋感与归属感的空间存在。由此，我们可以认为地方既是一个物质形态的空间地点，也是一个包蕴人类情感的主观场景和心理空间，它是动态而非静止的，是开放而非

[①] 严家炎：《总序》，载费振钟《江南士风与江苏文学》，湖南教育出版社1995年版，第3页。
[②] 邵培仁：《地方的体温：媒介地理要素的社会建构与文化记忆》，《徐州师范大学学报》（哲学社会科学版）2010年第5期。

封闭的，是独特而非普遍的。"① 实际上，一个地方的动态性、开放性、独特性与地方的自然条件及人文活动紧密相关。由此，我们可以认为，文学中关于地方的表现，文化占据着非常重要的地位，作家在对地方文化的具体书写过程中，传达出作家的写作立场、情感态度和价值判断，而作家在作品中表露出的这种情感与判断，则有利于读者在心理、感情层面更深层次地建构地方形象，完成对小说的深刻认知与领会。

地方文化或者地域文化，是一个含义非常丰富的概念。"地域不仅仅是因为其自然的或人文的某一方面而对人、对文学产生影响，更不仅仅是从物质的层面对人或文学产生影响，它的影响不应该是单一的（比如山地、水乡、平原、草原之类的影响）、平面的（比如自然的影响），而是一种综合性的多层次的影响。"② 这种综合性、多层次的影响，具体在作家的小说创作中主要表现为在文学资源的选择、文学精神的传达以及文化人物形象的塑造上具有一定的倾向性和独创性。而地方文化一旦进入作品，它就不仅是一种"文化的展示"，而且是作家基于地方认同基础上对自我、族群身份的确认，其包含着非常浓厚的情感反应和情感价值。

一 地方文化的深度书写

在文学资源的选择上，新世纪长篇小说表现出向地方文化的深度探寻。稍加回顾就会发现新世纪长篇小说创作对地方文化的选择和吸收绝非偶然现象，这是对20世纪中国小说地方文化书写的一种继承。不可否认，我们往往会在鲁迅对江南水乡民俗文化的展示中，感受到鲁迅在审美上对故乡美的歌唱以及在现实层面对故乡丑的愤懑，我们也就能体会他"爱之深，责之切"的复杂感情。我们在老

---

① 徐汉晖：《空间、地方感与恋地情结的文学抒写》，《湖北社会科学》2017年第11期。
② 王祥：《试论地域、地域文化与文学》，《社会科学辑刊》2004年第4期。

第五章 新世纪长篇小说地方书写的文学价值

舍近乎铺陈的诸如吃饭、穿衣、请安等礼仪文化的叙述中，感受到北京城无所不在的文化气息。在沈从文对湘西神秘、野蛮的边地习俗的描述中，我们看到了一个不同于中心区域的充满血性和勇力的"边地"中国形象。21世纪以来，作家在长篇小说的创作中，地方文化成为他们首要的文学资源。20世纪90年代以《尘埃落定》扬名于文坛的阿来，在新世纪创作的长篇小说《空山》《瞻对》《格萨尔王》中，继续在他熟悉的嘉绒部落的文化传统中寻找创作灵感与材料。他说："从地理上看，我生活的地区从来就不是藏族文化的中心地带。更因为自己不懂藏文，不能接触藏语的书面文学。我作为一个藏族人更多是从藏族民间口耳传承的神话、部族传说、家庭传说、人物故事和寓言中吸收营养。这些东西中有非常强的民间特质。"[1] 因此，《空山·天火》中色嫫措金野鸭的传说，《空山·荒芜》中村民协拉顿珠传唱的觉尔郎部落的传说，都成为其重要的文学资源。而他的《格萨尔王》则是对藏族史诗的现代重构，从表层结构来看，他完全借鉴了"神子降生、赛马称王、雄狮归天"三段式框架的史诗叙事脉络，同时又在古典史诗的"重述"中翻出新意，以现代人的眼光对史诗进行了重构。由此可见，藏地神话、传说以及民间故事当之无愧地成为他重要的文学资源。

迟子建在创作《额尔古纳河右岸》时，也写到了鄂温克族大量的历史传说、神话故事、民歌、篝火舞、熊斗舞等各类舞蹈以及岩画、谚语、谜语等民间文化。她说："我喜欢神话和传说，因为它们与想象力有着肌肤之亲……神话和传说几乎渗透了生活的每一个方面，地域环境、生育养殖、战争、瘟疫等等，几乎都能捕捉到它的影子。"[2] 她在小说中对于植根于大兴安岭的黑土地文化的书写，不是一种简单的比附和描摹，而是一种潜移默化的渗透。也正是她对鄂温克民间文化

---

[1] 阿来：《穿行于多样化的文化之间》，《中国民族》2001年第6期。
[2] 迟子建：《谁饮天河之水》，载《女人的手》，明天出版社2000年版，第130页。

的借重，使她在《额尔古纳河右岸》中能够"以温情的抒情方式诗意地讲述了一个少数民族的顽强坚守和文化变迁"①。

　　郭文斌则注重向中国传统的节日文化汲取写作资源。在《农历》中，他以十五个传统节日的时间为经，以过节时林林总总的习俗为纬串联起小说总体的叙述。在对节日细节的叙述中，作家穿插了大量诸如《朱子家训》《了凡四训》《太上感应篇》《弟子规》等传统文化经典著作，让节日习俗与传统文化相互呼应，共同完成了对"文化中国"的形塑。而叶炜在他的"乡土中国三部曲"中，也集中展示了苏北鲁南地区节日文化。小说写麻庄过"麻衣节"的习俗："为了守护好家业，守护好麻庄，麻庄人很早就学会了敬天敬地敬苍生。每年的鬼节前后，老万到祖坟给爹老子和先人烧纸送钱后，必到老槐树下麻姑庙旧址焚香摆供。那些丰盛的贡品供奉完之后，常常会成为麻庄孩童们的好吃物。在秀才王二的私塾念书的那些孩子，一到鬼节，常常会偷偷跑出来，去抢那些好吃的贡品。在麻庄的孩子们看来，只要是和神仙麻姑沾边的节日都和好吃物有关。很久以前，在麻庄有'七月十五请麻姑'的风习。每年农历的这一天，被称为'麻姑节'，麻庄各家各户都要煮肉、蒸馍馍。"②

　　陕西作家似乎对中国古老的民俗文化情有独钟，20 世纪 90 年代，陈忠实的《白鹿原》在主人公白嘉轩的人生叙述中，风水文化就起到了画龙点睛的作用，经由"换地"这一事件，陈忠实写出了儒家文化的核心观念——重义轻利背后的虚伪与虚浮。接续这一叙事特色，贾平凹的《山本》也是以风水文化为小说的引子，引出了陆菊人与井宗秀长达数年的"发乎情，止乎礼"的情感纠葛，神秘风水文化在小说中起到了穿针引线的作用。而城市书写中，王安忆对刺绣文化、建筑文化的铺陈，使《天香》《考工记》散发出难以

---

① 仲余：《第七届茅盾文学奖授奖辞及获奖作家感言》，《中学语文：读写新空间（中旬）》2008 年第 11 期。
② 叶炜：《福地》，青岛出版社 2015 年版，第 42 页。

言明的怀旧的迷人气息,彰显出中国古典文化的魅力。

二 地方文化场与地方依恋

对于地方文化精神的传达,新世纪长篇小说的一个典型特点就是在小说中建构起一个个鲜明生动的"地方文化场",在具体的文化场中通过一系列人物形象的塑造,传达出对不同文学精神的认知。在《秦腔》《空山》《绝秦记》《额尔古纳河右岸》中,作家们塑造出牺牲个人、保全村庄历史记忆与文化传统的老一辈人的人物形象,这些人物往往有一种大智若愚、藏巧于拙、于朴素中内含智慧的民间生存经验和哲理感悟。《秦腔》中的夏天义,是一个诞生于农耕文化中的人物,对土地有着无以复加的热爱。因此,当现代化的进程入侵清风街时,他不顾自己的年迈,一直身体力行地守护清风街的土地。而他最后的猝然离世,也代表着农耕文明不可避免地走向没落的结局。《额尔古纳河右岸》中的叙述者是鄂温克族最后一位酋长的女人,在她娓娓道来的叙述中,鄂温克族最后一位萨满的形象也跃然纸上。为了救人,为了部族,萨满妮浩由一个不谙世事的漂亮小姑娘成长为救助众生的萨满。为了救人,她数次披上萨满神衣,也数次以自己孩子的生命换回他人的生命。这些小说中悲情的人物形象往往能够引起读者强大的共鸣,因为他们身上所体现的民间精神,正是作家对以地方文化为核心的精神家园的追寻,体现出一种浓烈的怀旧情绪。而叶炜在其"乡土中国三部曲"中,塑造出了他的故乡苏北鲁南的人的整体形象,他认为故乡的人民:

> 这里的人们关心的永远都是国家"大事",谈起来那都是千秋大业……或者是因为这里是苏鲁大平原,苏豫皖衔接带,既上承曲邹孔孟之礼,为孔孟老子等圣贤之地,又下纳丰沛汉王之风,为一代帝王之乡;既北蓄泰岱之豪放,又南收江淮之灵秀;既西取微湖之广阔,又东收沂蒙之厚重;既有"九里山前作战场,牧

213

童拾得旧刀枪"的豪放,又有"风吹起乌江水,好似虞姬别霸王"的悲壮……总之,这里的人活得大气磅礴,从不窝窝囊囊!即便是饿着肚皮,操的依然是帝王心,干的依然是天下事!①

因此,他自信地认为,作为"地方"的苏北鲁南,和莫言笔下的"高密东北乡"有着异曲同工之妙,完全可以呈现出当代中国的乡土世界图景。所以,他在小说中塑造出了豪放的北方文化和婉约的南方文化交融激荡的"苏北鲁南"的文化空间,借此传达出他对整个乡土中国的认知。

在人地关系中,"地方"不仅具有地理和人文的含义,还有社会心理的内涵,其中地方依恋就是地方的社会心理内涵的重要内容。"地方依恋"指某个地方因自身独特的魅力得到了认同,并对社会个体或群体构成了情感上的吸引力。这个概念来自环境心理学和游憩地理学关于"思乡情怀"的理论。美国华裔人文地理学家段义孚著有《恋地情结》一书,他把地方依恋主动引入人文地理的研究,阐释了人对地方的爱恋和依恋之情。当然,地方依恋产生的前提是个体对地方空间的清晰认知和认同,并对地方有过居住、旅居或游历的实践经历,由此与地方产生了情感上的联结,它是个体对地方的一种单向和正向的情感。② 这种情感,既有作家对出生地域的依恋:"就个人而言,成长地域犹如母体的子宫或婴儿期的摇篮,是具有历史意义和情感内涵的精神母地与爱的空间。无论他们在外面是飞黄腾达,还是穷困潦倒,成长之地始终是个人地理自我的情感坐标或参照体系,早已内化与凝固为心灵深处的某种地方归属感,如影随形、挥之不去。"③

---

① 叶炜:《福地》,青岛出版社2015年版,第159页。
② 徐汉晖:《空间、地方感与恋地情结的文学抒写》,《湖北社会科学》2017年第11期。
③ 徐汉晖:《空间、地方感与恋地情结的文学抒写》,《湖北社会科学》2017年第11期。

第五章　新世纪长篇小说地方书写的文学价值

这种对自己出生成长地域的依恋，每个人都有，只是作家会更敏锐地体会到这种感受。作家往往会将这种心理感受化为小说中具有地方色彩的文化空间，继而利用鲜活生动的文化空间传达其对具体地域的情感、价值、审美等诸多方面的认同。

20世纪中国文学中，鲁迅率先在小说中建构起绍兴文化空间。无论鲁镇祭祀的习俗，还是未庄的民风，都显示出浙东水乡的地域文化色彩。鲁迅以一个游走于现代都市空间的知识者身份，带着深切的爱，悲悯地俯视故乡，对这些地域空间的人物、地方文化野蛮、落后的一面，总流露出"哀其不幸、怒其不争"的复杂情感。即便如此，"'故乡'的人事风华、不论悲欢美丑，毕竟透露着作者寻找乌托邦式的寄托"[①]。鲁迅是以"现代性"的眼光打量故乡风土人物中保守、陈腐的一面，实际上他将乡土置于批判性空间的同时，更寄寓了对这片土地的爱与恋，因"爱"之切，所以"批"之深。哪怕故乡是不毛之地、穷山恶水，但在一个具有忧国忧民情怀的现代知识分子心里，同样是故土和热土。对于"故土"的依恋与亲近是每个人与生俱来的情愫，自古以来，中国传统的农耕文化土壤和华夏民族"土色土香"的乡风民俗所积淀和凝固成的思乡恋旧的社会文化心理，必然会潜在地影响中国现代作家，使其文学创作普遍具有鲜明的乡土根性。自鲁迅之后，乡土小说作家流派、沈从文、废名、老舍、赵树理、汪曾祺莫不如此。

这种对地方的认同和依恋，会加强作家与地方彼此之间的联系。地方依恋最突出的特征是在内心深处藏有一块思念之地，并把它当成了自己肉体和灵魂的栖居地、归宿地，家园或故乡作为一个人的成长地域，很容易成为地方依恋的"落脚点"。地方依恋的终极情感体现在对归宿之地的空间认同上，以及回归与拥抱此地的欲望和冲

[①] 王德威：《想象中国的方法：历史·小说·叙事》，百花文艺出版社2016年版，第225页。

动。因为,家园和故乡给人以归属和安全的空间。因此,一方面,经由作家之笔,原生态的生活空间转化为具有文化韵味的文化空间;另一方面,地方文化空间的构建、文学精神的传达,也包含着作家在全球化进程中对于自我身份与族群身份的确认。毫无疑问,全球化是以标准化、统一化来取代地域性和差异性,追求建立一个整齐划一的世界,这必然会造成与本土文化的冲突与碰撞,造成自我的丧失。"为了保持自我感,我们必须拥有我们来自何处、又去往那里的观念。"[1] 因此,新世纪作家对于地方文化的追寻,很难不看作一种对自我、民族、国家之根的探寻。作家旨在通过对地方文化的书写,唤醒人们本土身份的认知,从而避免在"他者"蓝图的诱惑之下,在转型时代复杂暧昧的文化环境中,丧失自我。而且,作家对地方文化精神的传达,在喧哗与骚动并存的新世纪中国,无疑具有清凉和镇静的作用。我们借此追忆民族的过去,从而更清楚地认识现实和自我,这也是此类书写的文学价值和意义。

第三节 地方语言与地方审美——美学价值

新世纪长篇小说中的地方书写,依据特定的地方风物,选取地方景观,呈现地方形象,而这一地方形象与地方时空体的文学构建,主要依赖于小说的文学语言。以语言为媒介,新世纪长篇小说表现出其鲜明的审美特点,从而使其有着别具一格的美学价值。

新世纪长篇小说地方书写,语言方面的显著特色,就是作家对各地方言在小说中的娴熟使用。虽然方言与小说的耦合并非新鲜事物,20世纪初的《海上花列传》就是非常典型且影响深远的方言小说,胡适在为其作序时认为:"方言的文学所以可贵,正因为方言最

---

[1] [英]安东尼·吉登斯:《现代性与自我认同:现代晚期的自我与社会》,赵旭东、方文译,生活·读书·新知三联书店1998年版,第60页。

能表现人的神理。通俗的白话固然远胜于古文,但终不如方言的最能表现说话的人的神情口气。古文里的人物是死人;通俗官话里的人物是做作不自然的活人;方言土语里的人物是自然流露的活人。"①胡适站在"文学革命者"的立场上谈方言与文学的关系,有些观点未免激进,但是,他所说的方言与小说中人物形象的关系问题,却切中肯綮。其实,方言不独在人物形象塑造上发生着重要的影响,事实上,方言融入小说的创作,会使小说中的地方风景、地方风物、地方景观、地方人物都愈加体现出鲜明的地方风貌,由此带来了新世纪长篇小说"原汁原味"的美学风采,这对未来小说的发展,未尝不是一种很好的启示。

一 方言影响小说人物形象的塑造

方言对小说美学风貌的影响,首先表现在小说中的人物语言上,人物语言直接影响人物形象的刻画和人物精神气质的凸显。例如金宇澄以上海为书写基点的《繁花》,其中人物语言主要以改良过的沪语为主,同时在某些片段中夹杂着其他地方的方言,不同方言与不同的人物互相映衬,使得人物形象更加生动鲜明。小说中有一个场景,写陶陶、沪生他们到苏州,晚上要走出宾馆散心,楼下大堂总台空无一人,说北方话的范总便喊"服务员,服务员。招呼很久,总台边门掀开一条缝,里面是女声,讲一口苏白,吵点啥家,成更半夜。陶陶说,我要出去。服务员说,吵得弗得了。陶陶说,开门呀,我要出去。女人说,此地有规定嘅,除非天火烧,半夜三更,禁止进出。陶陶说,放屁,宾馆可以锁门吧,快开门,屁话少讲。女人说,侬的一张嘴,清爽一点阿好。陶陶说,做啥。女人说,阿晓得,此地是内部招待所。……范总大怒,讲北方话说,什么服

---

① 胡适:《海上花列传序》,载欧阳哲生编《胡适文集4·胡适文存三集》,北京大学出版社1998年版,第408页。

态度，快开门，妈拉个巴子，再不出门，老子踹门啦。阿宝与沪生，仗势起哄。吵了许久，门缝里慢悠悠轧出一段苏州说书，带三分侯莉君《英台哭灵》长腔说，要开门，可以嘅，出去之嘛，弗许再回来转来哉，阿好。陶陶说，死腔，啥条件全部可以，快点开呀"①。在此处，小说中用不同的方言凸显了人物不同的性格，小说中范总粗俗、鲁莽的性格特征与他的北方话相映成趣，而与服务员所说的苏白方言形成了明显的对比。在吵架中，相对软糯的苏州话明显不如北方话有气势，所以，服务员很快也就缴械投降，小说中的几个人顺利出了招待所。

除此之外，宗璞的《东藏记》中描写西南联大的教员和学生，与当地人交流时多用云南方言，如：

> 玹子用筷子敲敲碗对店主人说："说是免红嘛，咋个又放辣子！小娃娃家，吃不来的哟。"一口流利的云南话。
> 店主人赔笑道："不有摆辣子，不有摆不有摆，莫非是勺边边碗沿沿碰着沾着。换一碗。""多谢了，不消得。"碧初用北方口音说云南词汇。②
> ……
> 这时一只小船从水面上划过来，靠近石阶停住。划船女子扬声问："你家可要坐船？绕海子转转嘛。"玹子跳起身："要得，要得！"
> ……
> "哪样要得？你家。"船女问。意思是究竟坐不坐船。
> "太晚了，不坐了。要回家喽。"玹子说。
> "两个人在一处就是家，何消回哟！"船女说。③

---

① 金宇澄：《繁花》，上海文艺出版社2013年版，第57页。
② 宗璞：《东藏记》，人民文学出版社2001年版，第8页。
③ 宗璞：《东藏记》，人民文学出版社2001年版，第78—79页。

第五章 新世纪长篇小说地方书写的文学价值

我们可以通过这段对话想象说话人的语气、神情,继而人物形象就会活灵活现地出现在我们脑海中,由此可见,人物语言使用方言的重要性。

马步升小说《青白盐》中,塑造了一个兼具正义与匪气的地主马正天的形象,在与县令铁徒手的较量中,马正天使用的三句话不离下半身、生殖器的陇东方言,显示出方言的强大力量,县太爷铁徒手用官话大讲官民礼制、大清律例,马正天却用"邪话正说屁话嘴说大话小说小话大说"的方式消解了官话威严性。① 例如,小说中马正天为民请命后说的一段话:

> 我马正天明摆着为脚户们伸张正义,背地里与官府摸摸揣揣,为自个儿谋利,若闹成那样,真叫个背上儿媳上华山,腰累断了,还落了个老骚情的名儿。②

这段话之中,马步升用极具力量的口头语和陇东方言、歇后语的结合,充分展示出一个铁骨铮铮的男子汉的形象。除此之外,他在小说中还用了大量的陇东方言,如"二杆子货""温吞子""欢势""碎狗日的""二闲旁人""泼烦""大撒手""胡吹冒撂""老不德行""没日月""日塌了""日乎朝天""立马喧天""山猫野调"等口头语的使用,将陇东乡民生活的原态和盘托出。同时,他还用到一些富有地域色彩的固定熟语和歇后语如"给桃红就要当大红染,给麦草枝就要当拐杖拄""胡萝卜塞屁眼,只图自个儿的眼眼儿圆哩""嘴难道让驴踢了,耳朵叫驴毛塞了""盖娃子不长毛儿种系的过""嘴噘的能拴三头毛驴""黑猪笑老鸹自个比别人还黑""蚂蚁夹卵子哩,好大的一张嘴""离了他那泡狗屎,咱照样种白

---

① 郭文元:《用民间话语叙述历史——论马步升小说"陇东三部曲"》,《文艺争鸣》2013年第3期。

② 马步升:《青白盐》,敦煌文艺出版社2008年版,第21页。

菜""马槽里添了一张驴嘴""鸡不尿尿,各有去路"等表达了作家对陇东文化的最原始、最真切的感受。可以说,他把对土地、故乡、乡民原生态的描写和刻画同独特的地域文化、民情风俗的描绘与地地道道、简练爽利的陇东乡土语言结合在一起,共同完成了他对陇东民间民俗世界的形塑。

二 方言有助于营造小说整体氛围

作家叶炜认为:"对于地方书写,所选择的视角固然重要,其语言以及结构更不可忽视。地方书写强调的是'地方意识''地方色彩''地方风范',最终要呈现出独具风格的'地方气派'。这些无不对创作的语言提出了高要求。地方书写所使用的语言当然应该是带有'地方性'的,有着特定区域意味的。这种语言的'地方性'当然不是对地方书写的限制,而是让文本更加符合地方性话语的需要。"[1] 因此,方言的使用有助于作家对历史与现实的真实呈现,有利于营造出小说整体的环境氛围,从而使小说的时代特征与地方色彩愈加浓郁鲜活。贾平凹曾在散文《秦腔》中写到这种用秦地方言演唱的戏曲之于秦地人的意义:

> 农民是世上最劳苦的人,尤其是在这块平原上,生时落草在黄土炕上,死了被埋在黄土堆下;秦腔是他们大苦中的大乐,当老牛木犁疙瘩绳,在田野已经累得筋疲力尽,立在犁沟里大喊大叫来一段秦腔,那心胸肺腑,关关节节的困乏便一尽儿涤荡净了。秦腔与他们,要和"西凤"白酒,长线辣子,大叶卷烟,牛肉泡馍一样成为生命的五大要素。……
> 有了秦腔,生活便有了乐趣,高兴了,唱"快板",高兴得

---

[1] 叶炜:《地方性书写对"大小说"的建构——从"乡土中国三部曲"的创作谈起》,《常熟理工学院学报》2017年第5期。

第五章　新世纪长篇小说地方书写的文学价值

像被烈性炸药爆炸了一样，要把整个身心粉碎在天空！痛苦了，唱"慢板"，揪心裂肠的唱腔却表现了多么有情有味的美来，美给了别人的享受，美也熨平了自己心中愁苦的皱纹。①

21世纪以来，贾平凹的《秦腔》、高建群的《大平原》、陈彦的《主角》中都穿插了大量的秦腔，虽然小说引用的仅是唱词，可是我们在小说的字里行间感受到了高亢悲凉的大秦之音，秦腔的融入使小说的人物、环境、事件相互交融，形成了一个有机的整体。

同样，金宇澄的《繁花》，他有意做上海市民生活的记录员，为了呈现出上海日常生活的毛茸茸的原生状态，他在小说中穿插了上海的小调，诸如他写小毛在底楼张师傅的理发店里得到师太奖赏的五角钱，兴奋地唱起了当时上海流行的地方小调："酱油蘸鸡嚒／萝卜笃蹄髈呀／芹菜炒肉丝嚒／风鳗鲞……"② 这个小调唱响的是贫穷年代人们对年夜饭上美食的向往，引发了特殊时代的文化记忆。小说借助蓓蒂与阿宝的交谈，引出了阿婆唱的方言歌谣："萝卜开花结牡丹／牡丹姊姊要嫁人／石榴姊姊做媒人／金轿来／弗起身／银轿来／弗起身／到得花花轿来就起身。""七岁姑娘坐矮凳／外公骑马做媒人／爹爹杭州打头冕／姆妈房里绣罗裙，绣得几朵花，绣了三朵鸳鸯花。"③ 借阿婆的歌谣，将小说中蓓蒂的少女情怀传达出来，也与这一段上海弄堂"夏风凉爽、香樟墨绿、梧桐青黄"的环境声景交融，弄堂生活中岁月静好的一面淋漓尽致地展现于文本之中。

方言决定着作家在小说中运用语言的能力，而这种能力又决定着小说的叙述语言能否与小说整体的艺术风格相协调。"方言既是多元文化的一部分，也是多元文化的主要承载者。不少方言语词都具有浓郁的地域色彩，折射出各地不同的社会生活，包括该地域人们

---

① 贾平凹：《秦腔》，载《贾平凹散文自选集》，新世界出版社2012年版，第82页。
② 金宇澄：《繁花》，上海文艺出版社2013年版，第23页。
③ 金宇澄：《繁花》，上海文艺出版社2013年版，第70页。

在长期生活中形成的心理意识、思维方式及情感态度。恰到好处的方言词语运用，对作品人物形象的塑造，对地域文化的凸显，对作家表达生活认识和深层体验以及对作品语言的审美能起到很大的作用。"① 由此可见，在具体的创作中，方言通过影响作家的思维方式而影响作家的文本语言，从而逐渐形成了自己别具一格的艺术风格。

《繁花》开篇写"沪生经过静安菜场，听见有人招呼，沪生一看，是陶陶，前女朋友梅瑞的邻居"②。紧接着，在市场卖大闸蟹的陶陶和沪生大谈夫妻性爱，陶陶谈自己和老婆的私生活烦恼，一个谈，一个不响——沪生一声不吭。《考工记》中，王安忆以一段非常精彩的风景描写开篇，"门里面，月光好像一池清水，石板缝里的杂草几乎埋了地坪，蟋蟀嚯嚯地鸣叫，过厅两侧的太师椅间隔着几案，案上的瓶插枯瘦成金属丝一般，脚底的青砖格外干净"③。这是写陈书玉1944年费尽周折月夜归家的情景，两部小说的开篇都是以日常生活的场景或风景开篇，这与中国传统小说开篇先叙述大的历史背景迥然不同，这种手法是典型的现代小说的叙事手法，也是海派作家书写"饮食男女"日常题材小说惯用的手法。在小说的叙述中，金宇澄熟练使用的沪语，王安忆富有表现力的古典雅言，让读者一下子进入一个特定的生活场景或风景中，获得一种身临其境的现场感。

"对于作家来讲，最根本的是你所使用的语言。你反复地运用它，你是凭着语言来表达自己，看起来你是在使用它，其实语言就是你身体的一部分，它和你的内脏、四肢、听力、视力、智力一起组成一个完整的人。你的手和脚当然有工具的功能，但那绝对不是

---

① 吴子慧：《吴越文化视野中的绍兴方言研究》，浙江大学出版社2007年版，第260页。
② 金宇澄：《繁花》，上海文艺出版社2013年版，第1页。
③ 王安忆：《考工记》，花城出版社2018年版，第6页。

第五章 新世纪长篇小说地方书写的文学价值

工具,那是你生命的一部分。作家就是把语言这个部分不断地拿出来,做成小说给人看。"① 作家李锐从创作主体的角度,谈到了语言的重要性。评判一部小说是否成功,除了创作主体的本身因素,还要考虑读者的接受能力。对于广大的、生活于不同地域的读者而言,作家使用各具特色的方言叙述,可以会使读者产生亲近之感,产生共鸣,情感上更易沟通。而不同地域的方言对不同地域的读者而言,只要不是滥用,没有造成阅读障碍,同样也会带来新奇而独有的审美感觉。方言作为一种叙述语言和人物语言,在人物形塑、呈现地方特有的风味和情调上有着重要影响,方言与小说交融,可以使小说的地方色彩更加鲜明、地方味道更加浓郁,从而使小说中的地方形象愈加鲜明生动。

对于新世纪以来的中国文学而言,一个不可否认的事实是,长篇小说创作进入了快速发展的阶段。作家们对长篇小说普遍有着异乎寻常的热情,大量的优秀作品纷纷涌现;各个代际的作家——从"30后"到"80后"——均有代表作品在此期间面世。可以说,长篇小说的繁荣,在某种程度上代表了中国文学的发展。作家在"历史""乡村""边地"等题材的书写中,通过地方风景和地方风物的书写构建出鲜明的地方形象,这一地方形象因作家日常化的书写而摆脱了"异景"和"异物",还原了其原有地域和文化特征,作家因此在小说中构建出了完整的地方文化空间,让地理上的"地方"与文学上的"地方"互相映照、虚实相生,成为中国的一个独特的地方标本。通过这一空间的构建,表达出作家在全球化进程中对自我身份与族群身份的确认。然而,地方形象的确立、地方空间的打造,依靠的媒介依然是语言,因此,带着浓郁地方色彩语言的介入,让新世纪长篇小说特有的文学趣味和审美风尚得以凸显。从这个意义上说,"文以地显"是这一时期长篇小说地方书写最鲜明的特点。

---

① 李锐、王尧:《李锐王尧对话录》,苏州大学出版社2003年版,第189页。

另外，现实中的城市、乡村也因此"地由文佐"，我们通过小说，无疑更深刻地认识了中国城市、乡村、边地的历史、现在和未来，因此，新世纪长篇小说地方书写所具有的认识价值、情感价值、审美价值是不容小觑的。

结　语

地方与文学：一个常说常新的话题

本书是在新世纪长篇小说创作实践的基础上，以地方理论为研究切入点，从城市、乡土、边地三个维度出发，探究新世纪长篇小说中的地方书写在精神品质、主题意蕴、审美追求、艺术形式等方面具有的文学特质，分析并提炼出新世纪长篇小说地方书写表现的文学史意义，并在此基础上预测其可能的发展方向。

首先，新世纪长篇小说中的城市书写，从书写的对象而言，不但书写了在现代化进程中无论从人口、规模、设施等方面都已经快速发展的大都市，也将书写的触角伸向在城市化过程中初具规模的小城市。不仅写出了城市地标性的建筑，也将书写的视角转向城市社会的不同角落，抓住城市生活的种种日常性的细节，捕捉城市的各类光影声色，在日常生活的城市肌理中形神兼备地刻画城市形象。在新世纪城市书写的热潮中，作家关注现实中的城市之时，也关注到城市作为历史负载物的存在。所以，书写城市今生，也观照城市的前世，前世与今生相互映照，共同完成对城市时空两重维度的形塑。

文学是人学，是一个不容置疑的事实。因此，城市书写的重点依然是城市中的人，新世纪长篇小说中对市民形象的塑造，主要以知识分子、打工者群体以及城市新人类为代表。这是20世纪90年代以来，随着市场经济的发展和大众文化的崛起，城市人物形象塑造中表现出的一种新的趋势。而在叙事方式上，新世纪长篇小说中对城市外在形象和城市人物形象的塑造，在叙事结构、叙事语言等方面都表现出了一种新的探索。

其次，近代以来，中国以农耕文明为主体的乡村社会，在欧风美雨的侵袭中，逐渐开始了社会结构与乡土文化的转型。这一转型过程得到了文学家的强烈关注，并形成了以乡土批判、政治功利以及乡村代言为主体的小说形态。进入新世纪之后，面对全球化背景下乡土社会新的转型的发生，乡土又一次成为不同代际作家书写的焦点。以铁凝的《笨花》，莫言的《生死疲劳》，贾平凹的《秦腔》《山本》，阎连科的《日光流年》《受活》，杨争光的《从两个蛋开始》，李佩甫的《羊的门》《生命册》，林白的《妇女闲聊录》，孙惠芬的《歇马山庄》《上塘书》，付秀莹的《陌上》等为研究对象，深入小说文本阅读并进行分析，认为新世纪长篇小说中的乡村书写，作家能够在一个广阔的历史视野中，表现出一种多元化、复杂性的乡土历史叙事意向，和构建立体、多面的乡村现实形象的努力。而与之独特的乡村经验的书写和乡村形象的塑造相一致的，是作家在小说的文本结构和语言上的新追求，由此形成了乡土叙事多样化的美学风格。

最后，在新世纪的文化语境中，作家均表现出对边地书写的热情。在远离繁华、喧哗与骚动的边远地带中，寻找着自己的精神宿地。红柯、梅卓、董立勃在西北边地的高原与大漠中，探寻着生命的神性与诗性。阿来、王华、范稳则以理性之光烛照西南边地的历史和现实，讲述人性的纯美与温暖。在偏僻的东北边地，迟子建以优美诗意之笔，讲述一个古老民族的文化变迁，她借"额尔古纳河"为即将消逝的文化韶光唱响了一曲深沉的挽歌。概括而言，新世纪长篇小说中的边地书写，作家在充满着雄性与神性的边地自然风景的书写中驰骋想象，以塑造充满生命强力的人物形象的烛照边地的

结　语

历史和现实，在民族文化交融的壮美图景中展示对边地文化或理性或感性的认知和感受。因此，"边地形象"以其独特的美学风貌林立于新世纪长篇小说，给我们带来具有震撼力量的美。

综上所述，本文侧重于对新世纪长篇小说素材、题材、主题、人物、语言与地方的关系研究，侧重从作家的个体经历和创作经验入手，探究小说中人与地方双向互动的复杂关系，以及作家建构地方形象的路径。这种社会学批评的角度，有助于我们总体把握作家与地方的关系，深入审视文学在不同阶段的艺术表征及其内在含蕴，归纳揭示其对应的艺术精神和审美特质。因此，可以凸显新世纪长篇小说的地方属性、民族属性；凸显其在世界文学中的独特性以及主流视野之外的地方文学的价值。但是我们也应该清醒地认识到，除了社会学批评的角度，对文学与地方研究，还可以有从以下几个方面进行研究的可能性。

其一，可以从原型批评的角度去研究，特定地方中总是蕴含着丰富的文化原型，诸如古代的神巫、精灵、圣贤、鬼神、仙佛、神话等。这些文化原型常常被作家以独具匠心的艺术构思写进作品中，融化为作品的题材、主题，或人物。有的研究者已经注意到这一点并做出了相应的研究，如对韩少功寻根小说的研究中，注重巫诗传统对其发生的影响。同时，还应该注意到文化原型对作家个性的影响，如严家炎先生就曾谈到陆游、王思任对鲁迅的影响。那么，司马相如、扬雄、苏轼对于郭沫若的影响，屈原对于沈从文、韩少功的影响，都应该纳入研究视野。可以说，从原型批评的角度去研究文学与地方的关系，对于我们进一步挖掘作品的文化内涵及意蕴，有着积极的意义。

其二，可以从文化象征符号的批评角度去研究，每一个地方之中总是积累着许多广为人知的文化象征符号。这些象征符号，往往存在于某一地方的日常生活、风俗习惯、宗教信仰、民间艺术以及方言中。它们常常存在于作家的潜意识里，当作家创作之时，这些文化象征符号往往被作家自然而然地写进作品中,从而创作出自己独具个性的个人象征符号——人物形象。我们可以看出,鲁迅笔下的阿Q、祥林嫂、闰土,均是带着浙东文化特征的艺术象征符号。而沈从文笔下的女性形象与张承志笔下的女性人物性格上大相径庭的原因,也与她们是不同地方文化产生的艺术象征符号有关。从这一角度去研究文学与地方的关系,其批评视角是独特的,研究成果必然会出新意。

其三,可以从研究具体特定地方的方言入手去研究,一个地方的文化必然有一种与之对应的方言相联结。语言是文化的载体,文学又是语言的艺术。生于某地或长于某地的作家,从思维方式到心理结构都受这一地方方言的影响,他的创作,就会自觉不自觉地带上方言,从而在作品中形成自己鲜明的地方特色。很多评论者看出了这一点,认为方言对作家艺术风格的形成发挥了很大的作用。但是,他们将关注的目光集中于方言对作家表层的影响,只看到作品中作家用到了方言。而对方言施于作家深层的影响诸如对作家思维方式、心理结构、审美情趣的影响却未能全面体察。应该说,从方言的角度研究文学与地方的关系,还有待深入。

总之,地方与文学,是一个常说常新的研究课题。在复杂多变的全球化的文化语境中,如何面向未来,寻找地方书写新的表现对象和新的表达方式,探索地方研究新的领域和方法,无疑是摆在作家与研究者面前的重要任务。笔者相信,只要我们继续深入研究地方理论的成果,继续拓展文学研究和批评的空间和领域,将地方的思考提到学术研究日程上,一定能够推动文学创作和研究走向新的高地。

参考文献

一 中文著作

曹文轩：《20世纪末中国文学现象研究》，北京大学出版社2002年版。

陈继会：《二十世纪中国文化精神》，东方出版社2002年版。

陈平原：《二十世纪中国小说史》第一卷（1897—1916），北京大学出版社1989年版。

陈平原：《小说史：理论与实践》，北京大学出版社1993年版。

陈平原：《中国小说叙事模式的转变》，北京大学出版社2003年版。

陈平原、夏晓虹编：《二十世纪中国小说理论资料》（第一卷），北京大学出版社1997年版。

陈思和：《当代文学史教程》，复旦大学出版社1999年版。

陈晓明：《表意的焦虑——历史祛魅与当代文学变革》，中央编译出版社2002年版。

樊星：《地域文化与当代文学》，华中师范大学出版社1997年版。

费孝通：《乡土中国》，人民出版社2008年版。

费勇：《零度出走》，广东旅游出版社2003年版。

费振钟：《江南士风与江苏文学》，湖南教育出版社1995年版。

何怀宏：《道德·上帝与人：陀思妥耶夫斯基的问题》，新华出版社1999年版。

贺绍俊：《建设性姿态下的精神重建》，作家出版社2012年版。

洪子诚：《中国当代小说史》，北京大学出版社1999年版。

贾剑秋：《文化与中国现代小说》，巴蜀书社2003年版。

贾平凹、韩鲁华：《穿过云层都是阳光——贾平凹文学对话录》，北京联合出版公司2016年版。

雷达、王达敏、王春林：《新世纪小说概观》，北岳文艺出版社2014年版。

李敬泽：《为文学申辩》，作家出版社2009年版。

刘大先：《从后文学到新人文》，上海文艺出版社2021年版。

刘再复：《文学十八题——刘再复文学评论精选集》，中信出版社2011年版。

鲁迅：《中国小说史略》，中华书局2014年版。

孟悦：《人·历史·家园：文化批评三调》，人民文学出版社2006年版。

钱理群、温儒敏、吴福辉：《中国现代文学三十年》，北京大学出版社1998年版。

田中阳：《区域文化与当代小说》，湖南师范大学出版社1996年版。

王春林：《新世纪长篇小说地图》，北岳文艺出版社2014年版。

王春林：《新世纪长篇小说风景》，作家出版社2013年版。

王德威：《想象中国的方法：历史·小说·叙事》，生活·读书·新知三联书店1998年版。

王素霞：《新颖的"NOVEL"——20世纪90年代长篇小说文体论》，光明日报出版社2006年版。

王岳川：《后殖民主义与新历史主义文论》，山东教育出版社1999年版。

吴秀明主编：《文化转型与百年文学"中国形象"塑造》，浙江工商大学出版社2011年版。

吴义勤：《中国当代新潮小说论》，江苏文艺出版社1997年版。

严家炎：《中国现代小说流派史》，人民文学出版社1995年版。

杨义：《中国叙事学》，人民出版社 1997 年版。

余斌：《中国西部文学纵观》，青海人民出版社 1992 年版。

张新颖、金理编：《王安忆研究资料》，天津人民出版社 2009 年版。

赵世瑜：《小历史与大历史：区域社会史的理念、方法与实践》，生活·读书·新知三联书店 2006 年版。

赵园：《北京：城与人》，北京大学出版社 2014 年版。

中国作家协会创作研究部：《长篇小说艺术论——长篇小说艺术暨文学发展趋势研讨会论文集》，作家出版社 2012 年版。

中国作家协会创作研究部：《世界视野中的中国文学与中国精神》，作家出版社 2016 年版。

周宁编：《世界之中国：域外中国形象研究》，南京大学出版社 2007 年版。

周作人：《谈龙集》，止庵校订，河北教育出版社 2002 年版。

朱光潜：《朱光潜美学文学论文选集》，湖南人民出版社 1980 年版。

祝勇：《禁欲时期的爱情》，海豚出版社 2012 年版。

二 中文译著

［德］M. 兰德曼：《哲学人类学》，阎嘉译，上海译文出版社 1998 年版。

［德］阿莱达·阿斯曼：《回忆空间：文化记忆的形式和变迁》，潘璐译，北京大学出版社 2016 年版。

［美］埃·弗洛姆：《为自己的人》，孙依依译，生活·读书·新知三联书店 1988 年版。

［英］埃里克·霍布斯鲍姆：《史学家——历史神话的终结者》，上海人民出版社 2002 年版。

［英］爱·摩·福斯特：《小说面面观》，苏炳文译，花城出版社 1984 年版。

［美］爱德华·希尔斯：《论传统》，傅铿、吕乐译，上海人民出版

社2014年版。

［英］安东尼·吉登斯：《现代性的后果》，田禾译，译林出版社2000年版。

［英］安东尼·吉登斯：《现代性与自我认同：现代晚期的自我与社会》，赵旭东、方文译，生活·读书·新知三联书店1998年版。

［苏］巴赫金：《巴赫金全集》（第三卷），钱中文译，河北教育出版社2009年版。

［俄］别林斯基：《别林斯基选集》（第一卷），满涛译，上海文艺出版社1963年版。

［法］丹纳：《艺术哲学》，傅雷译，江苏凤凰文艺出版社2018年版。

［美］丹尼尔·贝尔：《资本主义文化矛盾》，赵一凡等译，生活·读书·新知三联书店1989年版。

［德］斐迪南·滕尼斯：《共同体与社会：纯粹社会学的基本概念》，林荣远译，北京大学出版社2010年版。

［英］弗吉尼亚·伍尔夫：《论小说与小说家》，瞿世镜译，上海译文出版社2000年版。

［德］哈拉尔德·韦尔策：《社会记忆：历史、回忆、传承》，季斌、王立君、白锡堃译，北京大学出版社2007年版。

［德］海德格尔：《海德格尔选集》，孙周兴译，上海三联书店1996年版。

［美］海登·怀特：《话语的转义——文化批评文集》，董立河译，北京出版社2001年版。

［美］克利福德·格尔茨：《烛幽之光：哲学问题的人类学省思》，甘会斌译，上海人民出版社2013年版。

［美］克利福德·吉尔兹：《地方性知识——阐释人类学论文集》，王海龙、张家瑄译，中央编译出版社2000年版。

［美］勒内·韦勒克、奥斯汀·沃伦：《文学理论》，刘象愚、邢培明、陈圣生、李哲明译，江苏教育出版社2005年版。

［美］理查德·利罕：《文学中的城市》，吴子枫译，上海人民出版社2009年版。

［美］露丝·本尼迪克特：《文化模式》，王炜等译，社会科学文献出版社2009年版。

［德］马克斯·舍勒：《价值的颠覆》，罗悌伦等译，生活·读书·新知三联书店1997年版。

［英］迈克·克朗：《文化地理学》，杨淑华、宋慧敏译，南京大学出版社2003年版。

［英］迈克瑟·费斯通：《消费文化与后现代主义》，刘精明译，译林出版社2000年版。

［捷］米兰·昆德拉：《小说的艺术》，董强译，上海译文出版社2011年版。

［德］斯宾格勒：《西方的没落：世界历史的透视》（上），齐世荣、田农等译，商务印书馆1995年版。

［英］汤因比：《历史的话语：现代西方历史哲学译文集》，张文杰译，广西师范大学出版社2002年版。

［英］特里·伊格尔顿：《历史中的政治、哲学、爱欲》，马海良译，中国社会科学出版社1999年版。

［德］瓦尔特·本雅明：《机械复制时代的艺术作品》，王才勇译，中国城市出版社2002年版。

［德］韦伯：《韦伯作品集Ⅲ：支配社会学》，康乐、简惠美译，广西师范大学出版社2004年版。

［英］以赛亚·伯林：《现实感：观念及其历史研究》，潘荣荣、林茂译，译林出版社2004年版。

［美］约瑟夫·劳斯：《知识与权力：走向科学的政治哲学》，盛晓明、邱慧、孟强译，北京大学出版社2004年版。

［美］詹明信著，张旭东编：《晚期资本主义的文化逻辑：詹明信批评理论文选》，陈清侨等译，生活·读书·新知三联书店1997年版。

三　学术论文

阿来：《好小说的两个标准》，《小说评论》2013年第2期。

阿来：《消费社会的边疆与边疆文学——在湖北省图书馆的演讲》，《阿来研究》2015年第2期。

白烨：《"人学"主题的文学演绎——2011年长篇小说概观》，《小说评论》2012年第2期。

曹书文：《乡村变革与思想启蒙的双重变奏——评周大新的〈湖光山色〉》，《河南师范大学学报》（哲学社会科学版）2009年第36卷第3期。

陈林瑶：《俗与雅中的真情人间——评〈烟火漫卷〉》，《语文建设》2021年第5期。

陈若谷：《边界的偏移与固守——新世纪长篇小说的文体形式研究》，《山东师范大学学报》（社会科学版）2016年第5期。

崔庆蕾：《烟火中的城市抒情、反思与批判——读迟子建长篇新作〈烟火漫卷〉》，《小说评论》2021年第3期。

崔昕平：《文明履带上一众生灵的人性跋涉——评迟子建长篇小说〈烟火漫卷〉》，《小说评论》2021年第3期。

丁帆：《20世纪中国地域文化小说简论》，《学术月刊》1997年第9期。

董婕：《郭文斌小说的诗意叙事及其意义》，《南方文坛》2018年第6期。

樊星：《中国当代文学中的"校园文学"》，《扬子江评论》2015年第1期。

范晓棠、吴义勤：《诗性而唯美的"经验"——郭文斌短篇小说论》，《当代文坛》2008年第3期。

范伊宁、张丽军：《现代主义视野下新城市日常生活书写——蔡东小说论》，《当代作家评论》2020年第6期。

方岩：《历史的技艺与技艺的历史——读王安忆〈考工记〉》，《扬子江评论》2019年第1期。

房广莹：《新世纪小说的乡土书写与家国情怀》，《江汉论坛》2019年第11期。

冯鸽：《论现代长篇小说之知识分子心灵叙事——重读〈倪焕之〉》，《西北大学学报》（哲学社会科学版）2010年第3期。

傅晓燕：《论老舍与张爱玲的城市书写》，《求索》2011年第8期。

郜元宝：《弈光庄之蝶，海若陆菊人？——贾平凹〈暂坐〉〈废都〉〈山本〉对读记》，《西北大学学报》（哲学社会科学版）2020年第5期。

顾星环：《现实观照、边地书写与诗化倾向——冯娜小说创作论》，《文艺论坛》2016年第13期。

关峰：《〈暂坐〉与贾平凹长篇小说诗学问题》，《西北大学学报》（哲学社会科学版）2020年第5期。

郭冰茹、潘旭科：《日常生活书写的意义——铁凝小说新论》，《当代作家评论》2020年第3期。

郭名华：《论贾平凹长篇小说〈老生〉的结构艺术》，《当代文坛》2015年第4期。

韩春燕：《在街与道之间徘徊——解析孙惠芬乡土小说的文化生态》，《当代文坛》2008年第1期。

韩晗：《曲终人散的青春之歌——"80后"作家出版情况述评》，《中国图书评论》2016年第8期。

韩伟、董亮：《激情地介入与诗意地拯救——〈湖光山色〉与〈雪豆〉的比较解读》，《中国社会科学院研究生院学报》2010年第2期。

韩伟、胡亚蓉：《众生杂语　暂坐"谜"中——评贾平凹长篇新作〈暂坐〉》，《小说评论》2020年第5期。

何平：《引言：地方的幻觉》，《花城》2021年第3期。

何平、陈再见：《对谈：文学的县城不应该只是陈腐乡愁的臆想的容器》，《花城》2021年第3期。

何西来：《关于文学的地域文化研究的思考》，《中国现代文学研究丛刊》1999年第1期。

何西来：《文学鉴赏中的地域文化因素》，《文艺研究》1999年第3期。

贺芒：《文学视野下的农民工返乡》，《文艺理论与批评》2010年第5期。

贺绍俊：《接续起乡村写作的乌托邦精神——评周大新的〈湖光山色〉》，《南方文坛》2006年第3期。

贺绍俊：《新世纪十年长篇小说四论》，《文艺争鸣》2011年第7期。

贺绍俊：《以散文化的方式抒发人生感慨——读贾平凹的长篇小说〈暂坐〉》，《小说评论》2020年第5期。

贺绍俊：《在天高云淡的意境里阅读郭文斌》，《当代文坛》2008年第3期。

贺仲明：《论1990年代以来乡土小说的新趋向》，《南京师大学报》（社会科学版）2005年第6期。

贺仲明：《新时代版本的"废都"书写——关于〈暂坐〉及相关问题》，《扬子江文学评论》2020年第6期。

荒林：《重构自我与历史：1995年以后中国女性主义写作的诗学贡献——论〈无字〉、〈长恨歌〉、〈妇女闲聊录〉》，《文艺研究》2006年第5期。

黄平：《"大时代"与"小时代"——韩寒、郭敬明与"80后"写作》，《南方文坛》2011年第3期。

黄轶：《"文化西部"的突围与边地文明最后的挽歌》，《扬子江评论》2009年第1期。

黄轶：《新世纪小说的城市异乡书写》，《小说评论》2008年第3期。

黄轶：《由格非〈望春风〉谈新世纪乡土文学的精神面向》，《扬子江评论》2019年第5期。

纪秀明、王卫平:《宗教神秘与世俗神秘——当代中西生态小说自然神性书写探论》,《东北师大学报》(哲学社会科学版) 2015 年第 1 期。

贾平凹:《〈暂坐〉后记》,《西北大学学报》(哲学社会科学版) 2020 年第 5 期。

贾平凹、郜元宝:《关于〈秦腔〉和乡土文学的对谈》,《上海文学》 2005 年第 7 期。

贾平凹、韩鲁华:《别样时代女性生命情态风景——贾平凹长篇小说〈暂坐〉访谈》,《小说评论》 2020 年第 5 期。

贾浅浅:《乐意相关禽对语,生香不断树交花——漫谈〈暂坐〉的话语与结构》,《当代文坛》 2021 年第 1 期。

贾浅浅:《泼烦背后的精神之光——从辛起与严念初谈起》,《小说评论》 2020 年第 5 期。

姜汉西:《新世纪乡土文学叙事模式反思与真实感重建——以〈中国在梁庄〉和〈湖光山色〉为考察中心》,《临沂大学学报》 2021 年第 3 期。

雷鸣:《繁华丽影照苍凉——贾平凹的长篇新作〈暂坐〉读札》,《西北大学学报》(哲学社会科学版) 2020 年第 5 期。

雷鸣:《民族国家想象的需求与可能——论十七年小说的边地书写》,《中国现代文学研究丛刊》 2013 年第 1 期。

雷鸣:《突围与归依:礼失而求诸野的精神宿地——论新世纪长篇小说的边地书写》,《当代文坛》 2010 年第 1 期。

类维顺、马斯慧:《独异"与"神性"——再论次仁罗布新作〈祭语风中〉的民族史书写方式探秘》,《文艺争鸣》 2019 年第 5 期。

黎洌:《诗意的栖居与浮世的诱惑——读王华小说〈家园〉》,《安顺学院学报》 2015 年第 6 期。

李大健:《试论地域文化对作家创作风格的影响》,《湖北民族学院学报》(哲学社会科学版) 2000 年第 4 期。

李徽昭：《空间·古典·自我——贾平凹〈暂坐〉与〈废都〉中的美术书写》，《当代作家评论》2021年第2期。

李静：《1990年代以来的边地书写与认同期待》，《小说评论》2015年第6期。

李培林：《从"农民的终结"到"村落的终结"》，《传承》2012年第15期。

李骞：《铁凝小说在"中国当代文学史"中的书写分析》，《小说评论》2020年第1期。

李巧珍：《新世纪文学研究的新范式——评〈新世纪文学研究的重构〉》，《语文建设》2021年第1期。

李清霞：《艰难而尴尬的城市书写——论新世纪以来甘肃城市题材的长篇小说》，《西北大学学报》（哲学社会科学版）2011年第5期。

李蓉、朱宇峰：《"苦难"中的现实精神——新世纪底层文学的乡村叙事》，《文艺争鸣》2011年第7期。

李胜清：《新世纪文学视域下中国形象的诗性书写》，《湖南科技大学学报》（社会科学版）2021年第3期。

李星：《西部精神与西部文学》，《唐都学刊》2004年第6期。

李遇春：《新神话写作的四种叙述结构——论红柯的"天山系列"长篇小说》，《南方文坛》2011年第4期。

李遇春：《异托邦叙事中的现代空间焦虑——论贾平凹的长篇新作〈暂坐〉》，《小说评论》2020年第5期。

李云雷：《如何开拓乡村叙述的新空间？——以世界视野考察当代中国文学》，《江苏社会科学》2013年第4期。

李哲：《"边地"历史书写中的"自我"想象及其限度——以冯良〈西南边〉为例》，《民族文学研究》2021年第1期。

梁贝：《生存困境与精神救赎——评贾平凹长篇小说〈暂坐〉》，《小说评论》2020年第5期。

梁海：《新世纪长篇小说创作的诗性建构》，《吉林大学社会科学学报》2013 年第 6 期。

刘川鄂、王贵平：《苦难的叙述和文学的关切——评王华的中篇小说〈傩赐〉》，《理论与当代》2006 年第 7 期。

刘大先：《城市的胜利与城市书写的再造》，《小说评论》2018 年第 6 期。

刘大先：《三农问题与"社会分析小说"的得失——公私之间的高晓声》，《中国现代文学研究丛刊》2018 年第 2 期。

刘华阳、韩鲁华：《阳光摇曳于别样女性生命样态的叙写——贾平凹长篇小说〈暂坐〉阅读札记》，《小说评论》2020 年第 5 期。

刘文祥：《乡土小说：如何直面当代乡土变化——基于乡土发展书写困境与出路的分析》，《内蒙古社会科学》2021 年第 2 期。

刘文祥：《新世纪乡土中短篇小说创作研究（2010—2020）》，《安徽大学学报》（哲学社会科学版）2021 年第 5 期。

刘晓、周卫华：《多重文化笼罩下的"湖光山色"》，《东岳论丛》2010 年第 8 期。

刘晓林：《文学经典中的建筑意象》，《文艺评论》2016 年第 10 期。

刘艳：《当代文学城市书写范式的嬗变》，《天津社会科学》2019 年第 4 期。

刘艳：《童年经验与边地人生的女性书写——萧红、迟子建创作比照探讨》，《文学评论》2015 年第 4 期。

刘阳扬：《近期几部长篇小说中的知识分子形象研究——以〈安慰书〉〈王城如海〉〈独药师〉〈朝霞〉为例》，《当代作家评论》2018 年第 3 期。

刘铮：《历史在场与人民立场——论新世纪乡土小说的城乡书写》，《散文百家》2021 年第 8 期。

吕鹏娟、李勇：《新世纪西部文学新变——以弋舟、马金莲、高建群、红柯、周瑄璞的小说创作为例》，《西藏大学学报》（社会科学版）2020 年第 35 卷第 3 期。

孟繁华：《21世纪初长篇小说中的知识分子形象》，《文艺研究》2005年第2期。

孟繁华：《乡村中国的艰难蜕变——评周大新长篇小说〈湖光山色〉》，《名作欣赏》2009年第3期。

孟繁华：《新世纪文学二十年：长篇小说的基本样貌》，《南方文坛》2021年第1期。

莫言、王尧：《从〈红高粱〉到〈檀香刑〉》，《当代作家评论》2002年第1期。

穆拾：《论贾平凹小说中的意象世界——以〈废都〉〈暂坐〉为中心》，《小说评论》2021年第1期。

南帆：《剩余的细节》，《当代作家评论》2011年第5期。

聂梦：《孙惠芬的冒险出走，以及张展的两位援军》，《当代作家评论》2018年第1期。

牛玉秋：《重整散失的文化——郭文斌论》，《扬子江评论》2009年第3期。

潘磊：《乡土变革的寓言化表达——读周大新〈湖光山色〉》，《文艺争鸣》2011年第9期。

庞秀慧：《孙惠芬小说中的伦理悖论》，《文艺争鸣》2008年第8期。

庞秀慧：《新城镇文学的困境及其可能——以"返乡书写"为例》，《海南师范大学学报》（社会科学版）2021年第3期。

秦剑：《生活的语言化与语言的生活化——林白〈妇女闲聊录〉叙事探微》，《社会科学战线》2012年第11期。

秦晓、金耀基、韦森等：《社会转型与现代性问题座谈纪要》，《读书》2009年第7期。

盛晓明：《地方性知识的构造》，《哲学研究》2000年第12期。

宋学清：《如何讲述新的中国乡村大故事——以付秀莹〈陌上〉为例》，《扬子江评论》2018年第3期。

苏忠钊：《韩少功的寻根小说与巫诗传统》，《南京师范大学文学院学报》2006年第1期。

孙豹隐：《瑰丽雄浑的历史画卷》，《小说评论》1993年第4期。

孙惠芬：《让小说在心情里疯长》，《山花》2005年第6期。

孙惠芬：《自述》，《小说评论》2007年第2期。

孙纪文、王佐红：《传统文化精神的自觉表现与表达效果——郭文斌小说创作新论》，《文艺评论》2012年第7期。

孙纪文、王佐红：《批评的融合与真诚——郭文斌小说评论论析》，《宁夏社会科学》2012年第5期。

孙郁：《〈歇马山庄〉略谈》，《当代作家评论》2000年第5期。

谭杉杉：《论新世纪长篇小说的历史叙事》，《华中科技大学学报》（社会科学版）2018年第5期。

天心、王颖、隋无涯、邵燕君、赵晖：《中国主流文学期刊2005年第1期综评》，《文艺理论与批评》2005年第3期。

汪守德：《一部真正意义上的文化寻根小说——读郭文斌的长篇小说〈农历〉》，《扬子江评论》2011年第3期。

汪政：《乡村教育诗与慢的艺术——郭文斌创作谈》，《南京师范大学文学院学报》2008年第4期。

王春林：《人生就是一个"暂坐"的过程——关于贾平凹长篇小说〈暂坐〉》，《扬子江文学评论》2020年第6期。

王德威：《虚构与纪实——王安忆的〈天香〉》，《扬子江评论》2011年第2期。

王芳：《艰难的破茧——读张悦然新作〈茧〉》，《文艺争鸣》2018年第5期。

王宏图：《都市叙事与意识形态》，《南方文坛》2002年第5期。

王金胜：《空间、历史与人——由〈暂坐〉看贾平凹小说与现实主义之关系》，《中国现代文学研究丛刊》2021年第3期。

王琳：《〈妇女闲聊录〉——溢出小说边界的后现代文本》，《社会科学研究》2009年第6期。

王鹏程：《西京美人的市井传奇——论贾平凹的新长篇〈暂坐〉》，《西北大学学报》（哲学社会科学版）2020年第5期。

王万鹏：《文化人类学视域下的城市文化书写研究——以"老北京"与"大上海"的文学考察为中心》，《兰州学刊》2014年第4期。

王卫平、王晓晨：《乡村社会变迁视域下的困惑、思考与创作转型——以贾平凹〈带灯〉为例》，《辽宁师范大学学报》（社会科学版）2021年第2期。

王祥：《试论地域、地域文化与文学》，《社会科学辑刊》2004年第3期。

王兴文：《新世纪小说的乡土空间叙事及其意义——以〈湖光山色〉为中心》，《小说评论》2013年第2期。

王艳文：《语言·结构·底层——论〈妇女闲聊录〉的文体及其意味》，《湖北社会科学》2008年第2期。

王尧、牛煜：《烟火漫卷处的城与人》，《当代作家评论》2021年第1期。

王悦：《超越苦难的人间烟火——论〈烟火漫卷〉》，《文艺争鸣》2021年第1期。

吴彤：《两种"地方性知识"——兼评吉尔兹和劳斯的观点》，《自然辩证法研究》2007年第11期。

吴义勤：《"传统"何为？——〈暂坐〉与贾平凹的小说美学及其脉络》，《南方文坛》2021年第2期。

徐汉晖：《空间、地方感与恋地情结的文学抒写》，《湖北社会科学》2017年第11期。

晏杰雄：《诗意照临的少数民族记忆与边地书写》，《文艺评论》2016年第1期。

杨剑龙：《论新世纪上海城市书写的长篇小说创作》，《天津师范大学学报》（社会科学版）2011年第3期。

杨钥、张祥永：《论新世纪校园文学》，《学术交流》2017年第2期。

曾利君：《新世纪中国小说的"山海风"——〈山海经〉与新世纪中国小说的文学想象》，《文学评论》2019 年第 6 期。

张春燕：《生命黑洞中的诗性探寻——弋舟小说论》，《当代作家评论》2017 年第 3 期。

张德林：《关于现实主义创作美学特征的思考》，《文学评论》1988 年第 6 期。

张德祥：《论"新现实主义"小说的美学特征》，《小说评论》1990 年第 5 期。

张东丽：《新世纪文学中知识分子形象的嬗变——以高校题材长篇小说为例》，《东岳论丛》2010 年第 11 期。

张浩楠、高小弘：《新世纪长篇小说中知识分子形象的生存焦虑》，《牡丹》2018 年第 9 期。

张贺楠：《建构一种立体历史的努力——论新世纪十年历史小说创作》，《当代作家评论》2014 年第 6 期。

张欢：《当代长篇小说中农村信仰空间的流变——以〈创业史〉〈平凡的世界〉〈湖光山色〉为考察中心》，《中南民族大学学报》（人文社会科学版）2019 年第 39 卷第 2 期。

张强、王超：《经验还原处的先验跃迁——读贾平凹的〈暂坐〉》，《小说评论》2020 年第 5 期。

张新颖、刘志荣：《打开我们的文学理解和打开文学的生活视野——从〈妇女闲聊录〉反省"文学性"》，《当代作家评论》2005 年第 1 期。

张学昕、宫雪：《俗世即景，人间故事——读迟子建的长篇小说〈烟火漫卷〉》，《小说评论》2021 年第 3 期。

张懿红：《梅卓小说的民族想象》，《南方文坛》2007 年第 3 期。

张羽华：《新世纪王华小说的底层叙述》，《文艺理论与批评》2012 年第 5 期。

张羽华：《新世纪乡村文学的疼痛叙事》，《扬子江评论》2021 年第

3 期。

赵连稳:《"和而不同"——中国地域文化的特征》,《中国图书评论》2001 年第 5 期。

郑波光:《20 世纪中国小说叙事之流变》,《厦门大学学报》(哲学社会科学版) 2003 年第 4 期。

郑新:《乡村嬗变中的人性探究——〈湖光山色〉的人物谱系》,《南阳师范学院文学院》,《文学研究》2010 年第 2 期。

仲雷:《历史缝隙中的女性命运与身体叙事——评王华长篇小说〈花河〉》,《社会科学论坛》2015 年第 10 期。

周鹏:《百年冰城的温情画卷——评迟子建长篇新作〈烟火漫卷〉》,《当代作家评论》2021 年第 1 期。

朱静宇:《一群出走后的娜拉——读贾平凹的新作〈暂坐〉》,《当代作家评论》2021 年第 2 期。

朱坤领:《小说形式与内容的新尝试——林白〈妇女闲聊录〉研究》,《当代文坛》2009 年第 5 期。

朱欣悦:《论林白〈妇女闲聊录〉的现实主义品格》,《文艺争鸣》2013 年第 5 期。

后　　记

在电脑上敲下最后一个标点符号时,我长长地出了一口气,有一种"守得云开见月明"的欣喜。近年来,越发觉得写评论文章的艰难,写下的每一句话甚至每一个词,都需要反复斟酌,即使这样,有时也不能让自己满意。大抵每一部作品的问世,都像孕育孩子一样,需要经过漫长的等待、十月怀胎的辛劳,当然,也包含着一朝分娩的欣喜与幸福。

面对新世纪文坛不断出现的佳作,我的内心常常是焦虑的,经常小说刚刚摆到案头,还没来得及阅读,就有研究文章出现了。我惊异于这些学术大咖的阅读速度,也折服于他们对于作品精准的把握和独到的分析,就在这样的自怨自艾中,我如蜗牛般在自己选择的研究之路上爬行,虽然难免沟壑纵横、行路不易,但也在沿途收获了不少让人目眩神迷的美景。人到中年,我越发领会到阅读的快乐。我们每个人的一生中,不可能赏尽世间所有的美景、品尝人间所有的美味,也不可能历尽所有的悲欢离合。因此,唯有在阅读中,我们能够借他人的故事,检视我们的人生,由此获得前行的力量。

也许,这就是我以"新世纪中国长篇小说的地方书写"为题进行研究的初衷。在近年来众声喧哗的文学研究中,"地方"是一个非常迷人的词语。新世纪的前十年,地方理论逐渐渗入文学研究领域,出现了以蒂姆·克雷斯韦尔的《地方:记忆、想象与认同》、段义孚的《逃避主义》、蔡文川的《地方感:环境空间的经验、记忆和想象》、迈克·克朗的《文化地理学》等为代表的理论书籍的译介。新世纪的后十年，文学研究界将地方理论与文本相结合进行研究，取得了丰硕的成果。在此研究热潮中，我也写了一些以地方为研究切入点的论文。因此，本书的写作，既是对自己既往研究成果的一种梳理和总结，也有个人的私心与喜好，在全球化、现代化浪潮的席卷之中，地方如何能保持自己的独特和独立，避免被"同质化"的险境，也许，我们在小说的阅读中可以获得安全、自足与自适。

  本书写作最艰难的阶段，恰逢我所在的城市新冠肺炎疫情最严重的时候。犹记得有天晚上，读完迟子建的《烟火漫卷》，我站在客厅的阳台上向外眺望，万家灯火明亮，本该是城市热闹的时刻，街道却空荡荡的，整个城市有一种令人惊惧的静默。我突然觉得伤感，在这座不是故乡的城市，我生活了近二十年，同中国广袤大地上其他城市一样，它时而世俗，时而激昂，更多的时候，它承载着我们的喜怒哀乐，见证着我们的成长。那一刹那，我突然明白了从鲁迅先生开始，甚至可能更早，作家们孜孜不倦地书写地方的原因，那是已经融入他们骨血的故乡啊！

  严格意义上来说，本书是我的第二本著作，就像我的第二个孩子。虽然没有第一个孩子降临时那般热泪盈眶的激动，但本书的写作也凝聚了我的辛劳和心血。当然，它能够付梓，也依赖于很多人的帮助。感谢我的导师彭岚嘉先生，与先生相处的十余年时光中，先生给予我的，不仅仅是学术上的认知与提高，更多的时候，他身体力行地告诉我，怎样做人、怎样做老师。常常在我遇到困境时，他指点迷津的三言两语往往有着醍醐灌顶的功效，让我能够廓清迷障，重新整装待发。感谢西北民族大学甘肃省双一流学科"中国语言文学"负责人多洛肯先生，这个偶尔充满孩子气的学术大咖，一直无私地关心、帮助着我，得君提携，三生有幸！感谢中国社会科学出版社的王小溪老师，我们素未谋面，但从电话与微信的交流中，我看到了一个秀外慧中的姑娘、一位严谨细致的编辑，记得在出版

后　记

社初审选题，我把写了三分之二的书稿发给她时，不到一周的时间，她就给出了翔实的意见，速度如此惊人，让我不得不感慨，"后浪"真的很厉害！

感谢盛开在我生命中的那些"花儿"，她们以各自不同的美丽姿态盛放在我生命的旅程中，为我摇曳出一路芬芳！我在此郑重地写下她们的名字，徐凤女士、陈烁女士、李冬梅女士、张小平女士、王婕琼女士、朱蓉女士、曹丽霞女士、孙娟玲女士、景芳洲女士、俞佳琪女士，借此表达我的感恩、感谢之情！

感谢我的父亲李江元、母亲苟丽霞，我希望在我的每一本书里，都有他们的名字。他们给予我这个世界上最深沉、最伟大的爱，父母之恩，难以言喻，无法表达。感谢我的爱人林强先生，一箪食、一瓢饮的平凡世俗的婚姻生活，他给了我最美好的爱情，他是这个世界上最了解我的人，也是我最欣赏的人。感谢我的女儿林蔚然，这个身高已经超过妈妈的小姑娘，眼神明亮、笑容温暖。她是我的贴心小棉袄，只要有她，我就可以化身为超人，无所畏惧，一往无前！

是为记。

李小红
2021年年末于金城兰州